Fatale méprise

SALLY BRADFORD

Fatale méprise

HARLEQUIN

COLLECTION OR

Cet ouvrage a été publié en langue anglaise
sous le titre :
OUT OF A LIMB

Traduction française de
MARIANNE DE LASSANDRO

Ⓗ et HARLEQUIN sont les marques déposées de
Harlequin Enterprises Limited au Canada
Collection Or est la marque de commerce de
Harlequin Enterprises Limited.

© 1992, Barbara Bradford & Sally Siddon.
© 1995, Traduction française : Harlequin S.A.
83-85, boulevard Vincent-Auriol, 75013 Paris — Tél. : 42 16 63 63
ISBN 2-280-07488-5 — ISSN 0990-3313

1.

Le jeune chien allongé sur la table d'opération était vraiment mal en point. Elizabeth Peterson se tourna vers la fillette qui la regardait avec de grands yeux implorants.

— Tu sais, Cassie, j'ai bien peur qu'on ne puisse plus rien pour lui.

A ce qu'elle pouvait en juger, le chiot blessé était condamné. Elle allait sans doute être obligée d'abréger ses souffrances.

— Mais pour l'instant il est toujours vivant, n'est-ce pas ? murmura Cassie.

Elizabeth hocha la tête.

Encore un jeune animal heurté par une voiture et laissé pour mort sur le bord de la route ! Il avait dû rester toute la nuit sous la pluie, car des flaques de boue séchée cartonnaient son pelage. Sa patte avant droite était cassée et du sang coulait d'une estafilade à vif sur son flanc.

— S'il te plaît, il faut que tu le sauves. Au moins essaie, insista Cassie.

Elizabeth caressa doucement le museau du chien.

Le plus difficile, pour un vétérinaire, était ce moment douloureux où il fallait décider si un animal

pouvait être sauvé ou si, hélas, il valait mieux mettre fin à son martyre.

— Ce chien s'est perdu, Cassie. Il n'aura personne pour s'occuper de lui. Et il n'a même pas de nom.

Lady, la chienne labrador d'Elizabeth poussa un gémissement plaintif et frotta sa truffe contre sa jambe. La jeune femme se pencha vers elle et la caressa avec affection.

— Et toi, Lady, quel est ton avis, ma belle ? Crois-tu qu'il a en lui assez de force pour s'en sortir ?

Le labrador contempla sa maîtresse avec confiance.

— Lady pense que tu devrais l'opérer, dit Cassie d'un ton décidé.

Elizabeth scruta un instant le visage de la fillette, puis elle reporta son attention sur l'animal qui gisait sur la table d'opération.

Elle exerçait à Cartersburg, en Virginie, depuis un an. Elle avait rencontré Cassie il y avait trois mois environ, à la permanence locale de *Big Sisters of America,* une association qui permettait à un adulte d'offrir son parrainage affectif à un enfant en difficulté. Devenue la « marraine » de Cassie, elle avait pris la fillette en affection, et celle-ci le lui rendait bien. Ce qui ne facilitait pas sa décision, en cet instant.

D'une main tendre, Cassie effleura la tête de l'animal blessé.

— On dirait qu'il est croisé avec un setter irlandais, reprit-elle d'une voix vibrante. Il a un beau poil brun sous toute cette boue. Il est si doux... Et puis, je l'aime déjà.

Pendant une longue minute, un silence pesant régna dans la pièce.

Allongée sous la table, Lady attendait, le museau entre les pattes. Au-dessus d'elle, le chiot respirait à peine, d'un souffle imperceptible. Dieu seul sait com-

8

ment il avait survécu à ses blessures. Soudain, Elizabeth se décida. Elle prit une perfusion et un flacon de sérum.

— Sors, Cassie, ordonna-t-elle. Ce ne sera pas joli à voir, si tu veux que j'essaie de sauver ce chien. Va m'attendre dans la salle à côté.

— D'accord, répondit la fillette, l'air ravi.

Mais avant de partir, elle se retourna vers Elizabeth.

— Il faut que tu saches qu'il a un nom. Je pense que je vais l'appeler Baraka.

— Allez, je t'ai dit de sortir !

Connaître son nom lui compliquait singulièrement la tâche. Il était beaucoup plus simple de s'occuper d'un animal anonyme que d'un chiot doté d'un état civil et nommé Baraka.

Lorsqu'il entendit la porte s'ouvrir, Jed Parker posa son magazine. Devant la mine satisfaite de sa fille, il comprit qu'elle avait réussi à persuader sa marraine d'opérer le chien. Il ne restait plus qu'à espérer qu'ils n'étaient pas tous trois en train de prolonger simplement son agonie.

— Comment va ton petit copain ?

L'adolescente alla s'asseoir sur le bras d'un vieux fauteuil de cuir.

— Elizabeth a décidé de l'opérer.

Ses yeux fixaient l'aquarium dans lequel se poursuivaient des nuées de petits poissons exotiques.

— Je l'ai appelé Baraka. Je suis sûre qu'il va avoir de la chance et je sais qu'Elizabeth peut le sauver.

— Attends une minute, s'il te plaît. Quand nous l'avons ramassé sur la route, je t'ai prévenue qu'il ne s'en sortirait sans doute pas. Elizabeth est un bon vétérinaire, mais elle ne peut pas faire de miracles.

— Elle va le sauver, répéta Cassie avec obstination. J'en suis sûre.

Jed ouvrit la bouche pour répondre, mais se ravisa devant le regard déterminé de sa fille.

En l'observant une minute, il songea que, même si elle avait encore les traits d'une fillette de treize ans, avec ses longs cheveux noirs tombant sur les yeux, elle promettait déjà d'être un jour aussi belle que sa mère. Kate aurait été heureuse de la voir grandir.

Cassie grattait le bras du vieux fauteuil, fixant le ballet des poissons dans l'aquarium, pour ne pas penser au chien sur la table d'opération et à Elizabeth qui faisait l'impossible. Plus que jamais, elle comprenait à quel point la jeune femme enrichissait sa vie. Après la mort de sa mère, elle s'était sentie très seule et son père avait décidé de l'emmener à la permanence de l'association *Big Sisters of America*. C'est là que, quelques jours plus tard, elle avait rencontré Elizabeth qu'elle considérait à présent comme une sœur aînée.

Elle prit un magazine sur la table, le feuilleta machinalement, puis le reposa pour en prendre un autre. L'image du chien lui revenait sans cesse à l'esprit. Il était si beau avec son poil fauve, tacheté de noir.

Elle parcourut la revue sans rien comprendre à sa lecture. Puis après un moment qui lui parut une éternité, elle se leva et se dirigea vers la fenêtre.

— Elizabeth s'occupe de Baraka depuis plus d'une heure maintenant. Je suppose que c'est bon signe, non ? Je veux dire, s'il était déjà...

Sa voix se brisa.

— Ne t'inquiète pas, tout va bien se passer, dit Jed d'un ton rassurant.

Elle regardait toujours par la fenêtre. Dehors, le vent secouait les branches des érables et le sol était couvert d'un épais tapis de feuilles rouges. Les yeux embués de larmes, elle s'imagina en train de jouer avec Baraka

dans le vaste jardin. « Pourvu qu'il vive ! » pria-t-elle, le cœur serré.

Conscient du désarroi de son enfant, Jed aurait voulu traverser la pièce et la prendre dans ses bras, mais, bizarrement, il se sentait intimidé, devant cette jeune personne un peu distante.

Cassie avait tellement changé au cours de cette année. Elle avait dû grandir d'une quinzaine de centimètres. Quant à ses vêtements... elle insistait à présent pour porter de larges T-shirts informes, destinés à dissimuler une silhouette féminine qui s'esquissait, et des jeans usés jusqu'à la trame, que Jed n'aurait même pas osé donner à une œuvre de charité. Il n'aimait pas se l'avouer, mais il devait bien reconnaître qu'il ressentait un curieux malaise quand il la serrait contre lui. Il était loin le temps où, le dimanche matin, un petit elfe bondissant le réveillait et venait lire ses bandes dessinées dans son lit. Pourtant, il lui semblait que c'était hier.

Soudain, la porte s'ouvrit. Le père et la fille levèrent des yeux inquiets vers Elizabeth.

— Bien, l'animal est...

En croisant le regard de l'adolescente, elle rectifia :

— Baraka est toujours dans les « vapes », mais il semble que son état soit moins critique. Je l'ai mis sous perfusion et installé sous une couverture chauffante, ce qui devrait faire remonter sa température.

Lady traversa la pièce et s'approcha de Cassie comme pour lui apporter son réconfort.

Elizabeth poursuivit :

— J'ai nettoyé sa plaie et plâtré sa patte. Sa blessure est profonde, mais, par chance, aucun organe n'est lésé.

— Alors, il est hors de danger maintenant ?

Les yeux de Cassie reflétaient la peur et l'espoir mêlés. Elizabeth aurait aimé la rassurer, mais, pour l'instant, mieux valait se montrer prudente.

— Je ne peux rien te promettre, Cassie. Il a été très gravement blessé et même s'il n'y a pas de complications, il aura besoin de beaucoup de soins et d'amour pendant quelques mois.

Cette réponse combla Cassie. Elle hocha la tête d'un air décidé.

— Je te jure que je l'adore déjà, déclara-t-elle d'une voix solennelle. Est-ce que je peux le voir maintenant ?

Elizabeth sourit devant tant d'obstination.

— Oui, tu peux y aller, seulement rappelle-toi qu'il est toujours dans le coma, sous perfusion, et que son état est encore très sérieux.

— Oui, mais il est vivant ! objecta-t-elle, triomphante, en passant la porte.

Une fois qu'elle eut disparu, Jed se tourna vers Elizabeth.

— La vie de ce chien ne tenait qu'à un fil, lorsque nous l'avons trouvé. J'espère que vous ne l'avez pas sauvé uniquement pour faire plaisir à ma fille. Parce que, si c'est le cas, je crains que vous n'ayez pas rendu service à cette pauvre bête.

Elizabeth hésita avant de lui répondre : Jed ne se trompait pas tout à fait. Au cours de l'opération, le cœur du chien avait flanché et elle avait compris que, seule son amitié pour l'adolescente la poussait à réanimer l'animal. Puis les battements avaient repris et, devant la volonté de vivre de son patient, elle retrouva un peu d'espoir.

Elle alla s'asseoir dans le fauteuil que Cassie venait de quitter et décida de répondre honnêtement.

— Il est difficile de décevoir un enfant qui aime tant la vie. Cela dit, je n'aurais rien tenté si je n'avais pas cru en ses chances de s'en sortir. Ce chiot est miraculé.

— Je l'espère... Cassie vous adore, vous savez, continua-t-il. Elle me parle souvent de vous.

— Moi aussi, j'aime cette enfant.

Elle songea un instant à leurs conversations et aux confidences partagées avec l'adolescente. Elle connaissait désormais assez bien celle-ci pour savoir que si le chien ne se rétablissait pas, elle aurait du mal à s'en remettre.

Silencieusement, Lady vint alors poser sa tête sur ses genoux et Elizabeth la gratta affectueusement derrière les oreilles.

— Hé oui, voyez-vous, Jed, je dois avoir un faible pour les enfants et les chiens ! dit-elle en riant.

— Pour Lady en particulier, je suppose...

— Aucun doute là-dessus. Elle est ma meilleure amie et ma seule famille.

Jed, intrigué, la dévisagea un instant et soudain, il se rendit compte qu'il ignorait presque tout d'elle. Il ne connaissait que son âge, vingt-huit ans, et savait seulement qu'elle avait perdu ses parents.

Il l'étudia avec plus d'attention. L'artiste en lui ne pouvait s'empêcher d'admirer la finesse de ses traits et la beauté de ses yeux d'un gris bleuté, ourlés de longs cils bruns. Elle avait un regard empreint de douceur, à la fois intelligent et chaleureux, et de beaux cheveux châtain clair qui tombaient en vagues souples sur ses épaules.

La voix d'Elizabeth le sortit de sa rêverie.

— Pourquoi me dévisagez-vous ainsi, Jed ?

— Excusez-moi, je suis captivé par votre visage. J'aimerais beaucoup dessiner votre portrait et...

Il s'interrompit en s'apercevant que ses propos mettaient la jeune femme mal à l'aise.

— Je ne savais pas que les auteurs de bandes dessinées faisaient aussi du portrait, remarqua-t-elle en baissant les yeux.

— Vous savez, la plupart de ceux qui exercent ce

métier le font parce qu'ils s'expriment mieux avec quelques traits de crayon qu'avec les mots.

Il se tourna vers la fenêtre : dehors la nuit était tombée.

— Bon, il se fait tard. Que diriez-vous de venir avec nous manger une pizza ? proposa-t-il.

Elizabeth fut sur le point d'accepter. Mais elle se rappela que Marty venait la chercher à 8 heures.

— C'est très gentil de votre part, Jed. Mais nous pourrions peut-être remettre ça à une autre fois, vous voulez bien ? Ce soir, j'ai rendez-vous avec Marty.

— Ah oui ! J'ai entendu parler de lui. Il travaille pour un grand laboratoire pharmaceutique, n'est-ce pas ?

— Oui. Enfin, en réalité, la société appartient à son père. Et, dans quelques années, si tout va bien, Marty en prendra la vice-présidence. Pour le moment, il acquiert une formation en naviguant un peu dans tous les secteurs.

Jed l'observa avec intérêt.

— Et c'est sérieux entre vous ? osa-t-il demander.

— Eh bien...

Elizabeth prit conscience en cet instant qu'elle ne s'était jamais vraiment posé la question. Elle savait seulement qu'ils s'entendaient à merveille et qu'elle regrettait souvent que ses nombreux déplacements les empêchent de se voir régulièrement.

— Enfin, de toute façon, ça ne me regarde pas, dit Jed en se levant. Cassie, nous partons !

La fillette parut presque aussitôt.

— Je vais dormir ici cette nuit, annonça-t-elle. J'ai entendu Elizabeth dire qu'elle sortait et je ne veux pas laisser Baraka sans surveillance.

— C'est hors de question. Tu ne peux pas rester ici toute seule.

14

— Oh, papa, je ne risque rien. Nous sommes à Cartersburg ici, pas à New York.

— Ça suffit, Cassie.

— Mais, papa...

Elizabeth, de son côté, comprenait l'inquiétude de Cassie.

— Vous savez, Jed, elle ne sera pas seule : mon assistante doit assurer la permanence en mon absence. Et dès notre retour, Marty et moi la ramènerons en voiture, si vous voulez.

— Non, non... Je vous remercie, Elizabeth, mais je préfère qu'elle rentre à la maison. Elle doit se lever tôt demain matin pour aller au collège.

— Papa, est-ce que je peux au moins dire au revoir à Baraka ? demanda tout de même l'enfant, en comprenant que la décision de son père était sans appel.

— Bon, dépêche-toi.

Sans perdre une seconde, elle se précipita dans la salle d'opération. Mais avant de se rendre auprès du chien, elle explora la pièce du regard, et sourit en découvrant ce qu'elle cherchait : une fenêtre basse.

— Tu viens, Cassie ? appela Jed.

— J'arrive tout de suite, papa.

Sans bruit, elle tourna la poignée de la fenêtre pour en débloquer l'ouverture et la repoussa afin qu'elle semblât fermée. Puis elle courut vers Baraka. Il paraissait dormir et sa respiration était plus régulière.

— A bientôt, murmura-t-elle.

Elle rejoignit son père dans la salle d'attente.

— Ne t'inquiète pas. Tout ira bien pour lui en mon absence, dit Elizabeth.

— Merci pour ce que tu as fait, Elizabeth, je viendrai le voir demain après l'école.

*

Avant de partir, la jeune femme se rendit une dernière fois près de l'animal. Le chiot était paisible et ne semblait pas souffrir. Elle ôta sa blouse. Janet, son assistante, allait arriver d'une minute à l'autre. Elle s'apprêtait à refermer la porte de la clinique, quand Lady émit un gémissement. Elizabeth comprit ce que sa chienne cherchait à lui dire ; elle se pencha pour la caresser.

— Oui, ma belle, tu vas rester ici pour veiller sur lui.

A ces mots, le labrador dressa les oreilles et remua la queue. La jeune vétérinaire était persuadée que, entre elle et Lady, existait bel et bien une forme de transmission de pensée.

En traversant la vaste cour pour se rendre chez elle, Elizabeth s'en voulut un instant de la laisser là, mais cela valait mieux, ce soir. Elle n'avait jamais compris pour quelle raison Marty n'aimait pas la chienne ni pourquoi cette dernière restait toujours près d'elle lorsqu'il était là. Sans doute s'agissait-il de jalousie réciproque, pensa-t-elle, amusée.

Après s'être accordé le luxe d'une longue douche bien chaude, Elizabeth se sécha les cheveux et enfila sa robe grise en mohair, la préférée de Marty. Elle finissait de se maquiller, quand ses paroles lui revinrent en mémoire. Que voulait-il dire en lui recommandant de se faire très belle pour une soirée qui promettait d'être exceptionnelle. Après avoir chaussé ses escarpins et fixé des perles à ses oreilles, elle vérifia une dernière fois sa tenue devant le miroir de l'entrée. Ses joues étaient plus roses que d'habitude et il lui sembla que ses yeux brillaient d'excitation. Elle se sentait presque aussi nerveuse que le jour où elle avait obtenu son diplôme de vétérinaire. « Ne sois pas stupide... c'est juste un dîner », se raisonna-t-elle. Elle sursauta au bruit de la sonnette.

Elle ouvrit la porte. Marty lui tendit un splendide bouquet de roses.

— Tu es superbe, ma chérie. Cette robe te va à ravir.

— Marty, comme c'est gentil...

Il eut ce merveilleux sourire qu'elle aimait tant, et Elizabeth se dit pour la centième fois qu'il était l'homme le plus séduisant qu'elle ait jamais rencontré.

Tandis qu'elle disposait les roses dans un vase sur la commode du salon, elle l'observa à la dérobée. Marty était grand, musclé, d'une rare élégance. Des cheveux blonds, impeccablement coiffés, accentuaient la transparence métallique de ses yeux bleus. Tout en lui évoquait la puissance et la richesse. Tant de luxe et d'assurance impressionnaient Elizabeth.

— J'espère que tu ne vois pas d'inconvénient à faire une petite promenade en voiture jusqu'à Richmond, dit-il en l'aidant à enfiler sa veste légère en cachemire. Ce soir, je t'invite à déguster de la cuisine française.

Il passa un bras autour de sa taille et l'entraîna dans l'allée couverte de feuilles d'automne qui craquaient sous leurs pas.

— Nous allons au Château, le fameux restaurant ?

Elle le connaissait de réputation, mais ses moyens ne lui permettaient pas de le fréquenter.

— Exactement. Un endroit rêvé pour cette soirée !

D'un geste théâtral, il lui ouvrit la porte de sa Ferrari.

Avant de monter dans la voiture, Elizabeth pensa soudain à Baraka. S'ils allaient à Richmond, ils ne seraient de retour que très tard dans la nuit, et elle ne voulait pas laisser l'animal seul trop longtemps.

— Marty, j'ai opéré un jeune chien cet après-midi. Il est en réanimation. Alors, si nous allons aussi loin, je devrais peut-être d'abord passer à la clinique pour m'assurer qu'il va bien.

Il serra sa main plus fort.

— Chérie, est-ce vraiment nécessaire ? J'ai réservé une table, et je déteste arriver en retard.

— Eh bien...

Elle savait à quel point Cassie comptait sur elle, et elle se sentait une énorme responsabilité envers sa filleule. Mais, après tout, il n'y avait rien qu'elle pût faire pour Baraka dans l'immédiat. Et, de surcroît, son assistante était là pour veiller sur lui.

— Non, en fait, ce n'est pas indispensable.

Instantanément, Marty retrouva son sourire.

— Très bien, alors en route. De toute façon, tu n'as pas précisément la tenue idéale pour manipuler tes bestioles. Et puis, tu as besoin de te changer un peu les idées et de t'amuser.

Pendant qu'ils roulaient sur l'autoroute, Elizabeth eut une bouffée de remords qui mit quelque temps à se dissiper, jusqu'à leur arrivée au restaurant. Là elle fut tout entière à sa conversation avec Marty.

Leur table les attendait dans un coin tranquille, près d'une baie vitrée qui donnait sur un grand parc. Sur la nappe brodée, deux chandeliers d'argent flanquaient une coupelle de cristal où s'épanouissaient des fleurs fraîchement coupées. Le sommelier apporta une bouteille de pouilly-fuissé 1981 que Marty, de toute évidence, avait commandée avant leur arrivée. Il débordait de charme, attentif au moindre détail.

— Tu as pensé à tout, remarqua-t-elle en souriant.

— Je lève mon verre à notre amour et à cette soirée, entre toutes.

Elizabeth avala une petite gorgée de bourgogne blanc.

— Marty, vas-tu enfin me dire ce que cette soirée a de si extraordinaire ?

Mais juste à cet instant, le serveur leur apporta les

18

menus et Marty s'absorba dans la consultation du sien. Il commanda pour eux des soles meunière, sans lui demander son avis. Puis il lui parla de sa vie professionnelle.

— Si tu savais à quel point je suis impatient de devenir vice-président, dit-il d'un air passionné. J'aurai enfin la possibilité de prendre des décisions importantes. J'ai tellement de projets pour développer la société...

Elizabeth sourit, gagnée par l'enthousiasme de son compagnon. Avec lui, la vie paraissait si simple. Il lui faisait découvrir les endroits les plus fastueux, lui offrait de magnifiques cadeaux... D'origine modeste, elle n'avait jamais eu accès à cette opulence et l'appréciait avec chaque fois plus d'émerveillement.

Ainsi qu'elle s'y attendait, le repas fut remarquable. En entrée, on leur servit un délicieux feuilleté au foie gras. Mais après avoir dégusté sa sole meunière, la jeune femme pria Marty de l'excuser et alla téléphoner à la clinique. Son assistante lui indiqua que le pouls et la respiration du chien s'étaient stabilisés, et Elizabeth lui demanda de réduire le débit de la perfusion. Elle lui dit de partir à minuit; Marty et elle seraient de retour peu après.

Ils commandèrent en dessert la glace flambée, spécialité de la maison. Mais, après que le serveur eut déposé devant eux deux cafés nappés de crème fouettée, Marty prit la main de sa compagne.

— Le moment est venu de te dire pourquoi cette soirée est spéciale, ma chérie.

La gorge de la jeune femme se serra. Il semblait tout à coup si solennel...

— J'ai un cadeau pour toi.

Il sortit de la poche de sa veste un petit écrin de velours bleu qu'il ouvrit lentement.

Les yeux d'Elizabeth s'agrandirent en découvrant le diamant qui étincelait de mille feux sur un anneau d'or.

— C'est une bague de fiançailles, Elizabeth, déclara Marty, comme elle restait sans voix. Pour célébrer le début de notre vie commune.

— Oh, Marty...

« Notre vie commune »... Cette pensée la comblait de joie, et l'effrayait à la fois. Marty était séduisant, raffiné et détenteur de tout ce qu'une femme admirait chez un homme. Leurs enfants ne connaîtraient ni la pauvreté ni cette peur du lendemain qui avaient hanté sa propre enfance. Mais se sentait-elle vraiment prête à l'épouser ? Le connaissait-elle suffisamment pour prendre un tel engagement ?

Marty la dévisageait, attendant sa réponse.

— Ecoute, je... je ne sais pas..., balbutia-t-elle.

Il se pencha vers elle, l'air inquiet.

— Il y a un autre homme, dans ta vie ?

— Mais non, Marty, bien sûr que non !

— Alors, pourquoi cet embarras ? Tu ne veux pas de moi ? demanda-t-il, les sourcils froncés.

— Il ne s'agit pas de cela, Marty. Simplement, je ne m'y attendais pas.

Il se détendit et lui sourit de nouveau.

— Ce n'est rien, je comprends ta surprise.

Alors il sortit avec précaution la bague de son écrin et prit la main gauche d'Elizabeth dans la sienne. Puis, plongeant son regard dans celui de la jeune femme, il demanda d'une voix chaude :

— Elizabeth Peterson... voulez-vous devenir ma femme ?

Elle scruta son visage comme si elle avait espéré y trouver une réponse. Se marier représentait un bouleversement considérable. Peut-être devait-elle s'accorder plus de temps pour y réfléchir ? Mais pourquoi se

poser trop de questions ? Ne lui offrait-il pas la chance d'avoir enfin un foyer, une famille ? Tout ce qu'elle désirait depuis toujours.

Elle prit une profonde inspiration.

— Oui, Marty, je serai ta femme.

A peine avait-elle prononcé ces mots qu'il glissait l'anneau à son doigt. Il prit le visage de sa compagne entre ses mains et posa un tendre baiser sur ses lèvres.

— Que penserais-tu de te marier à Noël ?

— Marty, c'est trop tôt ! C'est à peine dans trois mois...

Ce délai lui permettait tout juste de s'habituer à l'idée d'être fiancée, alors pour le mariage...

— Excuse-moi, mais j'ai besoin d'un peu de temps, ajouta-t-elle.

Déçu et un peu crispé, Marty essaya jusqu'à la fin du repas de la faire changer d'avis, mais elle ne céda pas. Ce n'est que pendant qu'ils buvaient leur café, qu'il commença enfin à se détendre et promit de l'emmener à l'autre bout du monde pour leur lune de miel. Et Elizabeth se mit à rire en pensant à la vie merveilleuse qui l'attendait.

Cassie n'avait presque pas dormi, partagée entre son inquiétude pour la santé de Baraka et son impatience d'aller le retrouver à la clinique.

Elle avait réglé son réveil à minuit, et la sonnerie la fit sursauter. Elle enfila à la hâte un survêtement bleu marine, chaussa une paire de tennis, puis se faufila sans bruit par la fenêtre, et gagna le toit du garage. De là elle attrapa une branche du grand pin et descendit le long du tronc.

— Tu es en retard, chuchota Billy Hankins, au pied de l'arbre.

— Idiot! C'est toi qui es en avance.

Billy habitait la maison mitoyenne et ils se connais-saient depuis toujours. Il y a peu — quelques mois seulement — il lui venait à peine à l'épaule, avec ses bonnes joues roses surmontées d'une épaisse tignasse toujours en bataille. Mais à présent, il était beaucoup plus grand qu'elle, avait perdu ses kilos et il essayait même de discipliner ses mèches rebelles ; en vain d'ail-leurs... Ils s'aimaient d'une amitié toute fraternelle et Cassie espérait qu'il en serait toujours ainsi.

— Allons-y, murmura-t-elle, je veux voir mon chien.

Ils s'éloignèrent rapidement de la grand-rue et s'enfoncèrent dans la nuit. Seuls quelques faibles rayons de lune éclairaient leur chemin. Ils auraient pu emporter une lampe torche, mais lorsqu'ils s'échap-paient ainsi en cachette pour leurs fugues nocturnes, ils redoutaient d'attirer l'attention.

— Tu as eu des problèmes pour sortir ? demanda Cassie.

— Non. C'était du gâteau, comme d'habitude.

Billy fit rouler un caillou d'un coup de talon.

— Tu es sûre que l'assistante d'Elizabeth est partie, maintenant ?

— Oui, je te l'ai déjà dit.

En réalité, l'adolescente en doutait. Mais peu importe, ils verraient bien sur place.

— Tu crois que le chien est encore en vie ?

— J'en suis sûre ! répliqua-t-elle. Ce n'est pas pour rien que je l'ai appelé « Baraka ».

— Et tu penses que ton père va te laisser l'adopter ?

Cassie ne se donna pas la peine de répondre. Elle se chargerait de ce problème-là plus tard.

Ils avaient à peine parcouru la moitié du chemin, quand soudain Billy la saisit par le coude.

— Tu as vu cette voiture ? dit-il en lui montrant du doigt une vieille Chevrolet garée le long du trottoir. Il y a deux personnes à l'intérieur.

Ils se plaquèrent contre un gros chêne et attendirent, immobiles.

— Je suis sûre que ce sont des amoureux, murmura Cassie. Ils sont certainement trop occupés pour nous remarquer.

Son ami se faufila derrière un autre arbre et s'arrêta pour l'attendre.

— C'est bizarre, dit-il. La voiture est devant la maison de Mlle Henniker, mais je l'imagine mal en train de flirter devant chez elle, au milieu de la nuit.

Ils pouffèrent tous les deux en évoquant la bibliothécaire de leur collège, une célibataire d'une cinquantaine d'années, en train d'embrasser un homme.

A ce moment précis, la portière de la Chevrolet s'ouvrit. Cassie écarquilla des yeux stupéfaits. Non seulement il s'agissait bien de Margaret Henniker, mais le conducteur n'était autre que Tom Edwards, le directeur de l'école, en personne ! Cassie se colla contre l'arbre. Ce n'était pas le moment de se faire remarquer !

Elle observa le couple qui s'avançait vers la porte. Mlle Henniker tourna la clé dans la serrure et ils pénétrèrent à l'intérieur. La lumière de l'entrée les éclaira un instant alors qu'ils s'enlaçaient tendrement.

— Billy, tu as vu qui c'était ?

— Tu parles ! Quand je vais raconter ça aux copains...

— Non, tu ne dois surtout rien répéter à personne ! Mlle Henniker pourrait se faire renvoyer.

— Oui, tu as peut-être raison, dit-il d'un air déçu. Allez, viens, dépêchons-nous.

Pendant cinq minutes, ils coururent à perdre haleine. Puis ils ralentirent pour reprendre leur souffle.

— Je n'arrive pas à y croire, dit Cassie. En tout cas, il faut faire attention, M. Edwards va sans doute rentrer chez lui d'une minute à l'autre.

Elle jeta un coup d'œil inquiet derrière elle.

A la sortie de la ville, ils débouchèrent sur une petite route qu'ils longèrent pendant une centaine de mètres avant de remonter l'allée de gravier qui menait à la clinique. Cassie se remit à penser à Baraka, priant de toutes ses forces qu'il fût encore vivant.

A côté d'elle, Billy traînait les pieds.

— Allez... Grouille-toi.

Mais la mine de Billy s'allongeait de plus en plus.

— Tu veux vraiment aller à la clinique? finit-il par demander, visiblement peu enthousiaste.

— Evidemment! Nous sommes venus pour ça, non?

— Tu es bien sûre que la fenêtre est ouverte?

Elle lui jeta un regard de défi.

— Ne me dis tout de même pas que tu as peur?

— Et si l'assistante est toujours là? Ou si Elizabeth est rentrée et qu'on se fasse piquer? On risque d'être condamnés pour effraction! Faire le mur de chez soi, passe encore, mais s'introduire chez les gens, c'est plus grave.

— Arrête de m'ennuyer, à la fin! De toute façon, Elizabeth ne nous dénoncerait pas. Je suis persuadée qu'elle comprendrait très bien pourquoi je suis venue.

Ils arrivèrent derrière la clinique et s'approchèrent sans bruit de la fenêtre, scrutant l'intérieur pendant une longue minute. Mais ils ne virent personne. Deux néons écrasaient la salle d'attente d'une lumière crue et inondaient les autres pièces d'une inquiétante lueur bleutée.

Cassie exerça une légère pression sur le battant de la fenêtre, qui s'ouvrit comme prévu. Billy prit appui sur un vieux cageot en bois, et effectua un rétablissement.

Il avait déjà un genou sur le rebord lorsqu'un grognement menaçant l'arrêta net.

Il dégringola aussitôt.

— Tu ne m'avais pas dit qu'il y avait un chien de garde !

— C'est sans doute Lady. Laisse-moi passer devant, elle va me reconnaître.

— Je te préviens, moi je ne rentre pas ! Tu vas te faire mordre, c'est sûr...

— Mais non.

Cassie aurait aimé être aussi confiante qu'elle l'affichait. Lady la connaissait, mais elle l'avait toujours vue dans la journée, et en compagnie d'Elizabeth. Débarquer de cette façon, en pleine nuit, avec un inconnu, était une tout autre affaire.

— C'est moi, Lady, chuchota-t-elle.

La chienne grogna de nouveau.

— Tu vois, je t'avais prévenue.

Cassie ignora la remarque de Billy, et insista.

— Viens là, Lady. Tu me reconnais ? Allez, sois gentille.

Très lentement, elle se hissa et, en équilibre sur l'encadrement de la fenêtre, s'immobilisa un instant avant de risquer un pied de l'autre côté.

— Je viens juste voir Baraka. Tout va bien, ma belle.

Elle prit son courage à deux mains, sauta à l'intérieur et fit quelques pas avec précaution. Elle tendit un sucre à l'animal comme Elizabeth le lui avait appris.

— Allez, ma fille, viens là. Viens, Lady.

Le labrador hésita une seconde, puis s'avança lentement et renifla sa main. Elle cessa de grogner et remua la queue en signe de bienvenue. Cassie s'agenouilla pour serrer Lady dans ses bras.

— Ça y est, Billy, tu peux venir, lança-t-elle d'un ton triomphant.

L'adolescent pénétra à son tour dans la pièce et referma la fenêtre derrière lui. La chienne l'observa d'un air indifférent et resta auprès de Cassie.

— Tu vois, je t'avais dit que tout se passerait bien.

Billy ne prit pas la peine de répondre et ils se dirigèrent tous les trois vers la pièce réservée aux chiens hospitalisés.

Baraka était allongé à l'intérieur d'un box, dans la même position qu'au moment où Cassie l'avait quitté. Elle s'approcha doucement, la gorge nouée. Et s'il était mort ? Elle n'osait pas le toucher. Soudain, la boule de poils émit une petite plainte étouffée. Cassie avança une main tremblante et une bouffée de joie l'envahit lorsqu'elle sentit sous ses doigts son contact chaud et soyeux. Le jeune chien parvint à ouvrir les yeux.

— Billy, il est vivant ! s'exclama-t-elle.

Le garçon examina l'animal avec attention dans la faible lumière qui venait de l'entrée.

— Il a l'air plutôt mal en point.

— Oui, mais il va guérir, répondit-elle, au bord des larmes. Il le faut, je l'adore.

— Comment peux-tu dire ça alors que tu ne le connais même pas ?

— Je ne sais pas. Je l'aime, c'est tout.

Avec une tendresse infinie, elle caressa le museau du jeune chien. Alors, il redressa imperceptiblement la tête et lui lécha la main.

— Oh, Billy...

— Chut ! Je crois que j'ai entendu une voiture.

L'espace d'un instant, deux phares balayèrent l'obscurité. Lady se précipita vers l'entrée.

— Dépêchons-nous ! Il faut sortir d'ici ! s'exclama Billy, affolé.

Mais il comprit devant la mine désespérée de Cassie, qu'ils étaient piégés. Le temps de courir jusqu'à la fenêtre, dans l'autre pièce, il serait déjà trop tard.

— On n'y arrivera pas, dit Cassie. On va se cacher ici. Vite, entre dans un box.

Elle-même se glissa tant bien que mal au fond d'une autre cage dont elle referma la porte grillagée. Le cœur battant à tout rompre, elle se roula en boule pour se fondre dans la pénombre et retint son souffle.

2.

La voix d'Elizabeth coupa net les aboiements frénétiques de Lady.

— Lady, arrête ! C'est moi, je suis avec Marty.

La chienne se mit à japper de plus belle.

— Lady ! Tais-toi, enfin !

— Tu vois, j'en étais sûr, cet animal me déteste, dit Marty.

— Ce n'est pas vrai, répondit-elle en caressant la chienne. Elle est juste un peu jalouse, c'est tout. Mais je suis persuadée qu'elle s'habituera vite à ta présence lorsqu'elle te verra tous les jours.

— Je l'espère bien, marmonna-t-il en jetant un regard mauvais à Lady.

Pendant qu'Elizabeth enfilait sa blouse blanche, il se mit à arpenter la pièce.

— Tu en as pour longtemps avec ton moribond sous perfusion ? demanda-t-il d'un ton impatient.

Le diamant étincela un instant au doigt de la jeune femme et celle-ci eut le désagréable pressentiment qu'un problème se profilait à l'horizon. Pendant le repas, ils avaient bien parlé de leur mariage et de leur lune de miel à Hawaii, mais à aucun moment, ils n'avaient sérieusement évoqué les aspects pratiques de leur vie commune. Car Elizabeth était convaincue qu'il respectait son travail de

vétérinaire, comme elle acceptait ses obligations profes-
sionnelles à lui.

— Tu sais, Marty, reprit-elle, tu vas devoir faire
preuve d'un peu de compréhension. Dans mon métier, il
n'y a pas d'horaires réguliers, et être vétérinaire dans une
région rurale comme celle-ci nécessite parfois des veilles
et des déplacements à l'improviste.

— Mais ton existence ne peut pas se limiter à ta
carrière ! Tu as besoin de temps pour toi, pour nous.

Il tendit la main et lui caressa la joue.

— Tu travailles trop, Elizabeth. Si tu t'installais à
Richmond, dans un cabinet de groupe, avec d'autres
vétérinaires, tu gagnerais mieux ta vie et tu disposerais de
plus de loisirs, en ne t'occupant que d'animaux de
compagnie.

— Tu as sans doute raison, mais ça ne m'intéresse
pas. Pratiquer seule, ici, me satisfait pleinement et j'aime
m'occuper de toutes sortes d'animaux, y compris le gros
bétail. Il m'a fallu beaucoup d'efforts pour parvenir à ce
résultat. Maintenant, j'ai enfin réussi à monter cette clinique. Alors s'il te plaît, essaie de comprendre que je ne
peux pas tout abandonner.

Il posa la main sur son épaule et la regarda droit dans
les yeux.

— Il n'est pas question de laisser tomber quoi que ce
soit, chérie. Ton travail serait le même si tu t'associais
avec d'autres confrères.

Elle le dévisagea un long moment. De toute évidence,
il ne comprenait pas ce qu'elle essayait de lui dire.

— Marty, quand tu m'as demandée en mariage ce soir,
j'ai pensé que tu savais que mon métier est avant tout une
vocation.

— Mais je le sais ! Je veux simplement notre bonheur
à tous les deux et cela implique quelques sacrifices de ta
part, comme de la mienne.

Il resserra son étreinte et Elizabeth sentit une sourde appréhension l'envahir. A ses pieds, Lady se mit à grogner.

— Arrête, Lady ! ordonna la jeune femme.

— Nous ne pouvons même pas parler tranquillement en présence de cette sale bête ! fit-il remarquer d'un ton sec.

— Je suis désolée, Marty. Ecoute, maintenant je dois administrer des antibiotiques à Baraka. Ensuite, nous discuterons en tête à tête, je te le promets.

Pendant qu'elle cherchait une seringue et une ampoule dans l'armoire à pharmacie, elle sentait le regard de son fiancé posé sur elle. Si seulement il se montrait plus conciliant, pensa-t-elle. Mais, dans un sens, elle pouvait comprendre sa réaction. Le soir où un homme demande à une femme de l'épouser, il lui semble naturel qu'elle se consacre entièrement à lui.

Elle examina les étiquettes de quelques flacons sans trouver ce qu'elle désirait.

— Je vais être obligée d'aller chercher les antibiotiques dans le minibus. J'en ai pour une minute.

— Je t'attends, mais dépêche-toi, dit Marty comme elle sortait pour aller vers la fourgonnette aménagée en clinique mobile.

Du fond du box où elle se dissimulait, Cassie avait suivi toute la conversation. En entendant la porte claquer derrière Elizabeth, elle laissa échapper un profond soupir de soulagement, et se détendit. Elle aurait bien voulu chuchoter quelques mots à Billy, mais avec Marty dans la pièce voisine, c'eût été imprudent.

Elle sursauta en l'entendant fulminer :

— Sale cabot ! Toujours à traîner dans mes pattes ! Mais ça va changer, grosse limace. Une fois marié, tu ne feras pas de vieux os ici !

Cassie perçut encore quelques pas dans la pièce. Il y eut un bruit sourd suivi d'un cri de douleur de la chienne.

— Ça t'apprendra, espèce d'idiote !

Lady se mit à aboyer, menaçante, puis la porte d'entrée s'ouvrit.

— Que se passe-t-il ? demanda Elizabeth. J'ai entendu Lady et...

— Je ne sais pas. Elle a commencé à gronder comme ça, sans raison. Elle a dû voir un écureuil par la fenêtre...

— Lady, viens ici, ordonna sa maîtresse d'une voix ferme.

La chienne vint vers elle en poussant de petits gémissements.

— Je suis désolée, Marty, je ne comprends pas ce qui lui arrive.

— Oh, elle est un peu agressive, c'est tout, dit-il en enfilant son manteau. Ecoute, si tu as du travail, il vaut mieux que je file tout de suite. Demain, je dois me lever tôt.

— Déjà ? Mais... et notre discussion ?

— Nous avons toute la vie pour cela. Dans quelques mois, tu seras ma femme.

Il l'embrassa sur la joue, eut un bref sourire et sortit sans se retourner. Elizabeth regarda la Ferrari disparaître au bout de l'allée. Elle sentait le flanc chaud du labrador contre sa jambe. Pendant quelques minutes, la jeune femme demeura ainsi, rêveuse, immobile devant la porte. Son regard se posa par hasard sur la bague. Elle la retira, puis la remit machinalement, ne sachant que penser de l'étrange attitude de Marty.

— Lady, est-ce que tu comprends, toi ? C'est à peine s'il m'a dit au revoir.

La chienne leva vers elle ses grands yeux tendres. Elizabeth s'agenouilla pour la caresser.

— Qu'y a-t-il, ma chérie ? Qu'essaies-tu de me dire ?... Comme j'aimerais que tu puisses parler, parfois ! dit-elle en se relevant. Allez, viens. Allons voir comment se porte Baraka.

32

La lumière jaillit dans la pièce. De sa cage, Cassie vit Elizabeth ouvrir le box du chiot blessé. Quand la jeune femme le déplaça pour mieux l'ausculter, le chien poussa un petit cri.

— Oui, ça doit te faire encore très mal.

Elle examina les points de suture et vérifia que le pouls battait avec régularité. La respiration était redevenue normale et les gencives avaient retrouvé une belle couleur rose.

— Eh bien! Je dois admettre que tu portes bien ton nom, Baraka, dit-elle en lui injectant une dose d'antibiotiques. On dirait bien que tu vas t'en sortir, finalement. Je reviendrai te voir tout à l'heure, mon bonhomme. Et nous tâcherons de te faire beau demain avant l'arrivée de Cassie.

Elizabeth vérifia une dernière fois que son patient était bien installé. Elle s'apprêtait à quitter la pièce lorsqu'elle s'aperçut que Lady ne la suivait pas comme d'habitude. Elle se retourna, et la vit, tranquillement assise à l'autre bout de la pièce, en train de contempler les box inoccupés.

— Tu viens, ma belle?

Lady répondit par un bref jappement mais resta immobile.

— Allons. Dépêche-toi? Viens.

La chienne aboya de nouveau, mais ne fit pas mine de bouger.

— Très bien, comme tu voudras! Reste avec Baraka, je repasserai dans un moment, dit-elle en éteignant la lumière.

Une fois la porte refermée, Lady se mit à remuer la queue et poussa un aboiement joyeux à l'intention de Billy et de Cassie.

— Tais-toi, chuchota cette dernière en s'extirpant de sa cachette.

Billy apparut derrière elle, tout engourdi d'avoir passé cette demi-heure recroquevillé.

— Bon sang, on l'a échappé belle! Allez, dégageons d'ici.

Cassie s'arrêta à peine pour caresser Baraka, puis ils se précipitèrent dans la salle d'opération, enjambèrent la fenêtre et s'enfuirent.

Tout ce que Cassie souhaitait à présent, c'était rentrer chez elle et se mettre au lit. Elle en avait assez entendu : le comportement de Marty à l'égard d'Elizabeth, et surtout sa violence envers Lady, l'avait révoltée. En escaladant le grand pin, pour regagner sa chambre, elle se demanda pourquoi son amie acceptait d'épouser un tel individu.

Les jours suivants, Elizabeth passa le plus clair de son temps à essayer de s'habituer à l'idée de son prochain mariage. Pour l'instant, elle n'y parvenait pas tout à fait. La proposition de Marty avait été une telle surprise... Le fait même de porter son solitaire en permanence la gênait. Les premiers jours, elle avait oublié de le retirer avant d'enfiler ses gants de chirurgie, et, chaque fois, en les ôtant après l'opération, la bague était restée coincée dans le caoutchouc. Elle se rendit donc, dès le lundi matin, à la bijouterie Thornberg afin de la faire ajuster. Le bijoutier lui promit que l'anneau serait prêt dans la journée.

Lorsqu'elle retourna au magasin, en fin d'après-midi, elle y trouva une note de M. Thornberg signalant qu'il serait de retour peu après. Elizabeth regarda sa montre : cela lui donnait juste le temps de faire un saut à la quincaillerie d'en face pour y acheter une nouvelle poignée pour la fenêtre de la cuisine. Elle parcourait les allées à la recherche de son loquet, lorsqu'elle crut apercevoir un visage familier près du rayon de peinture. Jed

Parker. Oui, c'était bien lui. Elle ouvrit de grands yeux, étonnée. Dieu que cet homme était séduisant! Il lui semblait le découvrir pour la première fois. Son blazer bleu marine, admirablement coupé, porté sur une chemise bleu clair, accentuait encore sa carrure athlétique. Ses épais cheveux blonds retombaient sur son front. Avec son profil net, sa mâchoire carrée, Jed ressemblait à un dieu grec. « Peut-être a-t-il rendez-vous avec une femme? » songea-t-elle. Cassie ne lui en avait jamais parlé. Mais, après tout, pourquoi auraient-elles abordé ce sujet?

Soudain intimidée par le charme physique de cet homme superbe, elle hésita une seconde avant de s'approcher de lui.

— Bonjour!...

— Elizabeth! Que faites-vous ici?

Un sourire découvrit les dents parfaites de Jed. Elle se sentit soudain troublée par l'intensité de son regard, et pendant un instant en oublia la raison de sa présence à la quincaillerie.

— Eh bien, je... je me suis arrêtée pour acheter un loquet pour une fenêtre... Et vous?

— Je vais à une soirée à la chambre de commerce, et comme je suis un peu en avance, j'en ai profité pour venir fouiller dans les gouaches et les pastels.

Il dévisageait Elizabeth de ses yeux très noirs. Elle dut se ressaisir pour trouver quelque chose à dire :

— Cassie est venu voir Baraka à la clinique, cet après-midi.

— Oui, je sais... Il paraît qu'il s'en sort magnifiquement.

— Oh oui, il se rétablit très vite. Mieux que je ne l'aurais espéré.

— Alors, je vous dois de sincères excuses.

— Pourquoi cela?

— Eh bien, à cause de l'autre soir, lorsque j'ai dit que vous ne l'opériez que pour faire plaisir à ma fille.

Machinalement, elle posa sa main sur son bras.

— Vous n'aviez pas tout à fait tort...

Elle s'interrompit et, prenant alors conscience du corps de Jed tout près du sien, recula vivement.

— C'est vrai, je l'ai fait en partie pour Cassie. Mais surtout pour le chien. La souffrance animale m'est insupportable, et une vie est une vie. J'aime les bêtes, profondément, et ma seule raison d'être est de leur venir en aide.

Il la contempla pendant un long moment, et elle lut dans ses yeux qu'il comprenait ses certitudes et son combat.

— Vous êtes une femme exceptionnelle, Elizabeth, dit-il d'une voix grave. Vous nous avez aidés, Cassie et moi. Comment pourrais-je jamais vous remercier ?

— Mais vous ne me devez rien, Jed.

— Allons, cherchez bien. Qu'est-ce qui vous ferait plaisir ?

— Eh bien... J'ai une idée ! Si vous m'aidiez à trouver cette fermeture pour la fenêtre de ma cuisine ? J'en voudrais une qui me permette de la laisser bloquée, à peine entrouverte.

Jed lui jeta un regard amusé, puis éclata de rire.

— C'est la chose la plus facile qu'on m'ait jamais demandé ! Suivez-moi.

Il la conduisit à travers les rayons à l'autre bout du magasin. Elle reconnut alors les rangées de poignées et de serrures suspendues dans leur emballage plastique.

Jed examina les objets un à un.

— Celle-ci ferait peut-être l'affaire, dit-il en désignant une poignée équipée d'une chaîne de sécurité.

Ils tendirent le bras en même temps, et leurs mains se rejoignirent involontairement sur la serrure. Pendant un instant, Elizabeth se sentit incapable de réagir et elle éprouva la sensation étrange que plus rien n'existait au-

tour d'eux, seulement le contact doux et chaud de leurs deux paumes. Leurs regards se croisèrent de nouveau, et ils échangèrent un sourire gêné en retirant leurs mains. Puis Jed commença à lui expliquer le fonctionnement de l'objet. Elizabeth l'écoutait, mais elle n'entendait que la musique de sa voix. Le sens de son discours lui échappait totalement. Elle ne se souvenait même pas être venue chercher une serrure.

— Je suis sûr que c'est ce qui convient, ajouta Jed. Bon, je me sauve, maintenant. L'heure des mondanités a sonné.

— Oui... Merci de m'avoir aidée, Jed. Je n'y connais rien, vous savez.

— Je suis persuadé du contraire, mais j'ai été heureux de vous rendre service, répondit-il en souriant.

Elizabeth se dirigea vers la caisse et, soudain, elle se souvint qu'elle avait oublié de lui annoncer son mariage. Cassie et Jed comptaient parmi ses proches désormais, et elle devait les en avertir.

— Jed, attendez !

Celui-ci s'arrêta sur le seuil du magasin et se retourna, l'air étonné.

— J'ai... eh bien, j'ai une nouvelle à vous annoncer, dit-elle en le rejoignant.

Elle n'aurait su dire pourquoi, mais elle se sentit tout à coup terriblement empruntée.

— Je vous écoute.

Ils firent quelques pas dans la rue en silence. La jeune femme ne savait pas par où commencer. Puis elle se rappela qu'il n'existait qu'une seule manière de dire les choses : aller droit au but. Elle se tourna vers lui et, pour la première fois, remarqua une petite fossette qui creusait sa joue, lorsqu'il souriait.

— Voilà, Marty et moi, nous nous sommes fiancés la semaine dernière.

Un bref instant, la stupeur assombrit le visage de Jed, pour disparaître aussitôt et laisser place à une expression détachée, presque indifférente.

— Ah bon? L'autre jour, j'avais pourtant cru comprendre que ce n'était pas vraiment sérieux entre vous.

— Oui, en fait, je vous ai dit que je n'étais sûre de rien, et c'est vrai. Ensuite, les choses se sont précipitées. Enfin... J'ai hâte de vous montrer ma bague, mais pour le moment, elle est chez le bijoutier. J'ai dû la faire ajuster, elle était trop grande et...

Elle s'interrompit en s'apercevant qu'elle disait n'importe quoi.

— Eh bien, toutes mes félicitations, Elizabeth, déclara-t-il d'un ton égal. Avez-vous déjà fixé la date du grand jour?

— Je... Euh, pas encore. Peut-être au printemps.

— Eh bien... En effet, c'est l'époque idéale pour se marier, dit-il en regardant sa montre. Bon, il faut vraiment que je file, sinon je vais arriver en retard. Et je vous renouvelle mes compliments.

Elle le suivit des yeux pendant qu'il traversait la rue et s'installait au volant de sa voiture. Puis elle se dirigea vers la bijouterie. A vrai dire, la réaction de Jed la déconcertait un peu. Quelle pouvait être la raison de cette brusque froideur, de cette plate indifférence? Elle se rassura toutefois, en se disant qu'il se montrerait sans doute plus chaleureux quand il rencontrerait Marty.

Lorsqu'elle arriva chez le joaillier, M. Thornberg était sur le point de fermer.

— Ah, je vous attendais, mademoiselle, dit-il en l'accueillant. Je me doutais bien que vous n'auriez pas la patience d'attendre jusqu'à demain pour récupérer votre solitaire.

En effet, pensa-t-elle en le faisant glisser à son doigt,

elle aurait été ennuyée de passer une nuit entière sans sa bague. A dater de cet instant, celle-ci devrait faire partie d'elle-même. Ne la porterait-elle pas, désormais, pendant tout le reste de sa vie?

Le soleil venait à peine de se lever, projetant par la fenêtre des lueurs pâles et rosées. Jed était assis à la table de la cuisine, plongé dans la lecture d'un livre que Cassie avait oublié là. Durant toute cette semaine, sa fille lui avait paru préoccupée. Il s'était d'abord imaginé que l'état de santé de Baraka l'inquiétait, mais la découverte du livre de Cassie le fit changer d'avis : l'ouvrage, mi-roman, mi-document, traitait de la sexualité chez les adolescents. En lisant la couverture, il s'aperçut qu'il s'agissait du troisième tome d'une série de six. En effet, il se souvenait maintenant en avoir vu d'autres dans la maison, mais n'y avait alors pas prêté attention. Il fronça les sourcils devant le cachet de la bibliothèque de l'école.

Il poursuivit sa lecture quelques minutes quand Cassie arriva dans la cuisine pour prendre son petit déjeuner. Jed la regarda posément. Elle portait son uniforme habituel : un vieux T-shirt de l'université de Virginie et un jean déchiré aux genoux. Il se dit qu'elle ne ressemblait en rien à une jeune fille intéressée par la sexualité.

— Cassie, où as-tu trouvé cela? demanda-t-il en désignant le livre.

— A la bibliothèque de l'école.

Elle s'efforçait de paraître désinvolte. «Quelle idiote d'avoir laissé traîner ce bouquin!» pensa-t-elle. Elle connaissait la réaction de son père, s'il découvrait qu'elle lisait ce genre de littérature. Jusqu'ici, elle avait toujours fait en sorte qu'il l'ignore. Mais, ces derniers temps, tracassée par les étranges relations d'Elizabeth et de Marty, elle avait tendance à la distraction...

— Tu as lu ce livre, Cassie ?

L'adolescente remplit son assiette de corn flakes. Elle ne se sentait pas d'humeur à entamer une discussion sérieuse, à 7 heures du matin.

— Eh bien ? insista Jed.

— Je l'ai presque terminé, répondit-elle prudemment.

En réalité, elle l'avait déjà lu deux fois, et comptait le relire une troisième, mais Billy insistait pour qu'elle le lui prête.

— Et alors, qu'en penses-tu ? poursuivit son père.

Cassie avala deux grandes cuillerées de céréales, hésitant à avouer son intérêt pour ce sujet. Il ne comprendrait sans doute pas qu'elle puisse se passionner pour ce genre de choses.

— Je l'ai trouvé pas mal.

Jed ressentait la désagréable impression de faire subir un interrogatoire à sa fille, et cela lui déplaisait. L'idée d'aborder le thème de la sexualité le mettait également mal à l'aise. Mais si elle avait éprouvé le besoin d'en savoir davantage, ils se devaient d'en parler ensemble.

— Tu as lu les autres tomes de la série ?

— Oui, quelques-uns.

— Et vos professeurs sont au courant ?

Cassie se hâta de terminer son assiette pour échapper à cette conversation.

— Je suppose, oui. C'est la bibliothécaire qui s'occupe du programme. Mais qu'est-ce que ça peut faire, de toute façon ? Ce n'est qu'un livre.

— Je pense qu'il y a des lectures plus adaptées à des jeunes de ton âge. Qui est votre bibliothécaire ?

— Mais tu la connais, papa, dit Cassie en laissant échapper un soupir. C'est Mlle Henniker. Et ce n'est pas la peine de lui téléphoner, il y a un débat jeudi soir à l'école, justement à propos de ces livres.

Cassie regretta aussitôt d'en avoir parlé. La biblio-

thécaire connaissait déjà beaucoup de problèmes à l'école, avec le comité des parents d'élèves qui s'opposait farouchement à ses cours et aux ouvrages qu'elle distribuait, jugeant leur contenu indécent. Et la jeune fille ne souhaitait pas que Jed se joigne à la meute des parents outrés. Pour elle, ainsi que pour la plupart de ses camarades, les cours de Mlle Henniker étaient de loin ce qui se passait de plus intéressant au collège. Et peu importaient les protestations des familles rétrogrades...

— Peux-tu me rendre mon livre, s'il te plaît? demanda-t-elle. J'ai promis à Billy de le lui prêter.

— En tout cas, je compte bien aller à cette réunion, annonça Jed en lui tendant l'ouvrage à contrecœur.

« Bien fait pour moi! » pensa Cassie. Soudain une idée lui traversa l'esprit : et si Elizabeth accompagnait son père? Depuis la fameuse nuit, à la clinique, où elle avait entendu Marty brutaliser la chienne, elle pressentait que l'homme était dangereux. Il fallait l'éloigner de son amie. Et qui était plus à même de remplacer — avantageusement — ce fiancé odieux que son propre père? Elle tenait là une occasion unique.

— Tu pourrais inviter Elizabeth à venir avec toi, jeudi soir? suggéra-t-elle d'un ton innocent.

— Pourquoi?

— Eh bien, comme elle s'occupe beaucoup de moi, je pense que ça l'intéresserait d'en savoir plus sur mes lectures.

— Oui, peut-être..., murmura Jed en se plongeant dans son journal.

— De toute façon, il faut que je l'appelle..., ajouta Cassie en saisissant le combiné du téléphone. Je veux savoir comment va Baraka.

Elizabeth décrocha dès la seconde sonnerie. Baraka se portait comme un charme. Il venait de dévorer son petit déjeuner et montrait tous les signes d'un rétablissement éclair.

— Elizabeth, il y a autre chose dont je voulais te parler, ajouta Cassie. Jeudi soir, l'école organise une réunion au sujet de nos livres d'éducation sexuelle. Et papa se demandait justement si ça te plairait d'y aller avec lui.

— Cassie! s'exclama celui-ci, prenant soudain conscience des propos de sa fille.

— Tu es d'accord? continua-t-elle, sans prêter la moindre attention à Jed. Super! Je vais le lui annoncer tout de suite. Alors, à cet après-midi.

— Cassie, de quoi te mêles-tu? demanda-t-il lorsqu'elle eut raccroché.

— Tu veux dire pour la réunion? Tu voulais qu'elle vienne avec toi, non? Comme je devais l'appeler, j'en ai profité pour lui poser la question!

— J'ai dit que je lui en parlerais « peut-être ».

— Tu ne veux pas qu'elle t'accompagne, alors?

Jed hésita. Il n'aurait pu prétendre le contraire. En fait, il appréciait infiniment Elizabeth. Et il avait ressenti un véritable choc en apprenant ses fiançailles avec Marty. Un choc et une profonde déception.

— Le problème n'est pas là, Cassie. A compter d'aujourd'hui, je te serais très reconnaissant de bien vouloir me laisser lancer mes invitations moi-même.

— Désolée, papa. Bon, il faut que j'y aille. Bonne journée!

Et sans s'attarder, elle attrapa son cartable au passage et se rua dehors, juste à temps pour intercepter Billy qui sortait de chez lui.

— Ça y est, j'ai réussi! J'ai trouvé la solution! annonça-t-elle fièrement.

— A quel sujet? demanda son ami, encore mal réveillé.

— Eh bien, à propos du mariage d'Elizabeth avec cet imbécile de Marty! Elle assistera avec papa à la réunion jeudi soir, et à partir de maintenant, je vais faire en sorte

qu'ils se rencontrent le plus souvent possible. Comme ça, Elizabeth pourra faire la différence et elle comprendra vite que Marty est un sale type.

— Oui, mais tu choisis peut-être mal ton moment. Ils vont passer trois heures à écouter Mlle Henniker défendre ses bouquins sur la sexualité et le divorce, pendant que certains parents seront en train de hurler.

— Ecoute, je fais ce que je peux...

— Tu crois vraiment qu'Elizabeth va rompre avec son petit copain parce qu'elle passera plus de temps avec ton père ?

Elle haussa les épaules, agacée par son scepticisme.

— Tu as une meilleure idée ?

— Non.

Cassie n'en fut pas étonnée.

— Tu m'as apporté ce livre dont tu m'avais parlé ? demanda Billy alors qu'ils entraient au collège.

Elle le sortit de son sac à dos, et le tendit à son ami qui le fourra aussitôt sous son bras.

— Merci, à ce soir...

Il s'éloigna d'une démarche faussement dégagée, et elle le suivit un instant d'un regard amusé avant de rejoindre sa salle de classe.

Après les cours, Cassie se rendit chez Elizabeth. Lorsqu'elle entra dans la clinique, Lady l'accueillit par de chaleureux aboiements de bienvenue. De son côté, Baraka qui semblait l'attendre avec impatience remua frénétiquement la queue dans son box. Dès qu'elle approcha, il émit de drôles de petits jappements enroués, dûs à ses blessures, lui expliqua Elizabeth.

— Si tu veux, Cassie, aujourd'hui, tu peux le sortir de la cage, annonça la jeune femme. Mais ne le laisse pas trop s'exciter. Il est encore affaibli.

A peine l'enfant avait-elle ouvert le box que le chiot en jaillit et se mit en devoir de lécher à fond le visage épanoui de bonheur de Cassie.

— Arrête Baraka ! Ça chatouille !

Puis, il se mit à trotter partout, trébuchant par moments, à cause du plâtre qui immobilisait sa patte avant, flairant tout ce qu'il approchait, en particulier Lady, qui endurait, stoïquement, ces énergiques explorations, aux pieds d'Elizabeth.

— Il a l'air presque guéri, remarqua Cassie, au comble de la joie. Regarde ses yeux, comme ils sont brillants et comme il court vite malgré son plâtre !

— Il est plein de vitalité, en effet.

En souriant, Elizabeth le regarda s'engouffrer dans la salle d'examen. Soudain, elle se rappela que la porte de l'armoire à pharmacie était restée ouverte.

— Rattrape-le Cassie ! s'écria-t-elle. Avant qu'il...

Mais il était déjà trop tard. Le jeune chien filait à toute allure au fond de la pièce.

— Baraka, reviens ! Ici ! cria Cassie. Mais lorsqu'elle réussit enfin à l'attraper, il avait déjà renversé une pile de pansements. Il recommença à lui lécher le bout du nez, et se débattit pour jouer avec elle.

— Non, Baraka. Arrête, dit-elle en riant.

— Bon, il faut le remettre dans son box, à présent, intervint Elizabeth.

La vétérinaire prit le chien dans ses bras, le maintenant fermement.

— Il ne faut pas qu'il se fatigue. Il est encore trop jeune pour comprendre quand il doit s'arrêter, expliqua-t-elle.

— Il m'a l'air en pleine forme pourtant, remarqua Cassie en regardant Elizabeth l'installer sur un petit coussin.

— Comme tous les chiots, il est un peu tout fou... Je

pense qu'avec un brin de dressage, il devrait vite devenir un parfait compagnon.

Cassie s'approcha de l'animal qui haletait, la langue pendante. Elle passa sa main à travers la grille pour le caresser.

— Un compagnon comme Lady ?

— Eh bien...

« A dire vrai, aucun chien ne pourrait jamais égaler Lady », pensa Elizabeth.

— Quand pourrais-je commencer à le dresser ? demanda la fillette sans attendre la réponse d'Elizabeth.

— Pas avant plusieurs mois. Il faut d'abord l'habituer à vivre dans une maison.

En contemplant le visage radieux de sa jeune compagne, Elizabeth décida que le moment était venu de poser la question qui la préoccupait :

— Au fait, as-tu demandé à ton père s'il acceptait de prendre Baraka chez vous ?

Cassie baissa les yeux. Elle désirait un chien depuis des années, mais jusqu'à présent, Jed avait accueilli cette idée sans grand enthousiasme. Cette fois, elle n'avait pas osé le questionner franchement, de peur d'un refus.

— Je vois... Tu ne lui en as pas parlé ?

— Non, pas encore. Mais comment pourrait-il me dire non ? Nous lui avons sauvé la vie ! Enfin, *tu* lui as sauvé la vie. Et je suis responsable de lui, maintenant...

— Tu ferais bien de poser quand même la question à ton père. Je suis sûre que tu sauras choisir le bon moment.

— Oui, j'espère.

La fillette appuya sa tête contre la cage de Baraka qui se mit en boule pour s'endormir. D'une manière ou d'une autre, elle devait convaincre son père, il le fallait...

Elle resta ainsi un long moment, pendant qu'Elizabeth nettoyait les écuelles. Soudain, la sensation d'être obser-

vée sortit Cassie de sa rêverie. Son regard balaya la pièce et elle aperçut, dans une cage, un énorme chat noir qui la fixait de ses grands yeux vert pâle. Elle avança, fascinée, vers l'animal, mais alors qu'elle approchait du grillage, il cracha, le poil hérissé, et se réfugia au fond de son box.

— Oh! Il n'a pas l'air facile! A qui est-il?

— C'est Othello. Le chat de Margaret Henniker. Il n'est pas méchant mais seulement furieux d'être enfermé ici, alors qu'il a l'habitude de vivre en liberté.

— Mlle Henniker, la bibliothécaire?

— Oui. Elle doit venir le chercher après l'école. Je m'étonne d'ailleurs qu'elle ne soit pas encore arrivée.

Tout en observant le matou, Cassie songea que Margaret Henniker était peut-être avec M. Edwards, mais elle ne fit aucun commentaire. Elle avait demandé à Billy de se taire à ce sujet, et entendait respecter la même promesse.

— Tu sais, c'est justement Mlle Henniker qui organise la réunion où tu dois te rendre avec papa, jeudi prochain, précisa-t-elle. Je suis vraiment contente que tu puisses l'accompagner. J'avais peur que tu aies un rendez-vous avec Marty.

— Non, Marty part en voyage pendant deux semaines.

— Est-ce qu'il va te manquer, maintenant que vous êtes fiancés?

— Bien sûr. Mais il est obligé de s'absenter à cause de son travail.

— Est-ce que tu l'aimes?

Interloquée, Elizabeth se retourna. Pourquoi Cassie lui posait-elle cette question?

— Vois-tu, mon bébé, en principe, lorsque tu décides de te marier avec quelqu'un, c'est parce que tu l'aimes.

— Il est gentil avec toi?

Cassie avait bien le sentiment de s'aventurer un peu trop loin, mais elle désirait tant qu'Elizabeth prît conscience

de la véritable nature de Marty. Si seulement elle avait pu lui rapporter les violences qu'il avait infligées à Lady !

— Oui, bien sûr, Marty est adorable avec moi, jeune fille ! J'aimerais d'ailleurs que vous fassiez connaissance, je suis certaine qu'il te plaira. Maintenant, parle-moi un peu de cette réunion.

Visiblement, Elizabeth essayait de changer de sujet, pensa Cassie. Mais pourquoi l'évocation de son fiancé la troublait-elle à ce point ? Peut-être n'était-elle plus très sûre de ses sentiments pour lui ? C'est du moins ce qu'espérait l'adolescente.

— Eh bien, à propos de cette réunion, Mlle Henniker doit parler de ces livres qu'elle nous fait lire. Sur les problèmes des jeunes. Les relations entre les filles et les garçons, avec les parents, et tout ça... Mais il y a des parents qui veulent tout interdire.

Elizabeth l'écoutait attentivement, soulagée que Marty ait disparu de leur horizon.

— Ainsi, des parents n'aiment pas ce genre d'enseignement ? demanda-t-elle, l'encourageant à poursuivre.

— Non, et ils sont aussi contre les discussions organisées par Mlle Henniker à la bibliothèque, après les cours. Elle nous permet de parler très librement, même à propos de sexe, et elle ne critique jamais nos opinions.

Elizabeth hocha la tête. Elle commençait à comprendre la situation.

— Pourrais-tu me prêter un de ces livres avant jeudi ?

— Avec plaisir. Je dirai à Billy qu'il me rapporte celui que je lui ai passé.

A ce moment-là, la sonnerie de la porte retentit et Mlle Henniker parut dans l'entrée, suivie de M. Edwards, le directeur de l'école.

— Je suis désolée d'être en retard, mademoiselle Peterson, mais j'ai eu un problème avec ma voiture. Heureusement, M. Edwards a eu la gentillesse de m'accompagner.

— Ce n'est pas grave, ne vous inquiétez pas, mais Othello, lui, commence à s'impatienter...

Elles entreprirent d'attraper le petit fauve pour l'enfermer dans une panière spécialement conçue pour le transport des chats. Ce ne fut pas une mince affaire car Othello faisait de la résistance. Après quelques minutes, elles réussirent tant bien que mal à mater le récalcitrant, et M. Edwards se chargea du panier grillagé.

Tandis qu'ils se dirigeaient vers la porte, la jeune fille les observait sans perdre un seul de leurs gestes, espérant saisir une attitude révélatrice de leur intimité. Mais à sa grande déception, ils se comportaient de façon tout à fait protocolaire...

— A demain, Cassie, dit Mlle Henniker en se retournant. Est-ce que ton père vient à la réunion, jeudi?

— Oui, et Elizabeth sera là aussi.

— J'en suis ravie, répondit la bibliothécaire. J'ai besoin de gens raisonnables pour me soutenir.

— Oh, ne comptez pas trop sur mon père pour ça, en tout cas, dit Cassie.

— Peut-être changera-t-il d'opinion après la réunion?

— Je n'en suis pas sûre.

Une fois dehors, Tom Edwards passa le bras autour des épaules de Margaret, la serrant contre lui en signe d'affectueux réconfort.

— Allons, ne t'inquiète pas. Tu parviendras à les convaincre.

Margaret ne répondit pas. Au début, elle en était également persuadée. Mais depuis quelque temps, elle commençait à en douter. A présent, la majorité des parents d'élèves s'opposait au contenu de ses cours et à sa manière de les dispenser. Elle se demandait si ces familles prenaient parfois le temps de s'interroger sur les

préoccupations de leurs enfants. Mais les connaissaient-ils seulement, ces tourments d'adolescents?

— J'ai peur, Tom..., avoua-t-elle, alors qu'ils s'installaient dans la voiture. Ces parents d'élèves semblent prêts à tout pour me faire renvoyer.

— Que dirais-tu si je venais, en personne, leur expliquer tes méthodes, leur définir ta pédagogie, tes objectifs...

— Ce serait fantastique, Tom!

Elle lui prit la main.

— Mais je ne peux pas accepter ton aide sans te compromettre. Tu es le directeur de cette école, et cette histoire nuit à ta réputation...

Il alluma les phares et démarra en direction de la maison de sa compagne.

— Ces ouvrages pour la jeunesse sont-ils si importants pour toi, Margaret?

— Il ne s'agit pas de cela, Tom. Ce sont les enfants qui m'intéressent. Si seulement tu pouvais les entendre pendant nos discussions! Des gosses qui, jusque-là, n'ont jamais ouvert un livre de leur propre initiative, en débattent maintenant avec passion. De nouveaux élèves viennent chaque semaine se joindre à nous. En deux mois, j'ai eu plus d'enfants à la bibliothèque que durant toute l'année dernière...

Tom contemplait le visage de Margaret qui s'illuminait, comme chaque fois qu'elle abordait le sujet. Sa voix s'animait, ses yeux brillaient d'enthousiasme. Il redoutait de lui annoncer la mauvaise nouvelle, mais il ne pouvait plus reculer.

— Margaret, j'espérais que toute cette affaire se calmerait. Mais ce n'est pas le cas. Le mouvement de protestation contre tes cours s'amplifie de jour en jour. J'ai reçu hier une pétition de l'association des parents d'élèves qui me demande de retirer les ouvrages incriminés de la salle de lecture.

Elle se tourna vers lui, consternée qu'il ait à subir les conséquences de cette petite guerre. Il était si gentil et si généreux. Depuis quelque temps, ses tempes s'étaient striées de mèches grises, mais il restait toujours aussi séduisant, avec ses yeux bleu clair pétillant de gaieté sous d'épais sourcils bien dessinés. Elle lui trouvait un charme irrésistible.

— Que comptes-tu faire ? demanda-t-elle d'une voix tendue, en posant tendrement la main sur son bras.

— Je ne sais pas. Le mieux, je crois, serait de ne pas réagir pour l'instant, en espérant qu'ils reconnaîtront d'eux-mêmes leur erreur. En voyant leurs enfants plus équilibrés.

Ils arrivèrent près de chez Margaret. Tom gara sa voiture, se tourna vers elle, prit sa main dans la sienne.

— En tout cas, il faut régler cette histoire au plus vite, parce qu'elle est en train de nous gâcher la vie.

— Tom, je ne peux plus reculer.

— Je le sais bien. Mais je t'aime, Margaret et je veux t'épouser. J'en ai assez que nous soyons obligés de nous cacher.

Elle soupira, fixant leurs mains enlacées. Il lui suffisait de tout abandonner, de démissionner, et tout redeviendrait simple.

— Oh, Tom, je t'aime moi aussi. Mais s'il te plaît, accorde-moi encore un peu de temps. Si je cesse de me battre maintenant, ces pauvres enfants pourraient penser, qu'en fin de compte, ces livres sont aussi malsains que le prétendent leurs parents.

— Alors, laisse-moi t'aider.

— Non, c'est impossible. Il en va de ta carrière. Je n'ose pas imaginer ce qu'il adviendrait de nous si certains groupes de pression découvraient notre liaison.

Tom eut un sourire las. Il ne le savait que trop bien ! A Cartersburg, il était déjà mal vu qu'un mari et sa femme

enseignent dans le même établissement. Que dire alors de ses relations avec Margaret...

— Bien, je te laisse rentrer avec Othello. En attendant, je vais garer la voiture un peu plus loin et je reviens. Je tiens absolument à passer cette nuit avec toi, Margaret.

Un léger frisson la parcourut. Elle oublia une seconde ce qui la tourmentait, et lui sourit tendrement.

— Tu n'auras qu'à rentrer par la porte de derrière. Je la laisse ouverte.

3.

Il n'était que 21 h 30, mais Cassie avait l'impression que son père et Elizabeth ne reviendraient jamais de la réunion de Mlle Henniker. Ils s'éternisaient...

Enfin, elle entendit une clé tourner dans la serrure et reconnut la voix de Jed qui chuchotait dans l'entrée.

— Faites comme chez vous, Elizabeth. Excusez-moi une seconde, je vais monter voir si elle dort bien.

Cassie se renfonça aussitôt sous les couvertures. Si son père avait invité Elizabeth à la maison, il valait mieux faire semblant de dormir pour ne pas les déranger. Et lorsque, silencieusement, Jed ouvrit sa porte, il ne vit qu'une fillette sagement endormie qui respirait d'un souffle paisible. Mais à peine redescendait-il, qu'elle se leva sur la pointe des pieds et sortit de sa chambre sans un bruit. Elle se rendit dans la salle de bains. Là, elle s'agenouilla et colla son oreille contre le tuyau d'aération pour écouter la conversation.

— Je vous sers quelque chose à boire, Elizabeth ? demanda Jed dans la cuisine.

— Oui, je prendrais volontiers un jus de fruits, merci.

« Parfait, pensa Cassie. Cela signifie qu'elle compte rester un moment. »

— Je suis content que ma fille soit couchée, remarqua Jed en allant chercher un verre. Sinon, elle aurait exigé de

nous un compte rendu détaillé et je n'ai aucune envie de revenir sur cette réunion. Surtout que rien n'a été décidé et que j'ai eu la désagréable impression de perdre mon temps durant toute la soirée.

— Oui, vous avez raison. D'autant plus que certains parents n'ont pas laissé Mlle Henniker placer un mot. Ils étaient bien trop occupés à l'injurier !

— Cela dit, je ne comprends toujours pas pourquoi elle s'obstine à vouloir faire lire ces fichus livres aux élèves. Surtout quand la majorité des adultes s'y oppose.

— Vous êtes de leur avis, vous aussi ?

— Pour des jeunes de l'âge de Cassie, oui. A treize ans, je ne crois pas que ce genre de lecture s'impose.

En haut de la conduite d'aération, Cassie fit la moue. Elle connaissait l'opinion de son père sur l'éducation sexuelle des adolescentes et elle espérait qu'il ne s'était pas montré trop véhément pendant la réunion.

Elizabeth demeura silencieuse un moment, repensant au livre que Cassie lui avait prêté. Dès les premières pages, elle l'avait trouvé attachant et plutôt bien écrit. De plus, les quelques passages qui traitaient en termes très voilés de sexualité, étaient judicieusement insérés dans une histoire très morale. Elle était désormais convaincue qu'il ne pouvait avoir qu'un effet positif sur le développement des jeunes gens.

— Vous savez, Jed, Cassie est en train de devenir une jeune fille et il est normal, qu'à son âge, elle se pose des questions.

— Oui, c'est vrai, mais vous ne m'empêcherez pas de penser que ce n'est pas dans ce genre de livres qu'elle trouvera les réponses, dit-il en fronçant les sourcils.

Au ton qu'il avait employé, Elizabeth comprit que cette conversation l'embarrassait et elle jugea préférable de ne pas la prolonger.

Pendant quelques instants, elle le regarda préparer les

54

boissons dans la cuisine, en songeant que Cassie avait beaucoup de chance d'avoir un tel père. C'était un homme sensible mais également très séduisant. Ce soir, il avait troqué son éternel jean contre un élégant pantalon à pinces et une simple chemise blanche. Il était très grand, très viril dans cette tenue sans recherche.

— Jed, voulez-vous me permettre d'emmener Cassie avec moi dimanche après-midi ? J'ai prévu d'aller courir les magasins à Richmond.

Il se tourna vers elle avec un grand sourire.

— C'est la meilleure idée que j'aie entendue depuis des semaines ! Faire la tournée des boutiques avec une gamine de treize ans n'est pas précisément mon occupation favorite ! ajouta-t-il avec une grimace comique.

— Moi, j'en serai ravie, au contraire. Et... j'aimerais passer plus de temps avec votre fille.

Elle hésita puis se décida à lui confier ce qui la tracassait.

— En fait, j'ai l'impression que Cassie n'est pas très enthousiaste à propos de mon mariage. J'en ai déjà parlé avec Joan, l'assistante sociale qui s'est occupée d'elle à l'association *Big Sisters*. Elle m'a expliqué qu'il s'agissait sans doute d'un petit accès de jalousie. Je voudrais lui faire comprendre que mon mariage ne changera rien à mes sentiments pour elle.

Jalouse ! Cassie avait du mal à contenir son indignation. Comment Elizabeth pouvait-elle penser une chose pareille ? « Je ne suis pas jalouse ! eut-elle envie de crier. Tout ce que je veux c'est que tu n'épouses pas Marty ! Il est idiot, et en plus, méchant ! »

Jed, qui était en train de servir les boissons, suspendit son geste.

— Je crois que j'ai entendu du bruit là-haut. Je préfère aller jeter un coup d'œil, je reviens tout de suite.

Déçue de ne pouvoir rester plus longtemps, Cassie se hâta de retourner dans son lit.

Au moment où son père entrebâilla la porte de sa chambre, tout semblait parfaitement en ordre.

— Cela devait provenir de la chaudière, déclara-t-il en redescendant.

Comme il aime sa fille ! songea Elizabeth en le regardant revenir vers elle, l'air pensif. Les épreuves qu'il a dû surmonter après la mort de sa femme ont sans doute été terribles.

— Cela ne doit pas être facile tous les jours, d'élever seul une petite fille ?

— Ne m'en parlez pas ! Au début, je pensais que les choses s'arrangeraient en grandissant. Et en fait, c'est le contraire qui se produit. C'est d'ailleurs la raison pour laquelle j'ai tant voulu une marraine pour elle, pour essayer de rétablir, autant que possible, l'équilibre qui s'est rompu à la mort de Kate.

— Kate ? La maman de Cassie ?

Jusqu'à présent, Jed ne lui avait jamais parlé de sa femme. Elizabeth savait seulement que la fillette avait six ans à la mort de sa mère.

Il hocha la tête et son regard s'assombrit.

— Elle s'est tuée dans un accident de voiture. Cassie a dû vous le dire ?

— Oui, elle semble avoir gardé de sa mère de très beaux souvenirs.

— Ça a été très dur pour elle... Je l'avais emmenée avec moi à l'hôpital, le jour de l'accident. Nous étions dans le couloir des urgences quand on m'a annoncé qu'il n'y avait plus rien à faire pour Kate... C'est tellement injuste de mourir si jeune. Elle n'avait que vingt-sept ans et...

Sa voix se troubla et Elizabeth se sentit profondément émue par l'expression de douleur qui crispait son visage.

— Vous devez l'avoir beaucoup aimée ?

— Oui... beaucoup, répéta-t-il, le regard lointain.

56

Pourtant, vous savez, tout n'était pas rose entre nous. Mais je suppose qu'il en va de même pour tous les couples. Lorsque nous nous sommes rencontrés, nous étions encore étudiants et parfaitement fauchés. Alors, je travaillais à mi-temps dans une station-service. Ensuite j'allais à la fac, aux cours du soir, puis je passais le reste de la nuit à dessiner.

Son visage s'adoucissait pendant qu'il évoquait ses souvenirs.

— Les rares fois où je parvenais à vendre quelque chose, nous dépensions aussitôt notre fortune pour nous offrir deux steaks et une bouteille de vin. Et peu importait que les factures ne soient pas réglées à la fin du mois... Nous étions jeunes et naïfs, un peu inconscients.

Jed et Kate avaient visiblement été très épris l'un de l'autre. Au point d'oublier le reste du monde. En baissant les yeux sur le diamant de Marty qui brillait à son annulaire, Elizabeth songea, qu'elle aussi, avait toujours rêvé de connaître l'amour fou, la passion exclusive.

— Mais je ne veux pas vous ennuyer avec mes histoires, reprit Jed en remarquant son silence. Je vois que le bijoutier a ajusté votre bague. Parlez-moi donc de vos projets avec Marty. Vous avez arrêté la date du mariage?

— Eh bien, hier soir, au téléphone, nous nous sommes décidés pour le printemps, au mois d'avril. La cérémonie aura lieu à Richmond. Marty tient à faire les choses en grand.

Elizabeth commençait à peine à s'habituer à l'idée de lier sa vie à celle de Marty. Bien qu'au fond, cette perspective ne provoquât en elle ni exaltation ni joie profonde...

— Je pense que vous aurez bientôt l'occasion de rencontrer mon fiancé, poursuivit-elle. Mais il voyage tellement... Nous avons si peu l'occasion de nous voir...

— Cela changera sûrement lorsque vous serez mariés. Une fois qu'il se sera installé ici avec vous...

Sa phrase resta en suspens.

— Vous restez bien à Cartersburg, n'est-ce pas ? demanda-t-il d'un air inquiet.

Elizabeth évoqua sa conversation avec Marty, lorsqu'il avait essayé de la convaincre d'abandonner sa clinique et de venir vivre à Richmond. Bien qu'ils n'aient plus abordé le sujet depuis, elle y avait beaucoup réfléchi. Elle était prête à faire bien des concessions pour lui plaire. Mais, en tout cas, pas à quitter Cartersburg.

Elle regarda Jed droit dans les yeux et affirma d'un air décidé :

— Oui, je reste ici.

Les traits de Jed se détendirent. Il rayonna soudain.

— Formidable ! Vous me rassurez, j'ai cru un instant que vous seriez obligée de déménager. Cassie aurait été bouleversée par votre départ.

Il s'attarda un instant à détailler ses yeux d'un gris étonnamment clair, sa peau ivoire, à peine rosée aux pommettes et ses cheveux qui retombaient joliment sur ses épaules. Il se sentait infiniment soulagé d'une telle décision. Non qu'il y attachât une grande importance pour lui-même, mais c'était surtout pour Cassie...

— Je vous surprends encore à me dévisager, Jed.

Il sourit, un peu gêné, mais ne détourna pas les yeux.

— Au risque de me répéter : vous avez un visage de rêve, pour un artiste. J'aimerais vraiment que vous consentiez à poser pour moi.

Cette fois, sans qu'elle pût en définir la raison, la jeune femme fut tentée d'accepter. L'idée de devenir son modèle la rendait pourtant un peu nerveuse. Il l'observait avec tant d'insistance tant de douceur et de bienveillance. Elle se sentait précieuse, sous un tel regard. Il semblait percevoir tant de choses en elle... Mais Elizabeth se promit de réfléchir à la proposition du peintre.

— Je ne sais pas, Jed. Laissez-moi un peu de temps

pour y penser. Et maintenant, si vous me faisiez visiter votre atelier ?

Jed se mit à rire et se leva.

— Eh bien, comme vous allez le constater, « atelier » est un bien grand mot. En fait, j'ai tout simplement aménagé la véranda. Venez, suivez-moi.

La pièce était étroite mais pleine de charme. Lorsque Jed alluma les lanternes de l'extérieur, Elizabeth découvrit avec émerveillement un magnifique jardin entouré de grands chênes à travers les baies vitrées. La table à dessin était installée au ras des fenêtres pour mieux capter la lumière du jour. Un vieux canapé de cuir, deux chaises et un chevalet constituaient l'unique mobilier de l'ancienne véranda.

La jeune femme était terriblement consciente de la présence de Jed derrière elle. Il avait posé la main sur sa taille pour la guider à l'intérieur. Elle percevait une étrange et douce chaleur à l'endroit où reposait sa paume. Elle eut la sensation soudaine qu'un sentiment sincère venait de naître entre eux. Une onde d'euphorie l'envahit. Elle avait enfin un ami à Cartersburg, un homme solide à qui se confier.

— Voilà, déclara-t-il en retirant sa main. Ce n'est pas vraiment ce qu'on peut appeler un atelier, mais je m'y plais.

Il suivit Elizabeth du regard tandis qu'elle se dirigeait vers sa planche à dessin, jonchée, comme toujours, de croquis inachevés et de scénarios de bandes dessinées. A l'exception de Cassie, il n'avait encore jamais permis à quiconque de pénétrer dans son repaire, mais bizarrement, la présence d'Elizabeth ne le gênait pas.

— Quel endroit merveilleux pour travailler ! s'exclama-t-elle en admirant par la fenêtre l'immense chêne qui déployait ses branches devant la maison. C'est bien le nid d'écureuil dont vous parliez il y a quelque

temps dans votre bande dessinée, que j'aperçois dans cet arbre ? Et cette balançoire ? Est-ce celle qui sert de refuge à votre petite héroïne, lorsqu'elle est en colère ?

— Je vois que vous suivez les aventures de John et de Jennifer très régulièrement.

— Je les dévore tous les jours dans le journal.

— Vraiment ? Je suis surpris qu'elles vous intéressent.

— Et pourquoi cela ? Je n'en manque pas un épisode. Et j'adore vos personnages. Ils sont tellement sensibles et drôles. A ce propos, il y a une question qui me tourmente : est-ce que les intrigues qui agitent votre petit monde sont inspirées par votre propre expérience ?

— Non, l'histoire n'est pas du tout autobiographique, mais je ne peux pas nier que ce que je vis avec Cassie me donne souvent des idées.

En réalité, Elizabeth connaissait déjà la réponse. Cassie ne se privait pas de reprocher à son père de révéler ses petites habitudes dans cette bande dessinée. Et apparemment, Jed ignorait à quel point son travail était influencé par ses rapports avec sa fille.

— Comment vous est venu l'idée du titre : *Perché sur la branche* ?

— Eh bien... c'était il y a sept ans. Un jour, j'étais assis sur cette chaise devant ma table et je regardais ce grand arbre, lorsque, soudain, j'ai aperçu Cassie tout en haut. Elle n'avait que six ans à l'époque. Elle était à moitié cachée par les feuilles. Je ne sais pas comment elle s'était débrouillée pour grimper jusque-là, mais elle était bel et bien arrivée à l'extrémité de cette grosse branche. Elle semblait terrifiée et se cramponnait comme si sa vie en dépendait. Je me suis rendu compte que j'éprouvais exactement la même panique depuis la mort de Kate. J'étais tout seul, sur une branche, et je m'agrippais désespérément à un souvenir. Alors, après avoir récupéré Cassie, je me suis mis à écrire et l'histoire s'est constituée peu à peu.

— Et vous prétendez que ce n'est pas autobiographique?

— Vous savez, je suis très différent de John, le héros. Bien sûr, sa fille se trouve parfois confrontée aux mêmes situations que Cassie, mais toutes les gamines de treize ans ne vivent-elles pas plus ou moins la même chose? Et puis un de mes objectifs est aussi de faire en sorte que les lecteurs se reconnaissent dans mes histoires...

— C'est sans doute pour cette raison qu'elles ont autant de succès, dit Elizabeth.

Son regard se posa sur le chevalet puis parcourut la pièce, si paisible. Soudain, elle se sentait prête à accepter la proposition de Jed.

— Eh bien, j'ai réfléchi et si... si vraiment vous y tenez, je veux bien vous servir de modèle. Je suis même très flattée que vous me l'ayez demandé, dit-elle en sentant ses joues s'empourprer tout à coup.

Jed sembla à la fois surpris et heureux.

— Il y a quelque chose de fascinant et de lumineux en vous, Elizabeth, et j'aimerais pouvoir le saisir. Je ne sais pas si j'en serai capable, mais je voudrais essayer.

Ses paroles résonnaient encore dans l'esprit d'Elizabeth bien après qu'il l'eut raccompagnée chez elle. Cet homme était réellement différent de ceux qu'elle avait connus jusque-là. Sincère et sensible, il possédait toutes les qualités pour devenir un merveilleux ami. Un instant, elle tenta de l'imaginer en compagnie de Marty et se demanda s'ils s'entendraient. Mais au fond, elle ne se leurrait pas : trop différents l'un de l'autre, ils se détesteraient au premier coup d'œil...

Le dimanche suivant, Elizabeth emmena Cassie faire des courses à Richmond. Elle n'eut pas longtemps à attendre pour découvrir la raison de l'impatience de la

fillette à l'accompagner. Il y avait foule dans le grand centre commercial. A l'approche de Noël, la ville entière commençait à faire ses achats en prévision des fêtes. Mais Cassie n'y prêta guère attention. Elle entraîna Elizabeth dans un grand magasin et se dirigea droit vers le rayon de lingerie féminine.

— Je préfère faire cela avec toi qu'avec mon père, dit-elle sans oser expliquer clairement ce qu'elle cherchait.

— Tu sais, il est normal qu'un homme éprouve un peu d'embarras à propos de ces choses-là, répondit Elizabeth avec diplomatie.

— Tu ne crois pas si bien dire. Je ne l'ai jamais vu aussi gêné que le jour où il est venu avec moi m'acheter mon premier soutien-gorge. Il n'a pas arrêté de changer de conversation et de regarder partout, sauf en direction des sous-vêtements. Au bout de quelques minutes, il m'a finalement confiée à une vendeuse sous le prétexte d'aller acheter du papier à dessin !

Elizabeth n'eut aucun mal à imaginer la scène. Pour Jed, l'expérience n'avait pas dû être facile. Elle comprenait à présent pourquoi il avait accueilli avec tant d'allégresse sa proposition d'emmener Cassie.

— Au moins, la vendeuse a pu te conseiller et c'est le principal, finit-elle par remarquer gentiment.

— Oh ! pour ça, elle s'est bien occupée de moi ! répondit Cassie, mordante, tout en examinant avec intérêt un minuscule slip de dentelle. Elle a regardé ma poitrine comme si elle pouvait voir à travers mon T-shirt et elle a décidé qu'il me fallait la plus petite taille. Et ensuite, elle est même venue dans la cabine pendant que j'étais torse nu ! J'ai vraiment eu l'impression d'être une bête curieuse !

Elizabeth réprima un sourire.

— Et je parie que c'est pour ça que tu portes toujours

de grandes chemises, pour te camoufler, pour cacher ta poitrine ?

L'espace d'un instant, une expression de surprise se peignit sur le visage de le fillette.

— Comment tu sais ça ?... Et puis aussi, certains garçons s'amusent à faire claquer les élastiques dans notre dos. Et je déteste ça.

Elle s'arrêta et leva de grands yeux confiants vers Elizabeth.

— Je n'ai encore jamais raconté ça à personne.

— Je comprends, répondit la jeune femmme en passant un bras affectueux autour des épaules de sa filleule. Moi aussi, je suis passée par là. Maintenant, voyons si nous en trouvons un qui te plaise vraiment.

Derrière des rayons de lingerie de satin, Elizabeth aperçut des petits ensembles mieux adaptés à l'âge de Cassie.

— Surtout, je ne veux pas quelque chose de transparent.

— A cause du cours de gym, n'est-ce pas ?

L'adolescente approuva d'un hochement de tête. Finalement, j'étais exactement comme elle, à son âge, songea Elizabeth.

Elle trouva un soutien-gorge de coton, bordé d'une fine dentelle et qui s'agrafait sur le devant.

— Tiens, que penses-tu de ce modèle ? dit-elle en le tendant à Cassie.

L'intéressée examina méticuleusement l'objet, l'air intrigué. Puis, après avoir jeté un coup d'œil autour d'elle pour s'assurer que personne de sa connaissance ne rôdait dans les parages, elle se rapprocha du rayon.

— Avec ce système, je pourrai l'attacher du premier coup ?... Oh, et il y en a de toutes les couleurs ! Quand je pense que la vendeuse prétendait que, dans ma taille, ils n'existaient qu'en blanc. Comme ils sont jolis ceux-là !

63

— Oui, et en plus il y a les slips assortis.

— C'est vrai ? Est-ce que tu crois que je pourrais les prendre aussi ?

— Bien sûr ! répondit Elizabeth en riant devant tant d'enthousiasme.

Elle se demanda un instant si Jed aurait accepté sans nostalgie de voir, sous ses yeux, sa petite fille se transformer en femme. Mais ce qui importait, c'est que Cassie, elle-même en fût heureuse.

Enchantée, celle-ci disparut dans la cabine d'essayage, les bras chargés de cintres et de lingerie.

Elizabeth attendit discrètement à l'extérieur.

— Est-ce que tu veux venir voir comment ça me va ?

— C'est toi qui décides. En tout cas, choisis bien ta taille. Un bon soutien-gorge doit se faire oublier. On ne doit pas le sentir. Et ne prends pas non plus un slip trop serré, le coton rétrécit toujours au lavage.

Après quelques minutes, le rideau s'ouvrit timidement.

— Je crois que celui-ci me va bien. Qu'est-ce que tu en penses ?

Elizabeth fut reconnaissante à Cassie de surmonter sa pudeur et de se montrer à elle. Après un coup d'œil rapide, elle la jugea parfaite et lui acheta les quatre jolis ensembles de couleur.

En sortant du magasin, Cassie semblait ravie.

— Mon père m'a recommandé de reprendre les modèles que la dame m'avait conseillés. Je suis sûre qu'il ne connaît même pas l'existence de ceux-là !

Sa réflexion amusa Elizabeth. Elle n'était pas aussi certaine que la fillette de l'ignorance de Jed en matière de lingerie féminine.

— Que dirais-tu d'un bon déjeuner ? proposa-t-elle. Je commence à avoir une faim de loup !

Un peu plus tard, elles s'installaient à la terrasse d'un restaurant où Cassie choisit pour elles deux des salades composées.

— As-tu besoin d'autre chose ? demanda Elizabeth.

— Oui, ce serait formidable si je pouvais aller à la librairie. Le nouveau livre d'Allison Craig vient de sortir et Mlle Henniker n'en a pas encore reçu d'exemplaires. Au fait, c'est vrai que tu as aimé celui que je t'ai prêté ?

La jeune femme lui avait répété à plusieurs reprises qu'il s'agissait d'un excellent roman pour la jeunesse, mais, de toute évidence, la fillette ne se lassait pas de l'entendre.

— Oui, j'ai trouvé l'histoire passionnante et l'auteur décrit très finement les rapports entre les adolescents.

Cassie hocha la tête, visiblement ravie de ce jugement.

Après le déjeuner, elles se rendirent donc à la librairie. L'ouvrage qui les intéressait se trouvait sur un présentoir, juste à l'entrée du magasin. Cassie en prit un exemplaire et elles se dirigeaient vers la caisse, lorsqu'elles aperçurent Margaret Henniker et Tom Edwards de l'autre côté du rayon. Margaret tenait trois exemplaires du livre d'une main et l'autre reposait sur le bras de Tom.

Quelle coïncidence de les rencontrer encore ensemble, pensa Elizabeth, intriguée. Quand Tom avait accompagné Margaret à la clinique quelques semaines plus tôt, elle ne s'était alors pas posé de question, mais à présent...

— Oh, Margaret, regardez qui est là ! s'exclama M. Edwards en se retournant.

La bibliothécaire se retourna elle aussi. Ses traits se figèrent et elle s'écarta vivement de son compagnon.

— Cassie, mademoiselle Peterson, quelle surprise !

— Bonjour ! Alors, comment se porte Othello ? demanda Elizabeth.

— En pleine forme. Plus cabochard que jamais ! répondit Margaret avec un sourire indulgent.

Cassie s'amusait toujours de constater avec quelle habileté les adultes étaient capables d'aborder les sujets les plus éloignés de leurs véritables préoccupations.

— Comment vas-tu, Cassie ? demanda Margaret. Tu fais tes achats pour Noël ?

Embarrassée, l'adolescente baissa les yeux sur son sac en plastique, cherchant en vain une réponse qui lui éviterait de révéler la vérité.

— Elle voulait faire un tour à la librairie, lui souffla Elizabeth.

— Oui, nous... nous sommes venues voir si le nouveau livre d'Allison Craig était arrivé, bafouilla-t-elle en rougissant.

— Eh bien, moi aussi justement. J'ai pensé que les élèves seraient ravis de pouvoir se le procurer à la bibliothèque avant que l'éditeur nous l'envoie.

— Oui, c'est une bonne idée, mais je préfère quand même en avoir un exemplaire à moi, précisa Cassie.

La conversation ne s'éternisa pas davantage et le couple prit congé.

En les observant s'éloigner, Elizabeth ne put s'empêcher de remarquer qu'ils se tenaient visiblement éloignés l'un de l'autre, alors qu'ils semblaient si proches, un instant plus tôt. Cassie s'en était-elle aperçue également ? Elle estima plus prudent de se taire. Après tout, peut-être se faisait-elle des idées.

— C'est bizarre de les avoir rencontrés ici, se contenta-t-elle d'observer.

— Oui, en effet, répondit Cassie d'un ton dégagé.

Le pacte passé avec Billy lui interdisait d'en dire davantage.

— Elizabeth, je voulais te remercier d'être venue avec moi aujourd'hui, poursuivit-elle. Papa ne m'aurait jamais permis d'acheter ce roman.

La jeune femme se sentit soudain mal à l'aise. En aucun cas, elle n'entendait remettre en question l'autorité de Jed. En tant que père, il avait parfaitement le droit de déconseiller certaines lectures à sa fille. Même s'il sem-

blait évident que Cassie n'en ferait qu'à sa tête, avec ou sans permission. Il fallait tirer cette histoire au clair.

— As-tu déjà parlé de ces livres avec ton père, Cassie?

— On ne peut pas discuter avec lui.

— Tu ferais bien d'essayer tout de même, dit Elizabeth en fronçant les sourcils.

Et elle songea qu'elle-même devrait sans tarder aborder le sujet avec Jed.

4.

Avant de sortir du centre commercial, Elizabeth s'arrêta quelques instants devant la vitrine d'une boutique de mariage.

— Tu viens, Cassie? Je voudrais voir les robes à l'intérieur.

La fillette la suivit à contrecœur. Pourtant, chaque fois qu'elle passait devant ce magasin, elle s'extasiait devant la dentelle blanche et les lumineux flots de tulle. Elle rêvait en secret d'avoir la chance d'y entrer un jour. Mais à présent, l'idée de choisir une robe de mariée pour Elizabeth lui paraissait insupportable.

— Peut-être vaudrait-il mieux rentrer maintenant, suggéra-t-elle sur le seuil de la porte. Nous devons aller voir Baraka, tu te souviens?

Elizabeth la dévisagea, l'air surpris.

— Nous avons le temps, jeune fille, répondit-elle, jetant un rapide coup d'œil à sa montre. Et j'aimerais bien que tu me donnes ton avis sur les robes, ça ne t'ennuie pas?

Cassie promena un regard embarrassé autour d'elle. Après tout le mal qu'Elizabeth s'était donné pour elle, elle ne pouvait faire autrement que d'accepter.

— Non, bien sûr que non, murmura-t-elle. Tu as raison, allons-y.

Elizabeth ne parvenait pas à comprendre le brusque changement d'humeur de sa compagne. N'importe quelle jeune fille aurait été ravie d'entrer dans une boutique comme celle-ci. Pourquoi Cassie se renfrognait-elle tout à coup ? Etait-ce la hâte d'aller retrouver Baraka à la clinique ? Elle décida de ne pas s'attarder trop longtemps.

A l'intérieur, quelques jeunes femmes, pour la plupart accompagnées de leur mère, admiraient les modèles exposés. Au fond du magasin, sur un podium, un ravissant mannequin blond présentait la dernière création de la collection.

Fascinée, Cassie ne quittait pas des yeux la robe éblouissante portée par le modèle. En satin, très décolletée et cintrée à la taille, elle se terminait par une longue traîne ornée de dentelle.

— Tu en veux une dans ce style-là ?

— Je ne sais pas encore, répondit Elizabeth qui examinait les robes sur leurs portants. Je préférerais quelque chose de plus classique.

Elle délaissa les falbalas et les décolletés plongeants pour s'intéresser à des spécimens plus sobres et bien coupés. Tout en observant la parade du mannequin sur son estrade, elle se demanda ce que penserait Marty d'une robe trop simple...

— Est-ce que tu vas l'acheter aujourd'hui ? demanda Cassie derrière elle.

— Non, je jette juste un coup d'œil.

Elle repéra un ravissant modèle de soie ivoire au corsage drapé en cache-cœur, à la jupe longue à peine évasée.

— Que penses-tu de celle-ci ?

— Pas mal, répondit Cassie sans dissimuler son impatience.

Elizabeth fronça les sourcils et se tourna vers la fillette.

— Tu as l'air au supplice, Cassie. Ça ne va pas?

— Si, ça va, marmonna l'enfant en rougissant.

— Allons, allons! Qu'est-ce qui te tracasse?

— Eh bien... C'est juste que... Tu es vraiment certaine que tu veux épouser Marty?

Stupéfaite, Elizabeth cessa d'examiner les robes et se tourna vers sa filleule.

— Pourquoi cette question?

— Je ne sais pas, mais... Je me demandais seulement comment tu pouvais être aussi sûre de toi, dit-elle prudemment, sans oser dévoiler le fond de sa pensée.

La jeune femme réfléchit une seconde puis décida de répondre le plus honnêtement possible.

— Eh bien, je crois que je suis aussi sûre de moi que n'importe quelle fiancée sur le point de se marier. Marty est quelqu'un de bien, tu verras. J'ai hâte que tu le rencontres. Tu vas l'adorer, j'en suis certaine.

Cassie resta muette. Pour elle, définitivement, Marty était un sale type. Rien ne la ferait changer d'avis.

— Bon, laissons tomber les robes pour aujourd'hui, décida Elizabeth, passant son bras autour des épaules de Cassie. Allons plutôt prendre une glace et ensuite nous irons voir Baraka, d'accord?

Le visage de l'adolescente s'illumina aussitôt.

— D'accord!

Et elle se rua aussitôt vers la sortie du magasin, de peur qu'Elizabeth se ravisât.

Sur le chemin du retour, la jeune femme, perdue dans ses pensées, demeurait silencieuse. Cassie décida que le moment était idéal pour lui poser la question qui lui brûlait les lèvres depuis plus d'une semaine.

— Elizabeth, à ton avis, est-ce que Baraka a suffisamment récupéré pour que je puisse l'emmener à la maison maintenant?

— Oui, je pense. Je lui ai ôté son plâtre et il galope comme un fou. Mais es-tu sûre que ton père est d'accord pour le prendre avec vous?

— Je crois, oui.

— Tu en as déjà parlé avec lui?

— Oui... Nous en avons discuté...

En réalité, son père lui avait seulement dit qu'ils en reparleraient le moment venu. Pour l'instant, il n'avait pas encore donné son accord. Pourtant, Cassie était certaine qu'à la vue du chiot, il n'aurait pas le cœur de le renvoyer.

— Je pourrai l'emmener aujourd'hui, alors? demanda la fillette comme elles arrivaient devant la clinique.

— Oui, si tu es bien sûre que ton père est d'accord...

— Chouette alors! s'écria Cassie.

Comme chaque fois que sa maîtresse le sortait de son box, Baraka bondit de joie et lui lécha frénétiquement le visage. A le voir sauter comme un démon, il était difficile de croire qu'il était mourant quelques semaines plus tôt.

— On dirait qu'il a grandi! s'exclama Cassie les yeux étincelant de bonheur.

Elle s'agenouilla et se blottit contre lui pour le caresser.

En les regardant, Elizabeth se baissa à son tour et passa une main tendre sur la tête de Lady qui s'était approchée d'elle. Devant l'enthousiasme de Cassie à l'idée d'avoir Baraka pour compagnon, elle se rappelait la profonde affection qui l'avait, d'emblée, unie à sa chienne. Tout au long de ces dernières années, cet attachement n'avait cessé de se renforcer et elle souhaita que Cassie et Baraka connaissent une relation aussi riche.

— Il a grandi, c'est vrai. Et il va pousser très vite,

maintenant, répondit Elizabeth. Il aura besoin de beaucoup d'exercice et de soins réguliers.

— Ne t'inquiète pas, dès demain je commencerai à lui apprendre comment vivre à la maison.

Elizabeth tendit à Cassie un collier pour Baraka, mais quand elles essayèrent de le lui fixer, le chien bondit en arrière sans leur laisser le temps de l'attacher. Il attrapa la laisse dans sa gueule, et s'enfuit en direction du couloir.

— Non, Baraka ! Reviens ! cria Cassie en se lançant à sa poursuite.

Après un véritable rodéo, elles réussirent enfin à le faire monter dans le minibus d'Elizabeth. Durant le trajet, il demeura le museau appuyé contre la vitre de la portière, observant, fasciné, le spectacle qui défilait sous ses yeux.

A peine arrivé, il sauta du véhicule et se mit à fureter dans tous les recoins du jardin, flairant les tas de feuilles et les objets qu'il trouvait sur son passage.

Elizabeth aperçut soudain Jed, un râteau à la main, sur le seuil de la maison. En le voyant se découper dans la lumière pâle de cette soirée d'automne, elle ne put s'empêcher de le trouver irrésistiblement séduisant. Vêtu d'un pantalon de velours côtelé et d'un polo blanc, il observait Cassie et Baraka d'un air à la fois amusé et songeur. Mais quand son regard croisa celui d'Elizabeth, ils restèrent un long moment, les yeux dans les yeux. Quelque chose de subtil s'était modifié dans son expression, quand il l'avait vue. Elle n'aurait su le définir, mais son cœur se mit à battre plus fort et elle sentit ses joues s'empourprer. Il descendit les marches et elle eut de nouveau l'étrange impression que le monde extérieur se dissolvait, qu'ils étaient seuls.

Soudain, le chiot surprit un chat qui traversait fur-

tivement le jardin. Il se rua furieusement vers l'intrus en aboyant, tandis que Cassie s'efforçait de le retenir.

Elizabeth revint à la réalité avec la sensation d'être brusquement tirée d'un rêve. L'adolescente parvint enfin à rattraper Baraka au pied de l'arbre où le chat s'était réfugié. Le chien continuait de faire des bonds désordonnés en poussant des jappements aigus.

— Couché, Baraka! Couché! ordonna Cassie.

Mais celui-ci se mit à sauter de plus belle vers le pauvre chat qui semblait terrorisé.

Afin de calmer son nouveau compagnon, Cassie fut obligée de le prendre dans ses bras pour l'emmener à l'intérieur de la maison.

— Il a vraiment l'air d'être équipé de réacteurs, remarqua Jed sur le ton de la plaisanterie. Je crois, d'ailleurs, que le moment est venu de prendre une décision à son sujet, ajouta-t-il à l'intention de sa fille.

— Mais Cassie m'a dit que...

Elizabeth s'interrompit en réalisant tout à coup que la fillette s'était toujours montrée plutôt vague à ce propos, éludant chaque fois ses questions.

— Enfin, j'ai cru comprendre que vous aviez accepté de prendre Baraka chez vous.

Jed haussa des sourcils étonnés et se tourna lentement vers sa fille.

— Tu peux m'expliquer comment il se fait qu'Elizabeth ait cru que nous allions l'adopter, Cassie?

— Mais, papa, on en a discuté, tu te souviens?

Elle ouvrit de grands yeux innocents.

— On l'a sauvé. Donc, on est responsables de lui. Et il n'a nulle part où aller...

— C'est une énorme responsabilité, tu sais. Un chien a besoin d'être nourri, brossé, il doit sortir deux ou trois fois par jour pour faire de l'exercice. Et surtout, on ne peut pas le laisser terroriser les chats du voisinage...

74

— Je sais tout ça, papa. Et je m'occuperai bien de lui. Je te le promets.

Elle s'agenouilla à côté de Baraka, enfin calmé, allongé, le museau sur ses pattes, apparemment épuisé par ses aventures.

— Je ne pourrais pas supporter de m'en séparer maintenant, ajouta-t-elle d'une petite voix pathétique.

Jed semblait indécis mais Elizabeth était persuadée qu'il avait accepté l'inévitable depuis le début. Il tenait seulement à ce que Cassie comprenne quels seraient ses devoirs envers l'animal. Il jeta un coup d'œil à Baraka qui leva aussitôt la tête en remuant la queue. Elizabeth réprima un sourire. Le jeune chien n'aurait pu choisir meilleur moment pour attendrir son monde.

— Mais dis-moi, Cassie, reprit Jed. Qui va s'occuper de lui quand tu seras à l'école ?

— Il restera dans le jardin et puis nous lui construirons une niche, pour qu'il puisse s'abriter quand il pleuvra.

Jed enfonça les mains dans ses poches et ne put réprimer un sourire.

— On dirait que tu as déjà tout combiné, n'est-ce pas ?

— Alors, c'est d'accord, papa ? Je peux le garder ?

— Oui. A condition que tu t'en occupes sérieusement.

Cassie laissa échapper une exclamation de bonheur, à la grande joie de Baraka qui se mit aussitôt à bondir autour d'elle, essayant d'attraper sa propre queue tandis que sa laisse volait derrière lui.

— Félicitations à tous les deux, dit Elizabeth en embrassant Cassie.

Elle se tourna vers Jed et se sentit soudain terriblement embarrassée en s'apercevant qu'elle s'apprêtait à lui tendre également la joue. Elle se reprit et se contenta de lui serrer la main.

— Merci, Elizabeth, dit-il d'une voix douce. Merci pour tout.

A la façon dont il avait prononcé ces mots, elle comprit qu'il ne faisait pas seulement allusion à Baraka, mais aussi à la manière dont leurs trois existences s'étaient liées peu à peu. Une amitié solide s'était établie au fil des derniers mois, au point de se transformer en intimité presque familiale. Elle se sentit soudain très proche de lui. A cette pensée, un frisson la parcourut tout entière. Mais elle préféra mettre ce vertige sur le compte de la joie qu'elle ressentait devant le bonheur de Cassie et de Baraka.

— Je venais juste d'allumer le barbecue quand vous êtes arrivées, reprit Jed. J'ai pensé qu'en plein mois de novembre, une belle journée ensoleillée comme celle-ci se devait d'être célébrée. Pourquoi ne resteriez-vous pas avec nous pour fêter l'arrivée du nouveau venu dans la maison ?

Elizabeth hésita un instant. Marty venait souvent le dimanche soir. Mais elle ne le verrait sans doute pas ce week-end, puisqu'il était absent depuis le début de la semaine, en voyage d'affaires. Et il ne l'avait pas prévenue de son retour.

— Entendu. J'accepte avec plaisir, mais à condition que vous me laissiez vous donner un coup de main.

Jed lui proposa de préparer la salade pendant qu'il s'occupait des grillades et que Cassie dressait la table dans le jardin.

Elizabeth compta trois steaks. Elle ne put s'empêcher de se demander s'il n'avait pas prévu de l'inviter à dîner longtemps à l'avance...

Ils passèrent à table. Cassie vida hâtivement le contenu de son assiette, et à peine eut-elle terminé son dessert qu'elle demandait :

— Papa, est-ce que je pourrais emmener Baraka chez Billy ?

Jed jeta un regard complice à Elizabeth qui lui sourit à son tour.

— Bon, d'accord, mais ne le lâche pas d'une semelle si tu ne veux pas qu'il se sauve encore une fois.

Elizabeth aida Jed à desservir la table, puis ils prirent le café sous le grand chêne, confortablement installés dans des fauteuils d'osier. Comme ils admiraient en silence le coucher de soleil, la jeune femme fut étonnée de constater à quel point elle se sentait détendue en présence de cet homme. Bien qu'ils ne se soient qu'à peine fréquentés, elle éprouvait auprès de lui une étrange sensation de bien-être et de paix.

— J'espère que tout se passera bien avec Baraka, dit-il en prenant une gorgée de café. Cela fait longtemps que je n'ai vu ma fille d'aussi bonne humeur.

— Oui. C'est très important pour elle, de se consacrer à cette bête. Elle est à une période cruciale de sa vie, elle grandit...

— Justement, à ce propos, comment s'est passée cette journée dans les magasins ?

— Nous avons trouvé de la très jolie lingerie. Jolie, pas affriolante, je précise, dit-elle en souriant. Et puis... nous avons aussi acheté le dernier livre d'Allison Craig.

Jed demeura silencieux.

— Nous avons rencontré Margaret Henniker et M. Edwards qui en achetaient plusieurs exemplaires pour la bibliothèque, ajouta-t-elle, comme pour s'excuser.

— Je vois. Et vous allez me dire que cela revient au même que Cassie en possède un, puisque, de toute façon, elle pourrait l'emprunter à la bibliothèque.

— Oui, à peu près. Vous avez déjà lu un de ces romans ?

— Non. Juste parcouru. Et je suis tombé sur quel-

ques passages un peu crus qui, à mon avis, ne conviennent pas à des gosses de l'âge de Cassie.

— Essayez tout de même d'en lire un en entier, et je vous assure que vous changerez d'opinion.

Jed réfléchit un instant, puis se tourna vers Elizabeth.

— C'est vrai, vous avez peut-être raison. Dire que je me suis opposé à la censure pendant des années ! Et maintenant que cela concerne ma fille, je me retrouve de l'autre côté de la barrière. Mais, vous savez... elle est tout ce que j'ai, ajouta-t-il d'un ton soudain plus grave.

Profondément touchée par cet aveu, Elizabeth aurait voulu lui dire à quel point elle comprenait ses sentiments. Elle mesurait l'amour qu'il éprouvait pour son enfant, mais elle discernait aussi en lui une profonde solitude.

— D'une certaine manière, je vous envie, poursuivit-il avec un regard vers la bague de la jeune femme. Avec votre fiancé, vous allez commencer une nouvelle vie. Vous verrez comme il est merveilleux de partager son existence avec quelqu'un qu'on aime.

Elizabeth médita ces paroles un instant. Elle songea à Marty, à son prochain mariage. A cet engagement définitif. Sans qu'elle sut l'expliquer, elle sentit soudain une sourde appréhension la gagner.

En levant les yeux elle rencontra le regard de Jed, posé sur elle.

— J'espère que c'est aussi merveilleux que vous le dites... murmura-t-elle. Bien, il commence à se faire tard. Il faut que je rentre, maintenant.

Pensive, elle monta dans son minibus et prit le chemin de la clinique. En arrivant au bout de l'allée de gravier, elle sentit sa gorge se nouer : la Ferrari de Marty était garée devant l'entrée.

— Oh, non ! murmura-t-elle pour elle-même.

Elle jeta un rapide coup d'œil dans le rétroviseur. Elle n'était pas maquillée, aujourd'hui, justement. Ses mèches cendrées tombaient sur son front, après cette journée passée à courir les boutiques ; et Baraka, en jouant avec elle, avait sûrement laissé des traces de pattes sur ses vêtements. Mais il y avait plus grave : Marty devait être furieux de son absence. Depuis combien de temps l'attendait-il ? se demanda-t-elle avec inquiétude.

En contournant le bâtiment, elle remit à tâtons un peu d'ordre dans ses cheveux et se hâta vers la maison.

Son fiancé l'attendait sur les marches de l'entrée. En l'apercevant, il se leva pour venir à sa rencontre. Malgré l'obscurité et la distance qui les séparait, elle n'eut aucun mal à deviner sa colère.

— Je suis désolée, Marty. Je ne t'attendais pas.

— Oui, c'est ce que je vois, répondit-il sèchement.

— Je ne pensais pas que tu viendrais. Je te croyais encore en voyage.

Avant cette soirée chez Jed, elle se serait précipitée dans ses bras en lui disant combien elle était heureuse de le voir. Mais, à présent, elle préférait ne pas s'approcher. Il paraissait si distant, si glacial.

— Tu n'as pas l'air d'être souvent chez toi, quand je ne suis pas là. De quoi s'agissait-il cette fois ? Encore une urgence ?

— Non, j'étais avec Cassie. Nous avons dîné tous les trois, avec son père. Aujourd'hui, elle a adopté Baraka, tu sais, le chien qui s'est fait renverser par une voiture et...

— Tu as passé la journée avec son père ?

En dépit de la lumière avare qui éclairait le visage de Marty, Elizabeth remarqua son expression durcie. Des rides soulignaient son regard d'un bleu trop pâle et ses lèvres avaient pris un pli amer.

— Non, j'étais avec Jed, Cassie et Baraka, s'empressa-t-elle de préciser.

Il avança vers elle.

— Elizabeth, nous sommes fiancés maintenant. Nous serons bientôt mariés et je ne veux pas que tu passes ton temps avec quelqu'un d'autre.

— Mais, Marty, tu ne comprends pas. Jed n'est qu'un ami et Cassie...

— Ça suffit comme ça! J'en ai assez entendu.

— Je suis désolée, Marty, murmura-t-elle.

Il la dévisagea, l'air sombre, puis tout à coup ses traits crispés se détendirent et ses lèvres s'étirèrent en un mince sourire.

— Bien, n'en parlons plus. Que dirais-tu d'aller dîner en ville maintenant?

— Tu ne préfères pas que je t'invite à la maison? Je pourrais te faire une omelette au jambon ou des croque-monsieur?

— Ce n'est pas ce que j'appelle un dîner, répondit-il d'un ton où perçait l'ironie. Allons, dépêchons-nous. Prépare-toi et nous y allons.

Elle songea un instant à lui avouer qu'elle avait déjà dîné chez Cassie, mais elle jugea préférable de ne pas risquer une nouvelle dispute.

— Très bien, je n'en ai pas pour longtemps. Entre, et sers-toi quelque chose, en attendant.

Avant d'aller se changer, la jeune femme fit sortir Lady, lui ouvrit rapidement une boîte de pâtée, tandis que Marty s'installait près de la cheminée et se versait un verre de cognac.

— Mets ta robe noire, chérie, lui cria-t-il du salon. C'est celle qui te va le mieux.

En gagnant sa chambre, Elizabeth se sentait terriblement nerveuse. Elle passa une minute sous la douche, et c'est à peine si, de ses mains tremblantes, elle réussit

à se maquiller et à se coiffer comme l'exigeait Marty. Puis elle se glissa dans sa robe noire. Lorsqu'elle reparut au salon, son fiancé l'accueillit avec un sourire satisfait.

— Tu es magnifique! Tu devrais toujours t'habiller comme ça, affirma-t-il en la prenant dans ses bras. Allez, en route.

Ils se retrouvèrent dans un petit restaurant italien, à une demi-heure de Cartersburg. Durant le dîner, ils mirent au point la cérémonie du mariage et en arrêtèrent la date au 3 avril.

— Il faut que nous envisagions de nouvelles dispositions pour ton travail et que nous décidions de l'endroit où nous allons vivre, dit Marty en reposant son verre de vin.

— Marty, je tiens à garder ma clinique. Nous en avons déjà parlé et...

— Nous verrons ça plus tard. Nous avons tout le temps pour en discuter.

La première fois qu'il y avait fait allusion, Elizabeth s'était sentie exulter à l'idée de cette longue existence qui les attendait. A présent, un insidieux malaise l'envahissait. Bien sûr, lorsqu'on se marie il est normal de se prêter à certaines concessions, mais elle commençait à se demander si cela ne risquait pas d'être à sens unique. Et dans ce cas, elle redoutait que le problème de la clinique ne fût que le premier d'une longue liste.

Pendant le trajet du retour, ils roulèrent en silence. Arrivés devant la maison, Marty arrêta le moteur et la prit dans ses bras. Curieusement, lorsque ses lèvres se posèrent sur les siennes, Elizabeth ne ressentit rien, aucun désir — aucune réaction.

— Allons, chérie, détends-toi, lui chuchota-t-il à l'oreille.

Elle sentait son souffle chaud contre sa joue. Il la

serra plus fort contre lui avant de l'embrasser de nouveau.

Elle répondit sans conviction à son baiser et aussitôt
les lèvres de Marty se firent plus exigeantes. Elle
devrait éprouver quelque chose, se dit-elle, une certaine
exaltation, ou du moins un petit frisson. N'était-elle pas
dans les bras de l'homme de sa vie ? Mais au lieu de
cela, son malaise allait croissant. Puis Marty
commença à lui pétrir la taille en remontant vers sa
poitrine. Puisqu'ils étaient officiellement fiancés, il
s'attendait sans doute à passer la nuit avec elle. Jusqu'à
ce soir, elle avait toujours réussi à repousser ses
avances, mais maintenant...

— Tu m'invites à passer la nuit chez toi ? murmura-
t-il dans un souffle.

Elizabeth se raidit, hésitant à répondre.

— Je... je pense que nous devrions attendre encore
un peu, Marty.

— Mais nous sommes fiancés, ma chérie. Nous
sommes sur le point de nous marier. Je crois qu'il est
temps maintenant.

Au fond, Marty avait raison. Rien de plus normal,
entre deux adultes qui allaient s'unir pour la vie. Pourtant, étrangement, elle ne pouvait s'y résoudre.

— S'il te plaît, Marty, je ne suis pas prête...

— Mais pourquoi ? Il n'y a aucune raison, Elizabeth.
Si tu m'aimes...

— Mais bien sûr que je t'aime. Mais...

— Alors de quoi s'agit-il ? Serais-tu encore vierge ?
demanda-t-il brusquement.

— Ce n'est pas ça ! répondit-elle, à la fois surprise
et outrée par l'insolence de sa question. J'ai vécu une
longue liaison, pendant mes études vétérinaires. Je
devais même épouser ce garçon... Et puis, un jour, je
suis rentrée et la maison était vide. Plus personne. Il

82

avait pris ses affaires et il était parti. Comme ça, sans un mot d'explication. Je me suis sentie anéantie. Tous mes projets d'avenir se sont écroulés en quelques secondes. J'étais pourtant si sûre de lui...

Elle se trouva soudain soulagée. Oui, c'est cela. Tout s'éclaircissait maintenant. Une déception d'une telle gravité avait dû la marquer plus profondément qu'elle ne le pensait. Cela expliquait sans doute cette crispation, cette étrange inappétence qui l'éloignait de Marty.

— Je ne t'en avais jamais parlé, Marty, mais j'espère que tu me comprends mieux à présent. Je préfère attendre que nous soyons mariés. C'est très important pour moi.

— Tu n'as pas confiance en moi, c'est ça?

— Mais si, Marty, au contraire.

— Alors, pourquoi me repousses-tu, Elizabeth? s'écria-t-il en tapant du poing sur le tableau de bord. Tu vas m'épouser de toute façon, bon sang!

— Marty, je t'en prie, le supplia-t-elle, posant une main sur son poignet.

Pendant une longue minute il garda les yeux rivés sur le tableau de bord, puis remit le contact et dégagea brusquement son bras.

— Très bien, ma chère, comme tu voudras. Nous attendrons.

— Tu m'appelles demain?

— Oui, j'essaierai.

— Bonne nuit, Marty.

Elle descendait à peine du véhicule qu'il démarrait en trombe.

Tard dans la nuit, incapable de trouver le sommeil, Elizabeth se retrouva assise sur la moquette de sa chambre appuyée contre le sommier. Enroulée dans sa couette, elle observait, pensive, Lady qui sommeillait la tête sur ses genoux.

— J'aimerais tant que Marty approuve ce que je ressens, dit-elle en caressant affectueusement le museau de la chienne.

Mais comment l'aurait-il pu, alors qu'elle-même ne comprenait rien à ses émotions contradictoires.

— Je vais me marier, ma belle... me marier...

Ces mots pourtant familiers semblaient maintenant l'enserrer dans un étau.

— Enfin, j'imagine que tout le monde doit éprouver ce genre d'appréhension devant une décision aussi importante, dit-elle en s'adressant à sa chienne.

Lady gémit doucement et lécha la main de sa maîtresse.

— Et on se retrouve avec une rafale de problèmes nouveaux... Mais on s'en sortira, ma chérie, dit-elle avec un optimisme forcé.

Pourtant les questions continuaient à se bousculer confusément dans sa tête. Le désir de passer une nuit dans les bras de l'homme qu'elle aimait aurait dû la submerger, effacer ses derniers doutes, se répétait-elle. Pourquoi n'était-ce pas le cas, bien au contraire ?

Le lundi après-midi, Cassie se trouvait dans la bibliothèque lorsqu'un étrange cortège se présenta à l'entrée : Mme Hankins, la mère de Billy, marchait en tête, suivie de Mme Wilkes et d'une autre femme que l'enfant ne connaissait pas. A en juger par la démarche décidée avec laquelle elles se dirigeaient vers le bureau de Margaret Henniker, cela ne présageait rien de bon.

« Billy sera furieux en apprenant que sa mère a débarqué au collège », songea Cassie en se rasseyant, alors qu'elle s'apprêtait à partir. Elle ouvrit son cahier de mathématiques au hasard et fit mine de se plonger dans l'étude d'un exercice, bien déterminée à ne pas perdre un mot de la conversation.

— Mademoiselle Henniker ! cria presque Mme Hankins sur un ton qui ressemblait fort à un ordre.

Etonnée, la bibliothécaire releva la tête. Lorsqu'elle vit les trois femmes s'approcher, elle se redressa fermement sur sa chaise.

— Madame Hankins ? Quelle heureuse surprise ! répondit-elle calmement, manifestement décidée à ne pas se départir de son sang-froid. Y a-t-il quelque chose que je puisse faire pour vous aider ? ajouta Margaret.

Toujours en tête de patrouille, la mère de Billy se planta devant le bureau de la bibliothécaire.

— L'association des parents d'élèves s'est réunie et a pris contact avec M. Edwards. Comme nous n'avons toujours pas reçu de réponse, Joan, Trudy et moi avons décidé de prendre les choses en main, et en vitesse.

— De quoi s'agit-il au juste ? demanda Mlle Henniker.

Elle retira ses lunettes et attendit la réponse de ses interlocutrices d'un air parfaitement paisible.

— Mademoiselle Henniker, vous êtes évidemment au courant de l'opposition croissante des parents aux lectures que vous imposez à nos enfants. Nous étions tous présents à votre réunion.

A ces mots, Margaret sourit doucement.

— Il est vrai que ces livres ont suscité beaucoup de polémiques, aussi bien parmi les parents que chez les élèves. Et il est d'ailleurs intéressant de constater que ces ouvrages ont accru l'intérêt des jeunes pour la lecture.

« Bien joué, Mlle Henniker ! » pensa Cassie en levant les yeux vers le groupe.

— Eh bien, de son côté, l'association estime que ces livres sont totalement inadaptés à des élèves du premier cycle, répliqua Mme Hankins.

Elle se tourna vers ses amies qui s'empressèrent d'acquiescer. La mère de Billy insista, à l'intention de Mlle Henniker :

— Nous nous devons d'enseigner certaines valeurs à nos enfants, et des livres qui encouragent les rapports sexuels avant le mariage ou approuvent le divorce contrarient notre rôle éducatif.

— Combien de ces livres avez-vous lus ? demanda Margaret.

— Assez pour me forger une opinion.

— Je suis convaincue que si vous les consultiez d'une manière plus approfondie, vous changeriez d'avis. Je tiens à vous assurer qu'ils n'incitent pas du tout aux relations sexuelles avant le mariage et...

— C'est pourtant ce que j'en ai retenu, interrompit Mme Hankins d'une voix sèche.

— Alors j'ai bien peur que vous n'en ayez pas saisi le message, madame Hankins.

— Et les enfants, le comprennent-ils mieux ?

— Absolument ! Cela ne fait pas l'ombre d'un doute. D'ailleurs, généralement, ils lisent ces ouvrages d'une traite. Ces livres les passionnent car ils abordent des questions qui les concernent vraiment. Les jeunes ne cessent d'être bombardés à longueur de journée par les messages violents de la télévision, des vidéos et de la publicité. Par ailleurs, les parents les noient sous des discours traitant de devoir et de morale. Finalement, les pauvres petits ne savent plus de quel côté se tourner. Cette série de livres les invitent enfin à penser par eux-mêmes, dans leur propre langage.

A cet instant, la femme inconnue intervint d'une voix posée :

— Vous êtes très convaincante, mademoiselle Henniker, mais rien de ce que vous pourrez nous dire ne changera le contenu de ces livres ni l'âge des enfants

qui sont ici. Et nous avons décidé à l'unanimité qu'ils devaient être retirés de la bibliothèque.

— Bien envoyé, Trudy, approuva Mme Hankins. A présent, nous vous laissons, mademoiselle Henniker. Nous tenions simplement à ce que vous connaissiez notre position.

Sur ces mots, les trois femmes sortirent, le menton haut, de la bibliothèque. Cassie aurait voulu les suivre, mais Margaret semblait si abattue qu'elle préféra ne pas bouger. La bibliothécaire était assise à son bureau, la tête dans ses mains et paraissait au bord des larmes.

Ne sachant trop que faire, l'adolescente laissa s'écouler quelques minutes. Puis elle se leva en silence et quitta la pièce sur la pointe des pieds.

5.

Assise dans la cabane en branchages, Cassie commençait à s'impatienter en attendant Billy.

Il était en retard. En temps normal, elle ne l'aurait pas attendu si longtemps, mais aujourd'hui la situation l'imposait. Elle voulait absolument lui raconter la scène de la bibliothèque.

Enfin, un sifflement familier retentit derrière les arbres. Elle lui répondit de la même manière : c'était leur signal convenu. Puis Billy parut au bout du chemin. Il courut jusqu'au pied de l'arbre dans lequel ils avaient construit la cabane, escalada l'échelle de corde et s'affala sur le plancher de leur repaire.

— Bon sang, je ne sais pas ce qui arrive à ma mère, aujourd'hui, mais elle est d'une humeur de chien ! J'ai cru que je n'arriverais jamais à m'échapper de la maison.

Billy trouvait toujours une bonne excuse lorsqu'il était en retard, pensa Cassie. Mais cette fois il y avait sans doute du vrai dans ses explications.

— Tu sais ce qu'elle a fait, cet après-midi ? demanda Cassie.

— Oui, elle m'a harcelé toute la journée.

— Et avant ça, elle s'en est prise à Mlle Henniker.

— Qu'est-ce que tu veux dire ?

— Ta mère, Mme Wilkes et une autre femme sont

venues la voir à la bibliothèque après les cours, pour lui demander de retirer les livres d'Allison Craig.

— Comment es-tu au courant ?

— J'y étais.

— Tu es sûre que c'était ma mère ? demanda Billy, abasourdi.

— Certaine. C'est même elle qui menait les opérations.

Billy poussa un long soupir pendant que Cassie lui rapportait l'esclandre de la bibliothèque.

— Ensuite, je les ai suivies jusqu'au parking et je n'ai pas pu entendre tout ce qu'elles racontaient. Mais j'ai parfaitement saisi que ta mère disait : « Alors, elle devra partir. » Je suppose qu'elle parlait de Margaret Henniker.

— Tu veux dire qu'elles aimeraient faire renvoyer Mlle Henniker ?

— C'est évident.

— Mais elles ne peuvent pas faire ça, c'est monstrueux ! s'exclama-t-il, hors de lui.

— Tu sais, elles ont vraiment l'air décidées. En plus, je crois que c'est Mme Wilkes qui est présidente des parents d'élèves, non ?

— Comment veux-tu que je le sache ? répondit Billy en haussant les sourcils.

— Alors, qu'allons-nous faire ?

— Comment ça, qu'allons-*nous* faire ? répliqua-t-il en fixant le bout de ses baskets.

De toute évidence, Billy était trop furieux pour trouver une solution.

— On pourrait peut-être prévenir Mlle Henniker, proposa Cassie.

— Pour lui dire quoi ? Tu n'es même pas certaine qu'il s'agissait bien d'elle ?

— Ou tu pourrais en parler à ta mère ?

— Tu es folle ? On peut à peine lui adresser la parole, tellement elle est en colère.

— Et ton père ?

— Lui, il est toujours d'accord avec tout ce qu'elle dit, répondit-il en donnant un coup de pied dans le tronc de l'arbre.

— Bon, maintenant il faut que je rentre en vitesse, ajouta-t-il. Je suis sorti en cachette et si elle s'en aperçoit, ça va chauffer !

En descendant l'échelle de corde pour rentrer à son tour, Cassie se dit que son ami n'avait vraiment pas de chance. Elle, au moins, pouvait parler de ces problèmes à Elizabeth, mais Billy n'avait personne.

Le lendemain, après déjeuner, Cassie se rendit à la clinique. Elle trouva Elizabeth dans la salle d'opération, qui s'occupait d'un gros chat angora.

— Je peux entrer ?

— Bien sûr, approche. Dis-donc, tu en fais une tête !

Pendant qu'Elizabeth bandait la patte blessée du chat, Cassie lui exposa la situation.

— Je pense que ce n'est pas juste qu'elles fassent renvoyer Mlle Henniker simplement parce qu'elles ne sont pas d'accord avec les livres de la bibliothèque...

La sonnerie du téléphone interrompit leur conversation.

— Tu peux prendre le message, s'il te plaît, Cassie ? Tu dis que je rappellerai dès que j'aurai fini.

A l'autre bout du combiné, une voix d'homme, plutôt aimable, demandait à parler à Elizabeth. Mais quand Cassie lui répondit que cette dernière était occupée, le ton devint cassant.

— Dites-lui que c'est Marty à l'appareil. Elle me répondra.

En se tournant vers sa marraine, Cassie eut du mal à dissimuler son irritation.

— Il dit de te prévenir que c'est Marty.

— Oh, Marty... Oui, une minute, s'écria Elizabeth en posant ses compresses.

De toute façon, l'intervention était presque terminée. Et ces derniers temps, Marty lui reprochait beaucoup de ne pas prendre tous ses appels. Mais elle ne pouvait lui en vouloir car elle savait qu'il téléphonait souvent d'une cabine.

— Bonjour, dit-elle en prenant l'appareil.

Comme elle le faisait toujours lorsque Elizabeth était au téléphone, Lady s'approcha et vint s'étendre aux pieds de sa maîtresse. Cassie s'agenouilla à côté d'elle et commença à la caresser tout en prêtant une oreille attentive à la conversation.

— Le 3 décembre? répéta Elizabeth. Oui, très bien, c'est juste quatre mois avant le mariage.

Quatre mois seulement! Cassie sentit un frisson la parcourir. Les jours passaient si vite, et elle n'avait pas encore trouvé le moyen d'amener Elizabeth à rompre ses fiançailles.

— Eh bien, j'espérais une cérémonie plus intime... Oui, bien sûr, tu as choisi une très belle église, mais je pensais simplement...

« Ils vont peut-être se disputer. Et leur projet de mariage va se casser la figure! » se dit Cassie, pleine d'espoir.

A l'autre bout du fil, Marty insistait :

— Il faut s'occuper dès maintenant des faire-part et des fleurs...

— Marty, ne crois-tu pas que nous allons un peu vite? Tu n'es jamais là en ce moment, peut-être devrions-nous...

Cassie retint sa respiration : dans une seconde, ils allaient décider de reporter la date.

— Très bien, comme tu voudras. Tu as raison, dit Elizabeth d'une voix lasse. Nous irons le week-end pro-

chain. Mais, Marty, si nous pouvions attendre juste quelques...

Découragée, Cassie ne leva même pas les yeux vers son amie lorsqu'elle raccrocha. Mais quand Elizabeth retourna vers la table d'opération, elle demanda en hésitant :

— Tu voudrais repousser la cérémonie, c'est ça ?

— Non, je ne crois pas.

Après avoir soigneusement achevé le pansement, elle prit le chat dans ses bras et l'installa dans un box.

— Pour être franche, je dois reconnaître que j'y ai pensé un instant, reprit la jeune femme. Il y a tellement de choses à préparer en si peu de temps... Mais je crois que je m'inquiète pour rien.

— Non, tu as raison, insista Cassie. Tu pourrais le retarder un peu, jusqu'à cet été par exemple, ou même à l'automne prochain. Comme ça, tu prendrais ton temps.

Elizabeth se mit à rire. Elle en ignorait la raison, mais de toute évidence, Cassie ne semblait pas pressée d'assister à son mariage.

— Il faut vraiment que tu rencontres Marty. Tu verras, il va te plaire !

L'adolescente qui lui tournait le dos, leva les yeux au ciel. Elle ne le connaissait que trop bien !

— Tu as d'autres opérations prévues cet après-midi ? demanda-t-elle.

— Non, c'est terminé pour aujourd'hui.

— Alors pourquoi ne viendrais-tu pas à la maison ? J'ai promis à papa de l'aider à construire la niche de Baraka. Tu pourrais nous donner un coup de main, et puis tu verrais mon chien.

— Tu es certaine que ça ne risque pas de déranger ton père ?

— Il sera très content, au contraire. Tu viens ?

A l'aide d'un mètre de menuisier, Jed mesurait des planches dans le jardin lorsque Elizabeth gara le minibus le long du trottoir. Il était décoiffé, une trace de terre lui barrait la joue, mais en le voyant, immense et souriant, venir à leur rencontre, Elizabeth se dit qu'il était décidément beaucoup plus séduisant qu'aucun autre homme de sa connaissance.

— Où est Baraka? demanda Cassie à son père.

— J'ai été obligé de l'enfermer dans la cuisine. Au début, il a réussi à me voler mon marteau et quand j'ai enfin pu le récupérer, il a commencé à déchiqueter le bas de mon pantalon, pour que je joue avec lui.

— Je vais le chercher, s'écria la fillette en courant vers la maison.

— Je suis heureux de vous voir Elizabeth, dit Jed en se tournant vers elle.

La jeune femme ouvrait la bouche pour lui répondre lorsque le cri de Cassie l'arrêta.

— Baraka! Oh, non!

Ils se précipitèrent aussitôt dans la cuisine où ils ne purent que constater les dégats.

Le jeune chien avait vidé le bas d'un placard et trônait au milieu d'un tas de cookies, de corn flakes et de biscuits, dont il avait savamment déchiré les emballages. Peu impressionné par leurs regards sévères, il continuait à éparpiller le contenu d'une boîte de céréales en gambadant comme un démon.

— Tu es un gros vilain, Baraka! le gronda Cassie d'un ton qui se voulait ferme.

— Je me demande bien comment il a réussi à ouvrir ce placard, commenta Jed.

A ces mots, le chiot s'arrêta pour émettre un jappement plein de fierté et ils éclatèrent de rire. Lady, qui les avait suivis, toisait le coupable d'un regard dédaigneux.

— Bon, il ne reste plus qu'à nettoyer tout ça.

Après une bonne demi-heure de rangement, la cuisine finit enfin par retrouver son aspect habituel.

— Ouf ! Nous en sommes venus à bout ! dit Jed en remplissant un dernier sac poubelle. Je n'aurais jamais cru qu'il y avait tant de fouillis dans ce placard. En fin de compte, Baraka nous a permis de remettre un peu d'ordre dans cette cuisine.

— Au moins, vous, vous prenez les choses du bon côté, répondit Elizabeth.

Ils sortirent les sacs sur le trottoir, et en revenant vers la maison, Jed posa sa main sur le bras de la jeune femme.

— C'est gentil de nous avoir aidés, dit-il d'une voix soudain plus douce.

— Pourquoi ? Vous savez, j'ai passé un très bon moment, répondit-elle en rougissant légèrement.

Troublée, elle se détourna et au même instant, son regard se posa sur sa bague. La vague euphorie qu'elle ressentait en présence de Jed ne pouvait venir que de leur complicité amicale, Elizabeth ne voyait pas d'autre explication. Comment pourrait-il en être autrement d'ailleurs, puisqu'elle se mariait dans quelques mois ? Mais elle ne put s'empêcher de frissonner longuement lorsque, par hasard, sa main effleura de nouveau celle de Jed.

Durant le reste de l'après-midi, ils scièrent et clouèrent avec tant d'ardeur, que la niche fut fin prête avant l'heure du dîner.

— Nous pourrions commander une pizza ? suggéra Jed en regardant sa montre.

— Merci, c'est très gentil, mais il est préférable que je rentre maintenant.

— Pourquoi ? Il y a une nouvelle pizzéria qui vient d'ouvrir, juste à côté.

Pensive, Elizabeth posa son pinceau. Oui, après tout,

pourquoi ne pas rester un moment avec eux? Lady se trouvait ici, avec elle, et la perspective de passer une soirée agréable entre Jed et sa fille la tentait beaucoup.

— Il vous faudra bien dîner, de toute façon, ajouta Jed d'un ton persuasif. Autant partager une pizza avec nous, non?

— Très bien, vous avez gagné, je reste, répondit-elle en souriant.

Cassie proposa d'aller chercher la pizza. En l'attendant, ils fignolèrent la peinture du toit et de l'entrée de la niche, puis Elizabeth aida Jed à ranger les outils.

— Merci encore, Elizabeth. Je n'aurais jamais pu faire tout ça aujourd'hui, sans votre aide.

— J'ai passé un excellent après-midi, répondit la jeune femme.

Elle leva la tête pour admirer le magnifique ciel bleu sans nuages.

— Et puis, c'était vraiment une journée idéale à passer dehors, dans votre jardin, ajouta-t-elle.

— Oui, idéale, répéta Jed d'une voix rauque, posant sa main sur le bras de la jeune femme.

La tendresse de son regard sombre la frappa en plein cœur. Tout comme le trouble évident qui avait envahi son compagnon. Il ne faisait pas allusion à la météo ni à la niche de Baraka, elle le savait. Non, il parlait de l'après-midi qu'ils venaient de passer ensemble. Elle se sentait étrangement coupable, quand surgit l'image de Marty. Mais il lui semblait très loin tout à coup.

— Vous avez réfléchi à ma proposition de faire votre portrait? demanda Jed.

Il se tenait toujours près d'elle, mais elle n'éprouvait aucune envie de s'éloigner.

— Oui, oui. J'y pense...

— Eh bien, il y a quelque temps, vous m'aviez dit de passer vous voir à la clinique. Alors j'ai pensé que je

96

pourrais m'asseoir dans un coin et vous dessiner pendant que vous travaillez, à condition bien sûr que ça ne vous gêne pas.

A présent, il semblait hésitant, presque timide.

— Vous voulez dire que je n'aurais pas besoin de poser ? demanda Elizabeth.

— Non, vous n'aurez rien à faire de particulier. Simplement être vous-même, c'est tout.

A présent, l'idée de lui servir de modèle lui paraissait beaucoup plus facile.

— Venez quand vous voulez, Jed, cela me fera très plaisir.

A cet instant, Cassie parut sur le seuil, Baraka sur ses talons.

— Voici les pizzas ! s'écria-t-elle.

Ils allèrent chercher des assiettes et des couverts dans la cuisine, puis ils s'installèrent tous les trois autour de la table du jardin. Baraka fut consigné dans la cuisine avec une portion de croquettes. Quant à Lady, elle montait la garde devant la porte d'entrée, comme si elle s'était attribué la tâche de surveiller Baraka pendant toute la soirée.

Le repas fut agréable et les pizzas délicieuses.

Après le dîner, Cassie essaya en vain d'apprendre à Baraka à attraper une balle de tennis, puis, lorsqu'ils eurent enfin compris que c'était peine perdue, ils rentrèrent à l'intérieur. Cassie continua à jouer avec son chien dans le salon, pendant que Lady suivait Elizabeth dans l'atelier. Jed voulait lui montrer les derniers croquis qu'il avait faits de Baraka.

— J'ai l'impression que vous commencez à bien vous entendre, tous les deux, dit Elizabeth en souriant.

Elle feuilletait une liasse de dessins qui représentaient le chiot en train de jouer ou de se reposer, la tête sur ses pattes, regardant au-dessus de lui avec de grands yeux mélancoliques.

— Oh, j'adore celui-ci ! s'exclama-t-elle.

Elle le tendit à bout de bras afin de mieux l'étudier.

— On dirait qu'il attend Cassie et qu'il a peur qu'elle n'arrive jamais... Jed, est-ce que vous me le donneriez ? Je l'accrocherais à la clinique ?

— Bien sûr. Mais ce n'est qu'une simple esquisse. Je peux la retravailler un peu, si vous le voulez.

— Oh, non. Il est déjà si expressif ! Mais je vous demanderai de le signer, en revanche.

— Avec plaisir.

Il prit le croquis et y apposa le même paraphe fantaisiste qui figurait au bas de ses bandes dessinées, puis y inscrivit son titre : *Baraka.*

— C'est aussi mon dessin préféré, intervint Cassie qui s'était approchée.

Elle s'avança vers son père qui, sourd aux protestations d'Elizabeth, avait entrepris de rectifier quelques traits de son dessin, et feuilleta machinalement les croquis empilés à l'extrémité du bureau.

Soudain, elle se figea.

— Qu'est-ce que c'est que ça ?

— Oh, juste une ébauche pour la bande dessinée, répondit Jed sans même lever les yeux.

Cassie fixa les esquisses une seconde avant de les jeter violemment sur la table.

— Tu n'as pas le droit de faire ça ! explosa-t-elle.

— De quoi parles-tu ? demanda son père, stupéfait.

— Tu ne peux pas raconter ma vie dans ta bande dessinée, expliqua-t-elle, rouge de colère. C'est moi le jour où on a acheté mon premier soutien-gorge ! Tu ne peux pas me faire ça, papa. C'est affreux !

Jed posa son crayon et dévisagea sa fille d'un œil inquiet.

— Cassie, tu sais très bien qu'il ne s'agit pas de toi. Il se trouve que la fille du héros a le même âge, c'est tout.

— C'est dégoûtant, lança-t-elle amèrement.

— Cassie !

— C'est la vérité ! se défendit-elle, au bord des larmes. Ce n'est pas normal que je doive subir ça ! Tu me fais ressembler à une sorte de monstre !

Elle sortit rageusement de la pièce et ils l'entendirent monter l'escalier en pleurant.

Jed se passa nerveusement la main dans les cheveux.

— Ce ne sont que des croquis, Elizabeth. Je n'avais pas l'intention de les lui montrer.

Il lui tendit les feuillets et elle les examina avec attention. Il s'agissait en effet de quelques traits jetés hâtivement sur le papier. Mais le talent de leur auteur les rendait criants de vérité.

— C'est excellent, Jed. Mais je comprends que Cassie soit furieuse.

Jed hocha la tête, embarrassé.

— Oui, moi aussi.

— Elle se sent très gênée. Ces choses sont extrêmement importantes et très personnelles à son âge.

— Oui, c'est bien là l'ennui. Ce sont des situations universelles que chacun de nous a connues. Et c'est précisément ce qui fait leur intérêt à mes yeux.

— Peut-être pourriez-vous conserver cette idée pour plus tard, quand Cassie aura grandi et oublié ces problèmes. Votre public s'y retrouvera toujours, mais votre fille ne se sentira plus concernée personnellement.

— Oui, je crois que vous avez raison, reconnut Jed en soupirant.

Il se leva et posa les mains sur les épaules d'Elizabeth.

— Vous savez, je comprends pourquoi Cassie vous trouve fantastique.

Elizabeth baissa les yeux en rougissant. Soudain, elle n'eut plus conscience que de la présence de cet homme. Son parfum, la chaleur de sa voix, la douce pression de

ses doigts sur ses épaules, qui se voulait amicale, mais qui pourtant s'attardait assez longtemps pour la bouleverser. Elle croisa son regard et, l'espace d'une seconde, elle crut qu'il allait l'embrasser. Elle accepta cette évidence et ferma les yeux. Mais elle le sentit s'écarter brusquement. Elle rouvrit les yeux. Il se tenait loin d'elle à présent. Un sentiment de honte la submergea. Comment avait-elle pu envisager une chose pareille? Jed et elle n'étaient que de simples amis...

6.

— Oh, Marty, c'est merveilleux ! murmura Elizabeth dans le silence de l'église.

Les doigts noués à ceux de son fiancé, elle admirait l'impressionnant plafond voûté et les vitraux éclatants qui laissaient filtrer les rayons du soleil. Un épais tapis rouge semblait s'étendre à l'infini dans l'allée centrale, bordée de chaque côté de bancs et de sièges en chêne massif.

— Ce sera un décor magnifique pour notre mariage, n'est-ce pas ? dit Marty d'un air satisfait.

Il passa son bras autour des épaules d'Elizabeth et elle se serra contre lui, essayant de s'imaginer, vêtue de sa robe blanche, marchant solennellement vers l'autel.

— Viens, dit Marty. Avançons un peu.

Il la précéda et s'arrêta à plusieurs reprises pour lui indiquer où seraient disposés les cierges et les compositions florales.

— La fille du gouverneur de Virginie s'est mariée ici même, le mois dernier, expliqua-t-il fièrement.

Ils gravirent les quelques marches de marbre blanc qui conduisaient à l'autel.

— Ici nous aurons des prie-dieu de velours pour nous agenouiller, poursuivit-il. Les demoiselles d'honneur se tiendront à notre droite et les garçons de l'autre côté.

— Les demoiselles d'honneur? répéta Elizabeth, une pointe d'angoisse dans la voix.

Elle réalisa soudain qu'elle n'avait jamais envisagé leur présence.

— J'ai pensé à mes deux sœurs, suggéra Marty. Qu'en dis-tu?

— Eh bien...

Elizabeth hésita un court instant. Elle n'en connaissait qu'une, jolie et plutôt sympathique, mais ignorait tout de l'autre qui vivait, paraît-il, en Californie.

— Tu pensais à quelqu'un en particulier? demanda Marty.

— Euh... non, personne.

— Mes sœurs sont ravies de tenir ce rôle, ajouta-t-il en prenant la main de la jeune femme. Et j'ai une petite nièce de cinq ans qui serait parfaite pour précéder le cortège. Qu'en penses-tu?

— Cela me paraît très bien, en effet, approuva Elizabeth.

Elle le pensait sincèrement. Marty s'était chargé de tout, avec une efficacité exemplaire. Et à dire vrai, elle craignait que ses anciennes amies de l'université ne se sentent pas très à l'aise, au sein d'une aussi fastueuse cérémonie.

— Nous pourrions également prendre Cassie comme demoiselle d'honneur, en plus de tes sœurs? suggéra-t-elle presque timidement.

Comme il ne réagissait pas, elle précisa :

— Tu sais, Cassie, ma filleule...

Le froncement des sourcils de Marty ne lui échappa pas.

— Ah, oui... Eh bien, je ne suis pas sûr que ce soit une bonne idée car il n'y aura que deux garçons d'honneur. Est-ce vraiment indispensable?

Elizabeth réfléchit un instant avant de répondre.

— Non, tu as raison.

D'ailleurs, Cassie n'apprécierait sans doute pas de figurer en vedette à cette cérémonie.

— Bien, c'est réglé alors, conclut Marty en enlaçant Elizabeth. Je t'aime, tu sais. Et ce mariage va être absolument parfait, mon amour.

La tête appuyée contre l'épaule de son fiancé, Elizabeth ne parvenait pas à surmonter un indicible sentiment de malaise. Il lui semblait que ce mariage n'était pas le sien, mais celui de Marty. Il s'occupait de tout, se chargeait des moindres détails... Elle aurait dû s'en réjouir, se sentir reconnaissante de lui avoir évité ce genre de corvée. Avec son emploi du temps chargé, elle n'aurait jamais pu s'y consacrer.

Elle rencontra le pasteur qui devait bénir leur union, puis ils s'occupèrent de l'impression des faire-part et commandèrent les fleurs. L'après-midi était déjà bien entamé, quand Marty emmena Elizabeth déjeuner dans une auberge romantique où il avait réservé une table. Pendant le repas, un violoniste s'approcha d'eux et Marty prit la main de la jeune femme dans la sienne. Ainsi bercée par la musique, elle avait l'impression de vivre un véritable conte de fées. Pourtant, aussitôt que le musicien se fut éloigné, ses préoccupations resurgirent aussitôt.

— Marty, tu ne crois pas que nous devrions faire les choses plus simplement ? osa-t-elle demander.

Son fiancé accueillit cette suggestion avec une moue de dédain.

— Oui, bien sûr, nous le pourrions. Mais tu sais, on ne se marie qu'une fois, il faut en profiter.

Malgré la justesse de cette remarque, elle n'était pas convaincue.

— Mais tout ça va coûter une fortune insista-t-elle.

Marty se pencha vers elle et lui prit la main de nouveau.

— Ne t'inquiète donc pas, ma petite colombe. J'ai eu une conversation avec mon père, hier soir. Lui et mère ont proposé de subvenir aux frais de la cérémonie, à condition que nous leur permettions d'y inviter environ deux cents de leurs amis.

— Deux cents personnes ? répéta Elizabeth, médusée.

Elle s'affola intérieurement. Et son cœur se serra en songeant que, de son côté, elle n'avait que quelques vrais amis à convier à ses noces.

— En comptant nos propres relations, je crois que nous serons trois cents, à peu près, dit Marty. Mais ne te mets pas martel en tête, tu n'auras rien d'autre à faire que d'être resplendissante et de t'amuser.

Elizabeth hocha la tête en silence. Tout semblait toujours si simple avec son compagnon. Pourtant, la perspective d'un mariage en grande pompe ne la réjouissait guère.

Au moment du café, Elizabeth laissa tomber sa serviette dans un moment d'inattention. Avant même qu'elle ait eu le temps de la ramasser, un jeune homme élégant, assis à une table voisine, se baissa et la lui tendit galamment.

— Merci, monsieur, dit-elle en lui souriant aimablement.

— Je vous en prie, répondit celui-ci, en lui rendant son sourire.

— Ce n'était pas nécessaire, intervint soudain Marty d'une voix tranchante.

Tout à coup, il s'était transformé. Les traits durcis, il semblait contenir avec peine une incroyable fureur.

— Ce type n'a pas cessé de te dévisager, affirma-t-il à Elizabeth d'un ton sec.

Sa remarque amusa la jeune femmme.

— Mais non, Marty. Tu te fais des idées.

— Non, ma chère. Ce genre de choses ne m'échappe

jamais. Tu devrais faire plus attention. Tu es une très jolie femme et il faut que tu évites dorénavant de te comporter de façon ambiguë et d'aguicher les hommes.

Il posa sa tasse et se leva, signifiant que l'incident était clos.

— De toute façon, maintenant il est temps de partir.

— Mais Marty, je n'ai même pas terminé mon café.

Ignorant son objection, il vint se placer derrière elle pour l'aider à repousser sa chaise. La jeune femme estima qu'il valait mieux le suivre plutôt que de risquer un nouvel éclat.

Ils passèrent le reste de l'après-midi à faire des courses et toutes sortes de démarches et ne rentrèrent à Cartersburg que tard dans la soirée.

En arrivant chez elle à l'heure du dîner, la jeune femme s'empressa de faire sortir Lady qui était restée enfermée toute la journée et, pendant que Marty s'installait dans le salon, elle fit un rapide inventaire de son réfrigérateur. Malheureusement, il était à peu près vide et elle dut sortir un gratin surgelé du congélateur. Tout en mettant le couvert, elle observa Marty qui lisait son journal d'un air absorbé. C'était un homme très séduisant, intelligent, rempli d'attentions pour elle, et pourtant, sans qu'elle pût clairement en définir l'origine, le doute et l'anxiété l'assaillaient chaque fois qu'elle évoquait leur mariage. Etait-ce la perspective de toutes ces mondanités à assumer ? Certes, se donner en spectacle à trois cents personnes aurait intimidé n'importe qui. Mais, honnêtement, n'y avait-il pas une autre raison ? Au fond, était-elle tout à fait sûre de sa décision ? Quelquefois, l'idée de se marier lui paraissait si irrévocable... Elle aurait aimé confier ses incertitudes à son fiancé, l'entendre la rassurer. Mais comment pouvait-elle aborder un sujet aussi délicat ?

— Tu as l'air bien fatiguée, remarqua-t-il comme elle servait le dîner.

— C'est que nous n'avons pas arrêté de la journée !

— En tout cas, à présent tout est fin prêt. Dommage que nous n'en ayons pas eu le temps, mais j'aurais aimé te faire visiter quelques villas, à Richmond. Mais nous y retournerons. Je suis sûr que ça te plaira, affirma-t-il en buvant une gorgée de vin.

Elizabeth se figea, posa sa fourchette.

— Marty, tu sais bien que je ne veux pas habiter à Richmond.

— Qu'en sais-tu ? Tu ne connais pas.

— Non, mais...

— Alors ne boude pas. Tu verras, tu aimeras ta nouvelle maison, affirma-t-il en souriant.

— Marty, je ne plaisante pas.

— Moi non plus.

— Je travaille ici, à Cartersburg, et je n'ai aucune envie de faire deux heures de route tous les jours.

— Crois-moi, ma chérie, c'est justement pour t'éviter ces satanés trajets que je t'ai proposé d'envisager cette association dans un cabinet vétérinaire de Richmond. Tu aurais des horaires raisonnables, plus de cochons qui se roulent dans la boue, tous tes week-ends libres...

— Marty, je t'en prie ! l'interrompit-elle d'une voix qui se voulait ferme.

— Ecoute, chérie, de toute façon, nous ne sommes pas obligés de prendre une décision maintenant.

Il se leva et alla se placer derrière elle pour lui masser les épaules.

— Nous avons jusqu'au 3 avril pour nous décider. Rien ne presse.

Ses mains chaudes la pétrissaient sensuellement, soulageant les muscles fatigués d'Elizabeth. Mais intérieurement, la jeune femme se sentait de plus en plus tendue et angoissée. Ces discussions sans fin à propos de leur futur domicile l'irritaient. Cette fois encore, Marty avait rompu

106

le combat avant qu'il s'envenime, mais il reviendrait à la charge ; il n'était pas homme à supporter la contradiction.

La sonnerie du téléphone l'arracha à ses sombres pensées et déclencha les aboiements de Lady.

— Tais-toi, le chien ! ordonna Marty d'un ton féroce pendant que la jeune femme allait décrocher.

La voix de Jed à l'autre bout du fil détendit instantanément Elizabeth. Elle sourit malgré elle. Comme il l'interrogeait sur sa journée, elle lui répondit que celle-ci avait été fort lourde mais productive et elle ajouta que Marty dînait chez elle. Jed s'excusa de les avoir interrompus et aborda l'objet de son appel : existait-il un moyen d'empêcher Baraka de mâchouiller tout ce qui passait à sa portée ? En riant de bon cœur, Elizabeth lui promit de lui apporter un os artificiel à ronger, le même que pour Lady autrefois. Elle lui suggéra également de disséminer dans la maison toutes sortes de vieux objets hors d'usage qui détourneraient l'attention du chiot.

Amusée par les méfaits de Baraka et par l'humour de son maître, Elizabeth souriait toujours en raccrochant l'appareil. En se retournant vers Marty, son visage se ferma aussitôt.

Une expression qu'elle ne lui connaissait pas déformait ses traits. Son regard pâle la transperçait.

— Qui était-ce ? questionna-t-il sèchement.

— Jed Parker, le père de Cassie, ma filleule.

— Que voulait-il ?

Il semblait hors de lui. Son visage était blême et ses yeux avaient pris une teinte métallique.

— Il... il me demandait simplement un conseil pour son chien, balbutia-t-elle.

— Un samedi soir, à 8 heures ? Je n'en crois rien, rétorqua-t-il en s'approchant d'elle. Il vérifiait plutôt si j'étais encore là et si la voie était libre. Et tu lui as dit oui !

Il agrippa brusquement les bras d'Elizabeth.

— Qu'y a-t-il entre vous?

— Mais rien du tout, Marty. Ce n'est qu'un ami.

La pression de ses doigts se faisait plus forte.

— « Un ami », bien sûr! Mais avoue, avoue donc! exigea-t-il d'une voix tremblante de rage.

— Il n'y a rien à avouer, Marty! Arrête, maintenant! Tu me fais mal!

Il la serra plus violemment encore pendant quelques secondes, la fixant de ses yeux menaçants, puis la relâcha à regret.

— Tu m'as fait mal, répéta-t-elle d'un ton de reproche en massant ses bras meurtris.

Alors, de façon aussi subite qu'il s'était emporté, il redevint empressé.

— Fais voir.

Il remonta lui-même les manches de la jeune femme, examina les grosses marques rouges qu'il venait de laisser sur sa peau.

— Ça ne sera rien, déclara-t-il en passant son bras autour des épaules de sa compagne. Il faut que tu me comprennes, Elizabeth, je t'aime. Et comme je te l'ai déjà dit au déjeuner, tu es une femme très désirable. Il faut te garder de provoquer les hommes.

— Mais enfin, Marty...

Sa phrase resta en suspens. Jamais il ne comprendrait les profonds liens d'amitié qui les liaient, Jed et elle. Il se montrait constamment si possessif, si jaloux. Certes, ce comportement exclusif trouvait peut-être sa justification dans la passion qu'il lui vouait, mais était-ce excusable? Elle se rassura en se disant que les choses s'arrangeraient sûrement une fois qu'ils seraient mariés.

*

Le lendemain après-midi, elle fut ravie d'accueillir Cassie à la clinique. Elle avait ressassé la scène de jalousie de Marty toute la journée et la visite de l'adolescente la détournait de ses sombres préoccupations.

Et puis, un peu d'assistance musclée lui serait utile, car le jeune berger allemand qu'elle venait de plonger dans un bain antipuces ne se montrait pas très coopératif.

— Cassie, pendant que je lui passerai cette brosse, tu l'empêcheras de gigoter, dit-elle à la fillette qui enlevait son manteau.

— Est-ce qu'il mord ? demanda celle-ci d'un air sceptique en s'approchant prudemment du chien.

— Non, il est plutôt aimable, mais il adore éclabousser les bourreaux qui essaient de lui faire prendre un bain !

Cassie eut en effet l'occasion de s'en rendre compte sur-le-champ, mais elle parvint finalement à maintenir le rebelle dans la mousse.

— Tu te souviens, Elizabeth, nous avions prévu d'aller au cinéma aujourd'hui, lui rappela-t-elle.

La jeune femme eut une seconde d'hésitation. Les événements de la veille accaparaient à ce point son esprit qu'elle en avait complètement oublié ses projets avec sa filleule.

— Oui, bien sûr. Dès que nous aurons terminé, nous partirons.

Elles ne furent pas trop de deux pour sécher l'épais pelage du chien. Quand l'animal fut sec et redevenu plus sociable, Cassie baissa les yeux sur son sweat-shirt entièrement trempé.

— Et dire que je trouvais Baraka impossible !

— Oui, j'ai l'impression que c'est nous qui avons été douchées, renchérit Elizabeth en riant. Nous allons passer à la maison nous changer et ensuite nous choisirons un bon film.

Puis elle retira sa blouse blanche pour ne garder que le T-shirt qu'elle portait en dessous. Elle allait décrocher sa

veste lorsque Cassie interrompit son geste et demanda d'une voix inquiète :

— Qu'est-ce qui t'est arrivé ?

Etonnée, Elizabeth se tourna vers Cassie qui désignait du doigt les vilaines marques violettes sur le haut de ses bras.

Quelle idiote ! pesta-t-elle intérieurement. Elle s'était déshabillée sans réfléchir et maintenant que Cassie l'interrogeait elle était à court d'explications. Que dire, en effet, à une fillette de treize ans ?

— Qu'est-ce qui t'est arrivé ? répéta Cassie devant son silence.

— Eh bien... En faisant le ménage, hier, j'ai glissé et je suis tombée contre le bureau de la réception, répondit la jeune femme en détournant le regard.

Sans rien dire, sa filleule l'observa pendant qu'elle enfilait sa veste à la hâte, puis, toujours muette, elle la suivit jusqu'à la maison où elles mirent des vêtements secs. Mais tout au long de l'après-midi, au cinéma, puis plus tard, dans un salon de thé où Elizabeth l'emmena déguster une glace, Cassie ne cessa de penser avec effroi à ces énormes bleus. Elle aurait juré que sa marraine n'était pas tombée comme elle le prétendait, car elle savait que cette dernière avait passé toute la journée de la veille à Richmond. Le plus troublant était que ces marques ressemblaient étrangement à des empreintes de doigts. Il n'existait qu'une explication plausible : c'est Marty qui en était responsable, et à cette pensée, un intense sentiment de dégoût s'empara de Cassie.

Dès qu'Elizabeth l'eut ramenée chez elle, l'enfant se rendit directement dans l'atelier de son père.

— Papa ? demanda-t-elle d'une petite voix.

Concentré sur son travail, Jed ne leva même pas la tête.

110

— Mmm...

Cassie savait qu'il détestait être dérangé en plein travail, mais la question qui la tourmentait ne souffrait pas d'attendre.

Elle s'approcha doucement et jeta un coup d'œil par-dessus l'épaule de son père. Il faisait une esquisse de Baraka, plongé jusqu'au ventre dans un bol de céréales.

— J'aime bien celui-là, déclara-t-elle d'un air dégagé.

Intérieurement, elle revoyait l'horrible dessin qui la représentait, le jour de l'achat de son premier soutien-gorge. Par chance, il ne l'avait pas utilisé, en tout cas, pas encore.

— Tu devrais peut-être te concentrer sur Baraka pour tes prochains épisodes, suggéra-t-elle timidement.

Jed hocha la tête et sourit franchement.

— Très bien, j'ai reçu le message, cinq sur cinq. Et maintenant, dis-moi : qu'est-ce qui te tracasse ?

— Eh bien... Crois-tu qu'il soit possible de se faire de gros bleus de chaque côté des bras en tombant contre un bureau ?

L'expression sérieuse du visage de Cassie laissa Jed songeur.

— Tout dépend de la façon dont la personne tombe, je suppose... Mais il me paraît difficile d'avoir des marques sur les deux bras.

— Oui, c'est aussi mon avis, acquiesça pensivement la fillette. Bon, je te remercie, papa.

Elle repartit vers la porte.

— Cassie ?

— Oui.

— Pour quelle raison exactement me poses-tu cette question ?

Elle haussa les épaules d'un air innocent.

— Aucune raison particulière.

— Je vois, répondit son père en reprenant son crayon.

111

Tu as d'autres questions du même genre ou je peux me remettre au travail ?

— Non, vas-y, continue. Remarque... Oui, j'en ai une autre.

— Je t'écoute.

— Qu'est-ce que tu penses de ce... Marty, avec qui Elizabeth va se marier ?

Jed se remit à crayonner machinalement et réfléchit un instant avant de répondre :

— Je ne le connais pas.

— Moi non plus... Bon, je dois aller chez Billy, maintenant.

Et elle ferma la porte derrière elle.

Méditant les dernières paroles de Cassie, Jed reposa son crayon. Il paraissait évident qu'elle n'avait pas abordé le sujet sans raison. Au début il s'était dit qu'elle pouvait être préoccupée par un livre ou par un film, mais dès qu'elle avait parlé de Marty, la vérité lui sauta aux yeux.

Il se mit à griffonner distraitement quelques minutes encore, puis se leva d'un bond. Il se rendit dans la cuisine pour laisser un mot à Cassie sur le réfrigérateur et prit son blouson.

Il arriva à la clinique, son carnet de croquis sous le bras. Elizabeth l'accueillit avec une expression à la fois surprise et ravie.

— Vous m'aviez proposé de passer un de ces jours pour me laisser faire votre portrait. Alors me voici. J'espère que je ne vous dérange pas ?

Le déranger ? Elizabeth lui aurait volontiers sauté au cou pour le remercier de sa visite ! Après le départ de Cassie, ses problèmes avec Marty avaient recommencé à l'obséder. Mieux valait repartir à la clinique. Là, au moins, le travail la soulagerait peut-être des tensions qui l'accablaient. Mais les questions continuaient à se bous-

culer confusément dans sa tête... Du moins, jusqu'à cet instant. Car, à présent, la vue de Jed dans l'encadrement de la porte lui faisait oublier tous ses tracas.

— Entrez, Jed ! Vous n'auriez pu choisir un meilleur moment. Je faisais un peu de rangement, mais en vérité, je tournais en rond, ajouta-t-elle en souriant.

— Continuez à bricoler et ne vous occupez pas de moi, dit-il en se baissant pour caresser Lady. Je vais m'asseoir dans un coin.

— Je n'aurai vraiment rien à faire de spécial ?

Il se redressa et lui sourit avec une douceur qui lui réchauffa le cœur.

— Soyez vous-même, c'est tout.

Elle poursuivit donc ce qu'elle avait entrepris. Après avoir méticuleusement nettoyé ses seringues, elle les mit à tremper dans un récipient rempli d'un désinfectant puissant. Puis elle plia des serviettes qu'elle empila avec soin dans l'armoire, à côté de ses blouses blanches. Après quelques minutes, elle s'aperçut qu'elle chantonnait. Un peu gênée par cet accès de gaieté, elle se tourna vers son visiteur, mais celui-ci ne semblait même pas s'en être rendu compte. Il était assis près de la fenêtre et la lumière ambrée du soleil couchant donnait des reflets d'or à ses cheveux. Il ne lui parlait pas et semblait absorbé par son esquisse, mais bizarrement, Elizabeth se sentait infiniment sereine en sa présence. Envahie par cet agréable sentiment de paix, la jeune femme se prit à sourire. D'ailleurs Lady semblait éprouver la même chose. Elle s'était installée aux pieds de Jed, le museau appuyé sur une de ses chaussures. De temps à autre, il se penchait et grattait affectueusement la chienne derrière les oreilles.

— Elizabeth, pourriez-vous enlever votre cardigan, s'il vous plaît ? demanda-t-il au bout d'un moment.

Un peu étonnée, elle examina le gilet de laine bleu qu'elle avait enfilé à la hâte avant de retourner à la clinique.

— Il est très joli, votre pull, s'empressa-t-il d'ajouter devant sa mine surprise. Mais j'ai l'impression de dessiner votre vêtement plus que vous-même.

— Allons, Jed. Ne cherchez pas d'excuses, c'est un vieux machin, je le sais. D'ailleurs je ne le mets que pour travailler quand je suis seule, répondit-elle en rougissant un peu.

Elle le retira et le posa sur le dossier d'une chaise.

Son T-shirt découvrait ses bras nus. Jed put se rendre compte qu'ils étaient couverts d'énormes bleus.

— Cassie m'a dit que vous étiez tombée hier, en nettoyant la clinique? demanda-t-il innocemment. Vous avez dû vous faire très mal. Vous avez des marques impressionnantes.

Prise de court, Elizabeth se retourna et fit mine de se concentrer sur son travail. Elle avait encore oublié ces sacrés bleus!

— Oh, ce n'est pas douloureux du tout, finit-elle par répondre d'une voix à peine audible.

— Je croyais que vous étiez à Richmond, hier?

— Oui, c'est vrai. Je suis tombée avant de partir, dit-elle à contrecœur.

Elle répugnait à mentir, et en particulier à Jed. La fable qu'elle avait inventée à l'intention de Cassie ne tromperait pas longtemps son père. Et puis non! se résolut-elle, décidément elle ne mentirait plus.

Déterminée, elle se retourna pour affronter Jed en face. Elle planta son regard dans le sien et avoua :

— Ce n'est pas vrai, Jed, je ne suis pas tombée. C'est ce que j'ai raconté à Cassie, parce que je ne me suis pas senti le courage de lui dire ce qui s'est réellement passé.

— Oui, je comprends. Il est parfois difficile d'expliquer certaines choses aux enfants, approuva Jed en posant son crayon sur son bloc. Essayez avec moi, je pourrai peut-être vous aider.

Elizabeth se sentit nerveuse et mal à l'aise, soudain. Elle prit une chaise et s'installa près de son ami.

— Je ne sais pas très bien par où commencer. En fait, je ne suis pas sûre d'avoir vraiment compris ce qui est arrivé.

La jeune femme prit une profonde inspiration et commença à lui relater les événements de la veille jusqu'à sa dispute avec Marty.

— Il a toujours été d'un tempérament jaloux et très possessif. C'est son caractère. Mais cette fois... il paraissait hors de lui. Il m'a agrippé les bras et m'a secouée, puis quand je lui ai dit qu'il me faisait mal, il m'a lâchée, mais pas tout de suite.

La mâchoire contractée, Jed tentait de maîtriser la colère qui montait en lui pendant qu'Elizabeth cherchait mille excuses au comportement de son fiancé. Bon sang, la brutalité de cet individu lui donnait la nausée ! Aucun homme n'avait le droit de traiter une femme de cette manière, et encore moins Elizabeth !

— Pourquoi épousez-vous ce type ? ne put-il s'empêcher de lui demander.

— « Pourquoi ? » répéta Elizabeth, surprise par le ton agressif de Jed. Eh bien, pour les mêmes raisons qui poussent tous les humains à se marier : nous nous connaissons depuis longtemps, nous voulons tous les deux fonder un foyer, avoir des enfants...

L'espace d'un instant, elle dut s'interrompre, faute d'arguments. Les motifs qui incitent deux êtres à se lier pour la vie étaient en fait bien difficiles à comprendre et plus encore à expliquer. Elle baissa les yeux sur sa bague et reprit :

— De plus, il a beaucoup d'humour et... je sais qu'il m'aime...

— Oui, au point de presque vous briser les bras, intervint Jed avec cynisme.

— Jed, vous ne pouvez pas dire cela.

Il la regarda de nouveau avec douceur, s'approcha d'elle et prit ses mains dans les siennes.

— Oui, excusez-moi, je me suis un peu énervé, Elizabeth. Mais il a voulu vous faire mal et je ne le supporte pas. D'ailleurs, je suis sûr que vous vous posiez déjà des questions, avant l'incident d'hier soir.

Elle le regarda pendant un long moment, puis hocha la tête en détournant les yeux.

— Oui, ça m'est arrivé, je l'avoue... Mais le mariage est une décision si importante. Je suis sûre que tout le monde a les mêmes doutes, avant de franchir le pas.

— C'est certain, se contenta de répondre Jed.

Il aurait aimé ajouter tant de choses, mais il n'en fit rien. Il n'en avait pas le droit. Pas encore... Alors, il se pencha vers Elizabeth et déposa un tendre baiser sur son front. C'était le seul geste qu'il pût se permettre. Mais il mourait d'envie de la prendre dans ses bras.

7.

Pour la dixième fois, Jed froissa le croquis qu'il venait de faire d'Elizabeth et l'envoya dans la corbeille, à l'autre bout de la pièce.

Depuis bientôt une semaine, chaque fois qu'il s'installait à sa planche à dessin, il commençait par rêvasser, puis esquissait le corps élancé d'une jeune femme. Ravissante, la créature rejetait ses cheveux en arrière, et Jed finissait souvent son croquis en dessinant, au dernier moment, un énorme diamant à sa main gauche. Puis, il barrait la feuille et l'envoyait rageusement dans la poubelle. Bon sang, comment une femme aussi brillante et intelligente qu'Elizabeth pouvait-elle envisager sérieusement d'épouser une brute épaisse, au comportement dangereux ? Si seulement il pouvait trouver un moyen de la faire renoncer à ce mariage !

Incapable de se mettre au travail, il se leva et alla se planter devant la baie vitrée. Dehors, une fine couche de neige tapissait la pelouse et dessinait, comme au pinceau, les branches nues du grand chêne. Par cette journée de décembre, le ciel était gris et maussade. En harmonie avec son humeur, en somme !

Il décida de cesser de se torturer et se rendit dans la cuisine où Baraka, allongé près du radiateur, somnolait paisiblement. Dès que Jed passa la porte, le jeune chien

117

ouvrit un œil malicieux et se mit à agiter la queue avec espoir.

— Désolé, mon grand. Aujourd'hui, je ne me sens pas d'attaque.

Mais Baraka, qui ne l'entendait pas de cette oreille, se mit à japper bruyamment et à mordiller le pantalon de son maître.

— Bon, bon, d'accord ! dit Jed en décrochant sa veste. Tu as gagné, nous allons faire un tour.

Depuis quelques semaines, Jed avait pris l'habitude d'emmener le chien courir avec lui presque chaque jour. L'animal avait vite compris comment se comporter dans la rue et il adoptait fidèlement l'allure de son maître. De son côté, Jed était bien obligé de reconnaître qu'il ressentait plus d'enthousiasme, en se mettant au travail, après ce footing matinal.

Ils longèrent Cherry Street et ses magnifiques villas brillamment décorées pour les fêtes de Noël. Jed courait à un bon rythme, respirant à pleins poumons l'air frais et vivifiant de cette matinée d'hiver. Ils empruntèrent un autre trottoir et, même lorsqu'un écureuil traversa la chaussée devant eux, Baraka resta sagement à côté de son maître, sans tirer sur sa laisse. Finalement, Jed se félicitait de l'avoir adopté. Même s'il exigeait beaucoup de présence et de soins, avec le temps, il deviendrait sans doute un véritable compagnon pour Cassie. Comme Lady avec Elizabeth... Et voilà qu'elle envahissait de nouveau ses pensées... Elle était douce, intelligente, attentive... Comment la convaincre que Marty n'était pas l'homme de sa vie ?... Puis il prit soudain conscience de ce qu'impliquait cette pensée, et la situation lui apparut sous un jour nouveau. Et ce qu'il découvrit lui fit peur. Il s'attachait beaucoup trop à elle, c'était évident, et les émotions qu'elle faisait naître en lui dépassaient de loin la simple amitié. Mais jamais il n'oserait s'immiscer dans sa vie ; et

Elizabeth finirait sans doute par épouser Marty. Alors, à quoi bon remuer le couteau dans la plaie ? Mieux valait oublier ses sentiments pour elle. Et espacer leurs relations.

Après avoir contourné le lac, Jed reprit directement le chemin de la maison, fermement décidé à se remettre au travail, sans arrière-pensée, cette fois.

Elizabeth prit appui sur le volant et se pencha pour essuyer la buée sur le pare-brise du minibus. Dehors, il faisait nuit et les flocons de neige qui tombaient devant ses phares semblaient de plus en plus drus. Tandis qu'elle mettait son clignotant pour prendre l'allée caillouteuse qui menait à la ferme d'Al Kenner, ses pensées s'envolèrent vers Jed. Depuis ces deux dernières semaines, il occupait constamment son esprit, mais elle était tellement submergée de travail qu'ils ne s'étaient pas revus. Pourtant, elle désirait éclaircir certains points à propos de Marty, car elle craignait qu'il ait mal interprété ses confidences au sujet de leur dispute.

Jed ignorait par exemple que son fiancé lui avait fait livrer des fleurs pour s'excuser de s'être emporté. Une douzaine de roses rouges accompagnées d'une petite carte qui disait simplement : « Je t'aime, Marty. »

Quelques jours plus tard, il l'avait invitée dans un merveilleux restaurant et, depuis, il lui téléphonait chaque soir pour lui donner des nouvelles des préparatifs du mariage ou lui parler de son travail. Elizabeth était désormais convaincue que son éclat de colère n'avait été qu'un accident. Elle réprimait néanmoins un frisson chaque fois qu'elle évoquait l'expression cruelle et menaçante de ses yeux pâles, ce soir-là.

Une secousse ébranla la fourgonnette et Elizabeth revint à la réalité. Les lumières de la ferme étaient toutes

proches. Soulagée d'être arrivée à bon port, elle se gara devant la grange.

— Ah, je suis content de vous voir, docteur ! s'écria Al Kenner en ouvrant la portière à la jeune femme. Nous avions peur qu'à cette heure-ci, et avec cette neige, vous ne puissiez pas venir. J'avoue que je suis inquiet, Princesse ne va pas bien.

— Je suis désolée, monsieur Kenner, je comptais arriver plus tôt, mais j'ai encore eu une rude journée !

Elle remonta le col de sa veste sur ses cheveux et sauta dans la neige poudreuse. Le fermier et sa famille avaient élevé Princesse, une magnifique vache irlandaise, depuis sa naissance. Au moment de lui choisir un nom, une des filles d'Al ayant décrété qu'elle avait une allure royale, ils l'appelèrent donc « Princesse ». Puis, comme si la bête avait décidé de les en remercier, elle faisait preuve, à mesure qu'elle grandissait, d'un caractère affectueux et éveillé. Elle était devenue l'animal fétiche de la ferme des Kenner, où tous l'aimaient.

— Alors, qu'est-ce qui arrive à ma vache préférée ? demanda Elizabeth en sortant sa mallette du coffre.

— C'est encore sa patte. Elle a commencé à boiter la semaine dernière et je vous ai appelée ce matin parce qu'elle peut à peine marcher.

Tout en suivant le fermier dans la cour, Elizabeth s'attacha un épais tablier de cuir autour de la taille.

— Peut-on l'installer dans la grange ?

— J'aime autant vous prévenir que, depuis quelques jours, elle ne se laisse pas approcher facilement, mais on va quand même essayer.

Arrivé dans l'étable, Al prit une corde qu'il passa délicatement autour du cou de Princesse qui se laissa faire. Puis il la guida doucement jusque dans la grange. Mais, à peine eut-elle franchi le portail de l'étable, qu'elle se mit à meugler et à tirer sur son licou de toutes ses forces en donnant des coups de sabot dans la neige.

120

Malgré les encouragements qu'ils prodiguèrent à l'animal, il leur fallut plus de dix minutes pour la mener jusqu'à la grange, où Elizabeth put enfin examiner et soigner la patte blessée. Après avoir désinfecté la plaie, la jeune femme recouvrit la blessure de pommade et lui confectionna un pansement résistant.

— Il faudra le refaire tous les jours, expliqua-t-elle. Je vais vous noter les soins à donner et je repasserai la voir la semaine prochaine.

Le fermier opina d'un signe de tête et s'éloigna pendant qu'Elizabeth refermait sa trousse. Il reparut avec un large sourire, quelques instants plus tard, portant à la main un panier d'osier contenant un poulet rôti, trois douzaines d'œufs ainsi qu'un sac rempli d'os.

— Tenez, dit-il en le lui tendant. Ma femme vous a mis de côté quelques os pour votre chienne. C'est notre cadeau de Noël pour Lady.

Touchée, Elizabeth le remercia chaleureusement avant de remonter dans le minibus.

Décidément, songea-t-elle en regagnant la grand-route, les gens de Cartersburg étaient vraiment adorables. Quand Marty y aurait également vécu quelque temps, il serait de son avis. Elle pensa à la superbe orchidée blanche qu'il lui avait envoyée la veille et aux quelques lignes qui l'invitaient à venir passer le jour de Noël à Richmond, chez les parents de son fiancé. Plus tard, au téléphone, elle accepta avec joie de prolonger son séjour après Noël. Elle avait déjà pris des dispositions pour que le vétérinaire de Hillsboro se charge de ses patients durant son absence. Il ne lui restait plus qu'à trouver quelqu'un chez qui laisser Lady. Peut-être pouvait-elle demander à Jed et à Cassie de s'en occuper pendant ces quelques jours ? Elizabeth fronça les sourcils. En fait, le problème de sa chienne se poserait toujours, et pas seulement pendant les vacances. Pour une raison qu'elle igno-

rait Marty détestait le labrador. Et Lady le lui rendait bien. Il s'agissait là d'un réel souci, qu'il faudrait bien résoudre un jour ou l'autre. Mais pour l'instant, elle préférait ne pas y penser.

En abordant un virage sur la route nationale, les lumières de la ville reparurent dans la brume. Et si elle apportait un os ou deux à Baraka ? La veille, Cassie lui avait justement dit que les os en plastique qu'elle lui avait conseillés semblaient bien aider le jeune chien à se faire les dents. Elle regarda sa montre : presque 10 heures. Jed était sûrement encore en train de travailler et elle en profiterait pour lui demander s'il acceptait de garder Lady pendant son séjour à Richmond.

Cassie ne dormait pas quand la sonnerie de la porte retentit. Elle bondit aussitôt hors de son lit et s'avança sur la pointe des pieds en haut de l'escalier, pour voir qui pouvait bien venir si tard. Elle entendit son père accueillir chaleureusement le visiteur en l'invitant à entrer. D'après le ton de sa voix, la venue de cette personne lui faisait plaisir. Puis, en reconnaissant la voix d'Elizabeth, elle dévala les marches quatre à quatre, Baraka sur ses talons.

— Cassie, je suis désolée de t'avoir réveillée, dit la jeune femme en la voyant arriver. J'apportais juste un os pour ton chien.

— Super ! Justement, je n'en avais plus ! s'exclama Cassie en s'emparant du sachet que lui tendait sa marraine, tandis que Baraka, ravi de cette agitation, remuait la queue comme un insensé.

— Viens, Elizabeth, je vais te faire un chocolat chaud !

— Non, Cassie, intervint Jed. Tu vas en classe demain matin.

— Oh, papa...

Mais à en juger par son expression inflexible, elle comprit que sa décision était sans appel.

— Allez viens, mon trésor. Ils ne veulent pas de nous,

dit-elle à son chien d'une voix résignée en regagnant l'escalier.

Elizabeth lui souhaita une bonne nuit et l'adolescente monta les marches d'un pas pesant. Mais dès qu'elle les entendit se diriger vers la cuisine, elle alla prendre son poste dans la salle de bains, devant la bouche d'aération.

— Baraka, il faut te taire maintenant, chuchota-t-elle d'un ton ferme.

Au contraire, le chien entreprit de japper avec enthousiasme.

— Chut, Baraka ! Tais-toi. Allez, tiens, amuse-toi avec ça, dit-elle en lui tendant un des os.

Heureuse initiative. Baraka saisit son nouveau jouet et s'allongea pour le mordiller avec satisfaction.

« Pourvu qu'il ne fasse pas de bruit ! » pria Cassie en l'observant d'un œil amusé. Soudain, la voix de son père lui parvint à travers le conduit et elle tendit l'oreille.

— Non, ne vous excusez pas, Elizabeth. Vous savez, je ne me couche jamais avant minuit. J'aime travailler tard le soir.

— En fait, je pensais que Cassie serait endormie.

— Normalement, oui.

Ils gardèrent le silence un moment et Cassie s'appuya plus étroitement contre le tuyau d'aération pour s'assurer qu'elle entendrait bien ce qui se passait en bas.

— Si vous pensiez que Cassie dormait, c'est donc moi que vous veniez voir, remarqua Jed.

« Il a raison », songea Cassie avec étonnement. Et si l'idée qu'Elizabeth s'entendait bien avec son père la réjouissait, elle ne put s'empêcher d'éprouver une légère déception en apprenant que, cette fois, sa marraine ne se consacrait pas à elle.

— Eh bien, Jed, en réalité, je suis venue vous demander un service. Je pars quelques jours pour Richmond, pour les fêtes, et je voulais savoir si Cassie et vous accepteriez de garder Lady pendant ce temps.

— Bien sûr, Elizabeth! Avec le plus grand plaisir, répondit-il avec chaleur.

— Merci, Jed. C'est très gentil à vous... Mais, il y a autre chose, ajouta-t-elle après un instant d'hésitation. J'ai repensé à ce que je vous ai dit à propos de Marty l'autre jour et, eh bien, je...

— Vous vous sentez gênée et vous regrettez de vous être laissée aller, c'est bien ça? l'interrompit-il d'un ton soudain plus abrupt.

— Non, Jed, je suis contente que nous en ayons parlé. Mais, j'ai peur de vous avoir donné une mauvaise impression de Marty. Vous avez dû croire qu'il voulait me faire du mal et ce n'est pas du tout ce qui s'est passé.

A l'étage, Cassie faillit s'étrangler. C'était donc bien Marty, l'auteur de ces marques sur ses bras!

— Elizabeth, vous avez entendu?

Cassie sentit la sueur perler à son front.

— Une sorte de toux étouffée?

— Oui, exactement.

La fillette entendit le grincement d'une chaise qui se déplaçait sur le sol. Aussi légèrement que possible, elle regagna sa chambre sur la pointe des pieds, suivie de Baraka. Elle se glissa en catastrophe dans son lit, priant pour que son sommier reste silencieux, et Baraka aussi. Et que son père ne découvrît pas son système personnel de téléphone sans fil!

Dans la cuisine, Jed posa une main sur l'épaule d'Elizabeth désignant d'un hochement de tête complice le haut de l'escalier.

— Pourquoi n'irions-nous pas dans mon « atelier », comme vous dites, suggéra-t-il à voix basse. Nous serons plus tranquilles pour parler. On entend tout ce qui se passe ici, par la conduite d'aération, expliqua-t-il en la devançant. Je ne sais pas si Cassie nous écoutait, mais au moins, dans cette pièce, nous sommes sûrs qu'elle ne nous guettera pas.

124

Elizabeth écarquilla les yeux en prenant conscience de ce que cela pouvait signifier.

— Oh, Jed, vous croyez qu'elle a pu entendre ce que je vous ai dit au sujet de Marty? Je lui ai menti quand elle m'a demandé l'origine de mes hématomes, et je m'en veux beaucoup. Mais je pensais qu'elle ne comprendrait pas.

Jed réfléchit un instant avant de répondre. A en juger par les questions que sa fille lui avait posées, elle s'était déjà fait une opinion depuis belle lurette.

— Vous savez, elle est très dégourdie, et j'imagine qu'elle a tout compris depuis longtemps.

— Vous pensez que je devrais lui dire la vérité?

— Non, maintenant il vaut mieux ne plus en parler. Sauf si... ça se reproduisait.

— Ça ne se reproduira pas, Jed! répondit-elle vivement. J'en suis certaine. J'en ai parlé avec Marty et je *sais* qu'il n'avait pas de mauvaises intentions.

En croisant le regard de Jed, Elizabeth jugea qu'il ne semblait guère convaincu.

— Vous êtes toujours sûre de vouloir l'épouser? demanda-t-il d'une voix calme.

La jeune femme détourna les yeux, puis regarda le solitaire de deux carats qui brillait à son doigt. C'était réellement une bague magnifique, songea-t-elle, symbole d'une promesse d'amour, pour une existence entière. Et elle voulait croire en cette promesse. Plus que tout au monde.

— Vous m'avez déjà posé cette question, répondit-elle en levant les yeux vers lui. Oui, je suis presque certaine de vouloir me marier avec Marty. Je ne conserve qu'un doute raisonnable, comme toutes les fiancées.

Jed passa une main lasse sur son front, puis il se leva et s'approcha de la fenêtre. Ce « je suis presque certaine » dénotait un curieux manque de passion, chez une amou-

reuse qui s'engageait pour la vie. Mais comment lui expliquer cela ?

Il commença à marcher de long en large dans la véranda, les mains enfoncées dans les poches de son jean. Au bout d'un moment, il se tourna vers elle.

— Tout ce que je souhaite c'est que vous soyez heureuse, dit-il d'un air grave. Je vous aime bien, Elizabeth. Je vous aime même beaucoup. Et je veux simplement m'assurer que vous savez ce que vous faites.

Il alla s'asseoir à côté d'elle, prenant sa main dans la sienne.

— Il ne faut pas vous marier par obligation, pour ne pas reprendre votre parole. Vous êtes quelqu'un de bien, vous méritez un homme qui vous aime et qui prenne soin de vous.

— Mais Marty m'aime, Jed. Il m'a offert ce diamant incroyable et a tout arrangé pour que nous ayons un mariage magique. Il m'emmène dans les restaurants les plus romantiques, me téléphone au moins deux fois par jour, quand il ne peut pas venir. Il me couvre de fleurs et ne cesse de me demander ce que je fais et où je suis. Il devient fou de jalousie dès que je détourne mon regard de lui. Est-ce que ce ne sont pas là les symptômes d'un homme amoureux ? Que pourrait-il faire d'autre ?

— Bon, très bien, il vous aime. Mais vous, est-ce que vous l'aimez ? Assez pour l'épouser ?

— Oh, Jed... Toute ma vie, j'ai espéré rencontrer un homme qui désirerait la même chose que moi : un foyer, des enfants... Je n'ai jamais rien connu de tel. Ma mère m'a élevée seule. Mon père nous a quittées quand je n'avais que quelques mois. Nous avons vécu dans la misère, ma mère et moi, même lorsqu'elle se débrouillait pour cumuler plusieurs emplois. Dès l'âge de six ans, j'ai été un de ces enfants livrés à eux-mêmes, qui rentrent de l'école dans une maison vide et qui restent seuls jusqu'au

126

soir, parfois jusqu'au lendemain. Je me suis battue pour réussir, parce que je ne voulais pas connaître le même sort que ma mère et me réveiller en pleurant au milieu de la nuit en sachant que maman ne pourrait pas encore payer le loyer, ce mois-ci, et qu'on nous jetterait à la rue de nouveau. Non jamais ! Jamais mes propres enfants ne connaîtront cela. Pour rien au monde !

— Vous ne m'en aviez jamais parlé, Elizabeth.

— Je ne l'ai raconté à personne, murmura-t-elle.

— Pas même à Marty ?

— Non, répondit-elle d'une voix blanche. Je lui ai seulement confié que j'étais orpheline. Et ce n'est pas tout à fait faux. Ma mère s'est éteinte juste après mon baccalauréat. Quant à mon père, il est sans doute mort, lui aussi. De toute façon, je ne l'ai jamais vu.

Elle espérait que Jed comprendrait cette demi-vérité, et elle lut dans ses yeux que c'était le cas.

— Le passé, le milieu de Marty, sont tellement différents, poursuivit-elle. Et je n'ai pas osé...

— Je comprends.

Pendant un instant, Jed demeura silencieux en pensant à ses premières années de mariage avec Kate. Eux aussi tiraient le diable par la queue, à l'époque. Ils habitaient un minuscule appartement au-dessus d'un garage, se nourrissaient le plus souvent de hot dogs et de beurre de cacahuètes, vivant, en somme, d'amour et d'eau fraîche. L'arrivée de Cassie n'était pas prévue et ce fut une surprise merveilleuse pour tous les deux. Une œuvre de charité leur fournit sa layette. Son berceau coûta trois dollars cinquante. Etudiants, ils savaient évidemment que leur situation financière s'arrangerait un jour. Mais Kate mourut trop tôt pour connaître le succès de Jed avec sa bande dessinée. Ces années avaient été merveilleuses, pourtant. Sans doute, les plus belles de sa vie. Alors, que pouvait-il comprendre à l'anxiété et au besoin de sécurité

d'Elizabeth ? De quel droit lui donnait-il des leçons sur ce que devait être un *bon mariage* ? D'ailleurs, qu'est-ce qui lui prouvait qu'il ne se trompait pas ? Peut-être était-elle réellement amoureuse de Marty...

Il passa son bras autour des épaules de la jeune femme et la serra gentiment contre lui.

— Je pense que le mieux est de faire confiance à vos sentiments.

— Oui, j'ai confiance, murmura-t-elle en baissant les yeux sur sa bague.

Jed ne la crut pas. Mais il ne pouvait rien faire pour l'empêcher de courir au désastre.

Cassie cherchait des yeux la silhouette de Billy, à travers les branches recouvertes par la neige. Elle l'aperçut enfin qui débouchait du sentier et courait vers leur arbre.

Il était en retard, une fois de plus, mais ce soir elle l'avait attendu. Après sa découverte de la veille au soir, des violences que subissait Elizabeth, il lui fallait absolument se confier à quelqu'un.

— Excuse-moi, dit Billy en la rejoignant dans leur hutte. J'ai dû aller livrer ces horribles gâteaux pour ma mère. Ils sont censés avoir la forme du Père Noël, mais on dirait plutôt des gnomes malades. Ça me coupe l'appétit.

Il s'interrompit pour reprendre son souffle et se tourna vers l'adolescente.

— Hé ! Qu'est-ce que tu as fait à tes cheveux ? demanda-t-il en tendant la main pour attraper une mèche qui dépassait de sa capuche.

Gênée, elle se détourna pour remettre ses cheveux en place.

— C'est des boucles.

— Ah bon.

— Pourquoi, ça ne me va pas bien ?

— Si, si ! je n'ai pas dit ça.

— Je me prépare pour la nuit de Noël. Tu sais, je vais chanter avec la chorale devant tout un tas de monde.

Le garçon l'observa attentivement pendant quelques secondes puis il s'éclaircit la voix.

— C'est pour ça que tu voulais me voir ? Pour me montrer tes cheveux ?

— Ne sois pas bête, répondit Cassie en raclant la neige avec ses bottes. C'est au sujet d'Elizabeth, je ne sais plus quoi faire ! Il y a deux semaines, je suis allée la voir et j'ai remarqué de gros bleus sur ses bras, comme des marques de doigts. Elle m'a raconté qu'elle était tombée contre son bureau, à la clinique.

— Et alors ?

— Et alors, ce n'est pas vrai ! Elle m'a menti. C'est Marty qui lui a fait ça !

— Comment tu le sais ?

Elle se tourna vers lui et le regarda droit dans les yeux.

— Elle est venue hier soir à la maison pour voir mon père et j'ai écouté ce qu'ils disaient. Je n'en sais pas plus, parce qu'au moment où elle allait tout lui expliquer, ils sont partis discuter dans l'atelier.

Pensif, le garçon fit le tour de la cabane, dessinant dans la neige des empreintes de pas symétriques avant de revenir vers son amie.

— J'ai l'impression que si Elizabeth se marie avec ce bonhomme, elle risque de sacrés ennuis, déclara-t-il d'un ton grave.

— Oui, je sais, acquiesça amèrement Cassie.

— Tu te rappelles ce livre ?

— Quel livre ?

— Tu sais, celui d'Allison Craig, sur cette fille qui s'aperçoit que son père bat sa mère.

Oui, elle s'en souvenait. Elle l'avait lu l'année précédente, mais à cette époque l'histoire l'intéressa à peine. N'étant pas concernée, elle ne pouvait croire qu'il existait des gens qui se comportaient de cette manière dans la réalité.

— Oui, je me rappelle, répondit-elle. La mère mentait sans arrêt pour ne pas avouer que son mari la battait. Jusqu'au moment où elle est conduite d'urgence à l'hôpital et là, le médecin découvre la vérité.

Son ami la regarda d'un air pensif et hocha la tête.

— Pourquoi tu ne le donnerais pas à Elizabeth, pour qu'elle le lise ? Comme ça elle se rendrait compte de ce qui l'attend si elle reste avec ce sale type !

— Super ! J'aurais dû y penser ! s'exclama Cassie.

L'idée de Billy était lumineuse !

— Merci, Billy, dit-elle, lui prenant les mains, pleine de reconnaissance. Tu es génial !

Elle leva les yeux vers lui et s'aperçut qu'il était tout rouge, brusquement. Sans doute à cause du froid, décida-t-elle. Il murmura quelques mots inaudibles, puis soudain, la prit dans ses bras pour l'aider à descendre de la cabane. Depuis leur petite enfance, c'était la première fois qu'il faisait un tel geste.

Le lendemain matin, Cassie arriva à la bibliothèque du collège avant même la première sonnerie. Avec impatience, elle feuilleta un magazine en attendant Margaret. Celle-ci ne tarda pas à paraître, un lourd classeur sous le bras et une tasse de thé fumant à la main.

— Que fais-tu là si tôt, Cassie ? Tu as un devoir en retard à rendre aujourd'hui ?

Elle se débarrassa de son fardeau sur son bureau et prêta une oreille attentive à sa jeune visiteuse. Sans doute s'agissait-il d'une petite bouffée d'angoisse adolescente... Elle attendit avec sympathie.

— Non, je ne suis pas venue pour ça. Je cherche un livre : *La vie n'est pas toujours ce que l'on croit*, et je n'arrive pas à le trouver sur les étagères.

— Bon, je vais consulter mon registre, dit Mlle Henniker en cherchant son cahier. Il a peut-être été emprunté. De toute façon, si nous ne le trouvons pas, tu pourras toujours en choisir un autre du même auteur.

— Je vous remercie, mais il n'y a que celui-là qui m'intéresse, répondit Cassie, visiblement déterminée.

À ces mots, Margaret leva des yeux intrigués vers l'enfant. On eût dit qu'elle ne demandait pas ce livre par hasard. C'était d'autant plus curieux que l'ouvrage en question traitait de violence conjugale...

Elle dénicha finalement le livre et le tendit à la fillette, décidée à en savoir davantage.

— Tu en as besoin pour une raison particulière, Cassie ? demanda-t-elle le plus naturellement du monde.

— Pardon ? Oh, non, répondit celle-ci en se plongeant déjà dans la lecture de la préface. On m'a simplement dit qu'il était bien, alors j'ai eu envie de le prendre.

Cette vague réponse n'eut d'autre effet que d'attiser l'intérêt de Margaret.

— Pourtant, il me semble bien me souvenir que tu as participé aux discussions sur ce livre, l'année dernière ?

— Ah bon ?... Oui, peut-être, répondit Cassie d'un air absent. J'ai dû oublier.

À cet instant, la cloche retentit, enjoignant aux élèves de regagner leurs classes. Cassie en profita pour s'éloigner. Lentement, la tête baissée, elle sortit de la bibliothèque, absorbée par son livre.

Après que les élèves furent rentrés en cours, Margaret leva les yeux et vit Tom qui s'avançait vers son bureau. Il avait pris l'habitude de venir chaque matin à cette heure-ci, où ils étaient sûrs d'être seuls.

Depuis la visite matinale de Cassie, Margaret Henniker

n'avait cessé de repenser à son comportement étrange. Peut-être Tom pourrait-il l'aider à tirer cette affaire au clair ?

— Dis-moi, Tom. Vois-tu une raison qui pourrait expliquer le brusque intérêt de Cassie Parker pour un ouvrage sur les femmes battues ?

Devant l'air sérieux de sa compagne, Tom se mit à rire.

— Tu parles certainement du livre qui semblait la passionner quand elle m'est rentrée dedans, dans le couloir ?

— Elle est arrivée vingt minutes en avance, ce matin, pour venir le chercher. J'ai bien réfléchi et je pense que cela cache quelque chose. Une de ses amies doit avoir des problèmes, conclut-elle d'un air songeur.

— Si une autre que toi me disait cela, je lui répondrais qu'elle se fait des idées. Mais je sais que tu as un flair infaillible. Entre autres choses..., ajouta-t-il avec un clin d'œil plein de sous-entendus.

— Tom ! Arrête de plaisanter, le gronda-t-elle d'un air faussement offusqué.

Elle baissa les yeux pour dissimuler la rougeur de ses joues.

— J'essaie de réfléchir à ce que l'on peut faire pour aider cette enfant.

— Je te fais confiance. Je sais que tu trouveras une solution. Mais pour l'instant, je me demandais si nous pourrions dîner ensemble ce soir...

Elle remarqua dans ses yeux un éclair coquin qui la laissa rêveuse. Il se contrôlait visiblement pour ne pas se pencher trop avant et l'embrasser. Elle en fut troublée.

— Avec plaisir, tu peux même passer plus tôt, je serai libre vers 5 heures, s'entendit-elle répondre avant qu'il regagne la porte.

A midi, alors qu'elle tentait de se frayer un chemin à travers les files d'élèves agglutinés à la cafétéria, priant

132

fébrilement pour qu'il lui reste une part de tarte aux myrtilles, elle aperçut Cassie devant un plateau vide, toujours absorbée dans la lecture de son livre.

Persuadée à présent que l'intérêt de la fillette pour ce roman révélait quelque chose de grave, elle décida d'appeler Jed Parker l'après-midi même pour lui demander de passer la voir. Si Cassie connaissait quelqu'un en danger, il fallait agir sans tarder.

8.

Jed était à peu près certain que Margaret Henniker lui avait demandé de passer à la bibliothèque pour solliciter son soutien dans la petite guerre qui l'opposait à l'association des parents d'élèves. Et il avait décidé de le lui accorder. En effet, en parlant plus longuement des livres d'Allison Craig avec Elizabeth, puis avec Cassie, son opinion s'était modifiée en leur faveur. Même s'il conservait quelques objections sur certains passages qu'il jugeait trop osés, il reconnaissait volontiers que, puisque ces ouvrages intéressaient tant les enfants, il fallait leur permettre de les lire sans restriction.

Jed trouva Margaret Henniker occupée à classer une pile de magazines au fond de la grande salle de lecture.

— C'est très gentil à vous d'être venu, monsieur Parker.

— Je vous en prie, c'est tout à fait normal.

Il décida d'aborder le sujet d'emblée, ce qui leur ferait gagner du temps.

— J'avais l'intention de venir vous parler, de toute façon. Je veux que vous sachiez que j'ai eu l'occasion de réfléchir sur ces ouvrages. J'en ai lu quelques-uns, j'en ai parlé avec ma fille, et j'ai finalement compris en quoi ils pouvaient représenter un intérêt pour vos jeunes lecteurs.

Margaret fut surprise et ravie de ce discours inattendu. Depuis quelque temps, elle n'avait pas souvent l'occasion de discuter avec quelqu'un qui partageait son avis, songea-t-elle avec amertume.

— Eh bien, je vous remercie de votre soutien, monsieur Parker.

— Cela ne signifie pas que j'approuve la totalité du contenu de cette collection, tint-il à préciser.

— Mais moi non plus, vous savez. Je pense seulement qu'il est indispensable que ces jeunes gens puissent réfléchir aux problèmes qui les concernent directement.

Jed lui tendit la main en souriant.

— Eh bien, n'hésitez pas à me joindre si vous pensez que je peux vous être utile, conclut-il avant de se tourner vers la porte.

— Monsieur Parker... j'apprécie beaucoup que vous soyez prêt à m'apporter votre appui, mais ce n'est pas pour ça que je vous ai demandé de venir.

Jed s'arrêta net, soudain inquiet pour sa fille.

— Est-ce que Cassie aurait des problèmes ?

— Non, non, rassurez-vous, je ne crois pas qu'il s'agisse d'elle-même. Mais, asseyez-vous, je vous prie. Nous allons bavarder quelques instants, si vous le voulez bien.

Ils s'installèrent devant une des longues tables d'étude, et Jed écouta avec attention Margaret lui raconter la visite de Cassie et son insistance à vouloir se procurer le livre traitant du drame des femmes battues.

— Voyez-vous, l'expérience m'a permis de vérifier qu'une telle demande reflète souvent, de la part des enfants, un besoin personnel. Alors je me suis demandé si Cassie n'aurait pas dans son entourage un ou une camarade confronté à ce genre de problème.

« Comme elle était proche de la vérité ! » pensa Jed, impressionné par la perspicacité de la bibliothécaire.

— Vous avez très bien fait de m'en parler, déclarat-il d'un ton grave. Il se pourrait en effet que ma fille soit au courant d'une situation que j'essaie moi-même d'éclaircir. Je vais en discuter avec elle.

Il aurait aimé lui confier ses inquiétudes au sujet d'Elizabeth, mais c'eût été indiscret.

— Je vous fais confiance, répondit-elle sans essayer d'en apprendre davantage. Se trouver confrontée à de tels problèmes, à l'âge de Cassie, peut souvent se révéler difficile, et c'est pourquoi j'ai pensé qu'elle pouvait avoir besoin d'aide.

Sur le chemin du retour, Jed ne cessa de repenser à ces paroles et elles le tourmentaient encore lorsqu'il s'installa devant sa table à dessin, essayant en vain de se concentrer sur son travail. Ce n'était pas Cassie qui avait besoin d'aide, mais Elizabeth. Sans même s'en douter, elle était peut-être en danger et il fallait agir. Mais comment ? Et s'il se trompait ? De nouveau, le doute envahit son esprit. Après tout, si Elizabeth pardonnait à Marty son accès de violence, de quel droit, lui, le blâmerait-il ? La jeune femme connaissait bien son fiancé et ce qui était arrivé n'était peut-être vraiment dû, ainsi qu'elle le prétendait, qu'à la maladresse d'un homme fatigué. Un homme qui maintenant, bouleversé de remords, se jurait qu'il ne recommencerait jamais plus.

Incapable de se mettre au travail, Jed se leva et gagna la cuisine, le cœur lourd.

Une heure plus tard, lorsque Cassie rentra de la chorale, elle se trouva devant un excellent dîner préparé par son père.

— Bonsoir, papa, dit Cassie en posant son cartable pour prendre Baraka dans ses bras.

— Ça s'est bien passé, à la chorale ?

— Oui, comme d'habitude. Aujourd'hui l'organiste est venu répéter avec nous, pour nous préparer à la

représentation de Noël. Mmm... J'ai une faim de loup, ajouta-t-elle en lorgnant vers le poulet doré et les frites croustillantes, œuvre de Jed.

— Eh bien, à table, alors !

Jed fit le service, apporta la corbeille de pain, prépara la salade qu'il déposa devant eux, ainsi que des petits pots de crème au caramel.

Cassie saisit sa fourchette et entreprit de dévorer le contenu de son assiette tandis que Baraka, fidèle à son habitude, s'était couché à ses pieds. En la voyant dîner de si bon appétit, Jed décida que l'ambiance se prêtait à une petite discussion.

— J'ai remarqué que tu lisais un nouveau livre d'Allison Craig en ce moment, remarqua-t-il d'un ton délibérément détaché.

— Oui, c'est vrai.

— Il est intéressant ?

— Pas mal...

— L'histoire parle de quoi ?

— Pourquoi me poses-tu cette question ?

— Comme ça, par simple curiosité.

Cassie prit une bouchée avant de répondre.

— C'est une femme qui se fait battre par son mari mais qui a peur de l'avouer.

— Tiens ?... Et tu as choisi ce livre pour une raison particulière ?

Visiblement sur la défensive, Cassie gardait le regard obstinément fixé sur son assiette.

— Non, on m'a dit que l'histoire était bien, c'est tout.

Jed décida de cesser de tourner autour du pot. Avec sa fille, la méthode directe s'avérait souvent la plus fructueuse.

— Est-ce que, par hasard, tu ne t'inquiéterais pas parce que tu crois que Marty a brutalisé Elizabeth ?

Avant de répondre, Cassie tendit la main vers le sel et en saupoudra généreusement ses frites.

— Comment tu as deviné ?

Pour la première fois depuis le début du repas, elle se tourna vers son père.

— Je suis sûre que c'est lui qui a fait les bleus qu'elle a sur les bras, expliqua-t-elle en fronçant les sourcils. Même si elle prétend le contraire. C'est exactement ce qui se passe dans le livre. La femme ne veut pas reconnaître que son mari la bat. Et tu sais ce qui arrive à la fin ?

— Dis-moi.

— Il la frappe tellement fort qu'il la tue presque, en la poussant dans l'escalier.

Pendant un moment, ils restèrent tous les deux silencieux.

— Il faudrait que tu parles à Elizabeth, reprit Cassie, que tu lui expliques qu'elle ne doit pas se marier avec ce Marty. Toi, au moins, elle t'écoutera.

« Si seulement elle pouvait dire vrai », songea Jed. Mais malheureusement, il lui semblait avoir déjà tout tenté.

— Ce n'est pas à moi de lui dire ce qu'elle a à faire, ma chérie. C'est à elle de prendre ses décisions.

— Et s'il la frappe encore ! s'exclama la fillette, lui lançant un regard noir.

Jed dévisagea sa fille. Cette question, il se l'était posée des dizaines de fois. Mais raisonnablement, que pouvait-il bien faire pour empêcher Elizabeth d'épouser l'homme qu'elle aimait ? Avait-il seulement le droit de s'en mêler ?

— J'ai essayé, Cassie, je t'assure.

— Oui, je sais, papa.

Et l'espace d'un instant, Jed se demanda si elle ne venait pas d'inverser les rôles et si ce n'était pas elle qui, en définitive, le réconfortait de son mieux.

La semaine précédant Noël passa comme un tourbillon et le soir du réveilllon était déjà là.

Dans l'église, des dizaines de chandelles éclairaient la nef et l'autel orné de bouquets de glaïeuls roses et bleus.

Assise parmi les petits chanteurs de la chorale, Cassie faisait des efforts désespérés pour suivre le sermon du prêtre, mais ses pensées la ramenaient sans cesse aux cadeaux qui l'attendaient chez elle. Elle avait passé la journée dans la plus grande euphorie, à décorer le sapin et à préparer la bûche pour le réveillon. Et lorsque, dans la soirée, Jed et elle étaient passés chercher Elizabeth pour se rendre à l'église, son bonheur avait été complet. Après la messe, ils avaient prévu de rentrer tous les trois à la maison pour déguster son gâteau au chocolat, accompagné d'une crème anglaise. Puis, en fin de soirée, Elizabeth leur amènerait Lady, car elle comptait partir tôt le lendemain matin pour Richmond.

Cassie promena son regard sur l'assemblée. Au troisième rang, elle aperçut Billy, entouré de sa famille. Pour l'occasion, il portait une chemise blanche, un blazer bleu marine et une cravate grenat, un ensemble qui lui allait plutôt bien, dut admettre Cassie qui espérait que le jeu vidéo qu'elle lui destinait lui ferait plaisir. Un peu plus loin, en lisière de travée, elle aperçut Mlle Henniker et M. Edwards, assis côte à côte. Décidément, on les voyait souvent ensemble depuis quelque temps, pensa Cassie, qui doutait fortement que Billy et elle fussent désormais les seuls au courant de leur liaison. Jed et Elizabeth se trouvaient sur les bancs du milieu. La jeune femme s'était placée à l'extrémité de la rangée afin de ne pas gêner l'office au cas où on l'appellerait d'urgence. Elle était de garde, ce soir, ce qui l'avait obligée à accrocher un bip à la ceinture de sa

robe rouge. Elle était vraiment très belle, songea Cassie. Avec ses joues et ses yeux légèrement maquillés, et ses cheveux brillants qui tombaient souplement sur ses épaules. Elle ressemblait plus à une cover-girl qu'à une vétérinaire ! Si seulement elle avait pu rester avec eux pour les fêtes, au lieu d'aller les passer à Richmond chez Marty !

Après le prêche du pasteur, l'organiste fit un signe de la main et le chœur se leva pour entonner un cantique de Noël.

Ils entamaient le deuxième couplet lorsque Cassie aperçut Elizabeth et son père se lever discrètement pour gagner la sortie. Le signal avait dû se déclencher et sa marraine partait probablement téléphoner pour interroger son répondeur, conclut la fillette.

Les derniers accords du canon retentirent et le chœur enchaîna avec un autre cantique. Cassie chantait en suivant d'un œil distrait le chef de la chorale, tout en guettant la porte de l'église, dans l'espoir de voir reparaître son père et Elizabeth. Car s'ils ne revenaient pas tout de suite, cela signifierait qu'Elizabeth était en route vers une urgence. Elle trépignait intérieurement, brûlant de les rejoindre. Mais comment s'échapper et les rattraper ? Un instant plus tard elle avait déterminé son plan de bataille. Elle mit sa main devant sa bouche, feignant une nausée, et, d'un pas volontairement mal assuré, elle se faufila hors du chœur sans se soucier de l'auditoire ni du chef de chorale qui avait probablement les yeux rivés sur elle. Puis elle dévala quatre à quatre l'escalier de la tribune jusqu'au vestiaire où elle enleva son aube. Elle décrocha son manteau au passage, et se précipita dehors, droit vers le parking.

Elle arriva juste à temps pour apercevoir son père et Elizabeth qui s'apprêtaient à démarrer.

— Papa !

— Cassie ! Qu'est-ce que tu fais ici ?

— La chorale a presque terminé. Je vous ai vus partir et je veux aller avec vous, expliqua-t-elle, tout essoufflée.

Le froncement de sourcils de son père n'échappa pas à l'adolescente. Mais elle remarqua aussi le léger sourire qui jouait sur les lèvres d'Elizabeth.

— Il faut que tu y retournes, Cassie, intima Jed d'un ton ferme.

— Mais maintenant, je ne peux plus. Je vais déranger toute l'église.

Il poussa un soupir de renoncement.

— Bon, très bien. Monte dans la voiture.

Cassie s'empressa d'obéir. Elle s'installa à l'arrière et se pencha vers Elizabeth.

— Qu'est-ce que c'est comme urgence ? demanda-t-elle aussitôt.

— Une jument qui a du mal à pouliner, à la ferme Delaney, répondit Elizabeth. Ton père m'emmène à la clinique d'où je prendrai le minibus. Il faut faire vite.

— Est-ce que je pourrai aller avec toi ?

Avant de répondre, sa marraine jeta un coup d'œil amusé à Jed.

— Vous pourriez même venir tous les deux, proposa-t-elle. Quoi de plus traditionnel que de passer le soir de Noël dans une étable ?

— Oh, papa, s'il te plaît, allons-y !

Jed n'hésita pas longtemps. Son irritation envers Cassie se dissipait peu à peu et la perspective d'assister à la naissance d'un poulain avec les deux personnes qu'il aimait le plus au monde acheva de le convaincre.

Il échangea un sourire complice avec Elizabeth.

— D'accord, Cassie. Allons passer le réveillon de Noël dans l'écurie des Delaney !

Une fois arrivés à la clinique, il gara la voiture tout

142

près de la fourgonnette d'Elizabeth. Avant de monter, celle-ci enfila une épaisse blouse de chirurgien qui protégerait sa robe, et retira ses escarpins pour chausser une paire de boots fourrés. Puis ils se serrèrent sur l'unique banquette avant de la camionnette et démarrèrent vers la campagne enneigée.

Cassie, installée entre eux, bombardait Elizabeth de questions.

— Comment se fait-il que ce poulain naisse en hiver, et pas au printemps ?

— Je ne sais pas vraiment, je ne connais pas bien cette jument, mais je présume qu'elle a dû commencer sa période d'accouplement avec un peu d'avance.

— Et pourquoi est-ce qu'il naît la nuit ? Est-ce que c'est toujours à cette heure-ci que ça arrive ?

— La plupart du temps, oui, répondit la jeune femme en allumant l'autoradio qui diffusait des cantiques de Noël. Les chevaux ont gardé cela de l'époque où ils vivaient en troupeaux sauvages. L'obscurité permettait aux nouveau-nés d'être protégés de leurs prédateurs, qui avaient ainsi moins de chances de les trouver dans le noir. Tu sais, les animaux domestiqués par l'homme ont souvent conservé l'instinct de survie qu'ils avaient à l'état sauvage.

— Et ça dure longtemps ? Je veux dire, la naissance.

Elizabeth ralentit, attentive aux ornières qui trouaient la chaussée.

— Non, la naissance en elle-même dépasse rarement une demi-heure. Mais avant de mettre bas, la jument, elle, souffre pendant plusieurs heures.

— Et cette jument fait des complications, je suppose ? intervint Jed.

Elizabeth comprit immédiatement où il voulait en venir. Elle devait prévenir Cassie — et peut-être Jed, aussi — que le spectacle d'un accouchement difficile pourrait être pénible pour eux.

— Je ne sais pas exactement ce qu'elle a, mais j'espère que c'est quelque chose que je peux résoudre. Evidemment, il y a toujours le risque que le poulain ne survive pas.

Cassie demeura silencieuse pendant quelques minutes, visiblement préoccupée par cette éventualité. Devant sa mine attristée, Elizabeth tendit la main vers elle et lui pressa affectueusement l'épaule.

— Je sais que c'est injuste, mais c'est la vie, ça arrive quelquefois, dit-elle d'une voix douce.

— Oui, mais je ne veux pas que le bébé meure, répondit la fillette d'une voix tremblante.

— Moi non plus, Cassie. Je vais essayer de faire mon possible pour que tout se passe bien.

Lorsqu'ils arrivèrent à la ferme, Jim Delaney les attendait devant l'écurie. Elizabeth se gara.

— Joyeux Noël, Jim ! dit la jeune femme en venant à sa rencontre.

— Oh, docteur, je suis vraiment désolé de vous déranger la nuit de Noël, mais Beauty a l'air d'avoir de sacrés problèmes.

— Je vais voir ce que je peux faire, répondit Elizabeth.

Une agréable odeur de foin les accueillit à l'intérieur de l'écurie. La jument, un magnifique alezan, arpentait nerveusement son large box à peine éclairé par une faible ampoule, suspendue à une poutre du plafond.

Quand Elizabeth s'approcha d'elle, Beauty commença à gratter le sol du sabot, faisant voler la paille autour d'elle. Puis elle dessina de larges mouvements de tête en direction de sa croupe.

— Elle est comme ça depuis ce matin, expliqua le fermier. Je ne pouvais pas emmener ma femme et les enfants à l'église avec cette pauvre bête dans cet état. C'est la jument des gosses, alors s'il lui arrivait quelque chose...

144

Elizabeth ouvrit sa trousse et enfila ses gants de caoutchouc.

— Allez, sois sage, Beauty, dit-elle d'une voix apaisante en marchant vers la bête. Laisse-moi t'examiner un peu.

Cassie dénicha un vieux tabouret en bois et s'installa pour suivre le détail des opérations.

Jed, quant à lui, resta à l'écart, immobile. Il ne pouvait détacher ses yeux d'Elizabeth. En dépit de sa blouse et de ses cheveux, noués à la hâte par un ruban de velours noir, elle était merveilleusement belle. Dans la faible lumière de l'écurie, vêtue de sa longue blouse blanche, elle évoquait quelque déesse antique, débordant d'une grâce maternelle et rassurante.

Il fouilla dans ses poches et y trouva un crayon. Puis, promenant son regard autour de lui, il découvrit un sac en papier qu'il ramassa. Il s'installa sur une botte de foin un peu surélevée et commença à dessiner, cherchant à saisir la lumière ambrée, la magie de ce moment unique, mais surtout l'extrême beauté de cette scène de naissance.

Elizabeth enfila cette fois de longs gants d'obstétrique qui montaient bien au-dessus des coudes, puis, évitant soigneusement de passer derrière la jument pour se protéger d'un éventuel coup de sabot, elle s'approcha avec précaution de son flanc dilaté. Jim Delaney se posta de l'autre côté de Beauty, lui caressant l'encolure pour la calmer.

Elizabeth souleva la queue de la jument, puis, très lentement, enfonça sa main jusqu'à la matrice afin de déterminer la position du poulain.

— Ça y est. J'y suis, chuchota-t-elle. Mais je ne sens que la tête et la jambe avant droite.

— Et l'autre jambe? Elles doivent sortir en même temps, normalement, dit Delaney.

— Je crois qu'elle est repliée en arrière. Il va falloir que je la tire pour la replacer sur le côté.

Fasciné, Jed continuait à dessiner. Par moments, on pouvait entendre son crayon crisser dans le silence de l'écurie. Il voyait Elizabeth de profil. Tout en elle paraissait intensément concentré pour aider la mère et son petit. De minuscules gouttes de sueur commençaient à perler à son front. Elle prit appui sur un côté du box et repoussa de toutes ses forces le poulain à l'intérieur du ventre de la jument afin de pouvoir ensuite déplier sa jambe et le décoincer.

Soudain, Beauty laissa échapper un hennissement plaintif et eut un sursaut violent. Elizabeth s'écarta, juste à temps, pour éviter un flot de liquide chaud : la jument perdait les eaux. Elle hennit de nouveau, puis s'allongea dans la paille de son box, épuisée.

— Qu'est-ce qui s'est passé ? s'écria Cassie, les yeux écarquillés.

— Elle a perdu les eaux... Et je crois que tout est redevenu normal, à présent, ajouta Elizabeth. Regarde, son ventre se contracte. Tu le vois ?

Cassie s'approcha puis s'agenouilla pour mieux observer.

— C'est son utérus qui travaille pour expulser le poulain, expliqua la vétérinaire. Et observe bien maintenant, tu vas bientôt apercevoir les jambes avant.

Une longue minute s'écoula, qui leur parut une éternité. Jed avait cessé de dessiner pour venir se pencher à son tour à côté de sa fille. Les doigts crispés sur son crayon, il retenait sa respiration.

Tout à coup le ventre de la jument se souleva et deux petits sabots parurent, puis ce fut au tour de la tête, coincée entre les jambes.

— Il est en train de sortir ! Je le vois ! chuchota Cassie, tremblante d'excitation.

146

— Bravo, docteur! s'écria Jim Delaney, soulagé et heureux.

Jed, lui, ne dit rien mais laissa échapper un profond soupir de détente. Puis il reprit son dessin. Quelques minutes plus tard, il immortalisait Elizabeth, penchée sur le poulain qui venait de naître sur la paille.

— Alors, c'est un mâle ou une femelle? demanda Cassie.

Elizabeth acheva de nettoyer les naseaux et les yeux du nouveau-né.

— Vous avez là un adorable poulain, monsieur Delaney, annonça-t-elle gaiement.

— Tu as fait du bon travail, Beauty, murmura-t-il à l'oreille de sa jument à bout de forces, tandis qu'il caressait sa crinière humide de sueur.

— On l'appellera Noël, décréta-t-il. Les enfants vont sûrement trouver que c'est le plus beau cadeau de leur vie.

Ils contemplaient avec attendrissement le fragile nouveau-né, les jambes étalées à angle droit, le corps encore mouillé.

— Tu ne le nettoies pas davantage? demanda Cassie.

— Non. Ce n'est plus à moi de m'en occuper, maintenant, répondit Elizabeth en retirant ses gants. Il faut le laisser se débrouiller seul pendant quelques minutes, afin qu'il apprenne à respirer en dehors du ventre de sa mère.

Bientôt, la jument se leva et alla flairer, puis lécher son petit.

— On dirait qu'elle l'aime déjà? demanda Cassie, émerveillée.

— Oui, depuis le premier instant. L'amour d'une mère pour son enfant est un des instincts les plus puissants qui soient. En ce moment, ils sont en train d'apprendre à reconnaître leurs odeurs respectives.

Jed retourna s'asseoir, riant des tentatives maladroites du poulain pour se lever sur ses jambes grêles. Puis, il le félicita avec les autres, quand finalement il parvint à se mettre debout. Mais chaque fibre de son être, chaque parcelle de son esprit était avec Elizabeth.

Pendant que Cassie allait caresser le nouveau-né et que, de son côté, Jim Delaney s'occupait de la jument, la jeune femme se dirigea vers Jed.

Un profond sentiment de joie mêlée d'émotion se lisait sur son visage.

Lorsqu'elle vint s'asseoir près de lui, il passa affectueusement son bras autour de sa taille, sans arrière-pensée, du moins le crut-il.

— Ouf! Je dois avouer que j'ai eu chaud, confia-t-elle en se tournant vers lui en souriant. Pendant une minute, j'ai bien cru que je n'arriverai pas à déplier sa jambe.

— Vous avez été formidable, murmura-t-il, et vous devez être exténuée.

— Oui, un peu, reconnut-elle en posant sa tête sur l'épaule de Jed. Je suis heureuse que vous soyez venus, avec Cassie.

— Moi aussi.

Il la serra contre lui, comme s'il étreignait une vieille amie en signe de victoire. Mais il ne se leurrait pas. En ce moment précis, ses sentiments allaient bien au-delà de l'amitié. Et sentir le corps d'Elizabeth contre le sien... S'ils avaient été seuls, peut-être lui aurait-il avoué son trouble. Mais elle partait pour Richmond, demain matin, passer les fêtes en compagnie d'un autre, et elle reléguerait sans doute bientôt au rang des souvenirs sans importance, la nuit qu'ils venaient de vivre...

D'un geste doux, elle leva la tête vers lui et Jed dut faire appel à toute sa volonté pour combattre le désir fou de la prendre dans ses bras.

— Bien, je crois que personne n'a plus besoin de nous, déclara-t-elle. Je vais reprendre mes affaires et nous pourrons y aller.

— Elizabeth...

Elle se tourna vers lui et soudain les mots se bloquèrent dans la gorge de Jed. Sa bouche devint sèche. Il aurait tant aimé caresser sa joue, relever la mèche de cheveux qui s'était échappée de sa tresse. Puis il se serait penché vers elle et aurait embrassé ses lèvres, si tentantes... Mais non, chacun de ces gestes lui était interdit.

— Je... je voulais juste vous dire que je viens de passer la plus belle des nuits de Noël, bredouilla-t-il.

— Moi aussi. Merci.

Il savoura ses paroles comme un don merveilleux, s'interrogeant un instant sur le regard étrangement doux dont elle l'avait brièvement gratifié.

Avant de partir, ils contemplèrent une dernière fois le poulain tremblant sur ses jambes en équerre, qui donnait des coups de museau dans le ventre de sa mère. D'un mouvement de tête, celle-ci le guida vers ses mamelles qu'il commença à téter avidement.

Puis Jed et la jeune femme quittèrent l'écurie, frissonnant dans le froid mordant de la nuit d'hiver. Derrière eux, Cassie grimpa dans le minibus pendant que son père aidait Elizabeth à ranger sa trousse et sa blouse dans le coffre extérieur. Jed referma la serrure puis posa la main sur le bras de sa compagne, l'attirant vers lui.

— Elizabeth, faut-il vraiment que vous alliez à Richmond demain?

Il sut immédiatement qu'il n'aurait jamais dû lui demander cela. Pourtant, à cette seconde, rien au monde ne lui paraissait plus important.

Une expression de surprise se peignit sur le visage de la jeune femme, puis elle baissa les yeux.

— Je ne peux pas faire autrement, Jed.

Il demeura sans voix un instant, immobile, la main toujours posée sur son bras. Puis il se pencha vers elle et déposa un baiser léger sur sa joue.

— Joyeux Noël, Elizabeth, murmura-t-il en s'efforçant de sourire.

— Joyeux Noël, Jed.

Ils montèrent dans la fourgonnette et demeurèrent silencieux pendant tout le trajet du retour.

9.

En attendant Jed, Elizabeth pensait aux fêtes fastueuses qu'elle venait de passer à Richmond. Tous ces dîners avec la famille de Marty lui paraissaient déjà lointains... Curieusement, son souvenir le plus vif, le meilleur aussi, restait encore le soir de Noël, passé dans l'écurie des Delaney, en compagnie de Jed et de Cassie.

Dès qu'elle entendit la voiture de Jed crisser sur le gravier de l'allée, elle se précipita dehors. A peine était-il garé qu'elle ouvrit la portière avant. Aussitôt, Lady bondit dans ses jambes en jappant joyeusement et Elizabeth la prit dans ses bras.

— Oh, comme tu m'as manqué, ma belle ! dit sa maîtresse en l'embrassant. Je suis tellement contente de te voir !

A ce moment, elle croisa les yeux très bruns de Jed qui souriait de leurs retrouvailles. Rasé de près, il paraissait en pleine forme et semblait aussi frais que cette belle matinée d'hiver. Il avait discipliné ses cheveux blonds, pour une fois, et portait un jean, un sweat-shirt aussi blanc que la neige sous une veste de montagne ouverte, dont il avait remonté le col fourré.

— Vous m'avez manqué aussi, Jed, dit-elle d'une voix presque timide.

Elle se garda bien d'ajouter qu'il n'avait pas un instant

151

quitté ses pensées durant ces quelques jours, et qu'elle n'avait cessé de revivre intérieurement leur merveilleuse nuit de Noël, encore et encore.

— Rentrons! J'ai hâte de savoir ce qui s'est passé pendant mon absence, dit-elle en se levant.

Pendant qu'elle préparait le café, Jed lui raconta l'ouverture des cadeaux, la dinde qu'ils avaient laissée carboniser dans le four et leur repas de Noël constitué, faute de mieux, d'une vieille pizza surgelée. Leurs glissades matinales, à Cassie et à lui, sur une luge d'enfant. Elizabeth l'écoutait avec ravissement. Il parlait avec tant d'enthousiasme et de drôlerie de ses mésaventures avec sa fille et les deux chiens qu'elle ne cessait de rire. Le café servi, elle s'assit à son côté et Lady vint poser son museau sur ses genoux.

— Elle a été adorable, dit-il en désignant la chienne. Mais je peux vous dire que vous lui avez manqué.

— Merci encore d'avoir accepté de la garder, répondit-elle en se baissant pour caresser la tête du labrador. On ne se sépare pas souvent, toutes les deux.

— Alors, cela s'est bien passé à Richmond?

— Oui...

Lady lui mordilla affectueusement la main et Elizabeth se leva pour aller lui chercher quelques biscuits.

— La mère de Marty a organisé une fête éblouissante pour le réveillon du jour de l'an, afin de me présenter à leurs amis.

— Je présume qu'ils vous ont trouvée merveilleuse.

— Ils se sont montrés parfaits..., répondit-elle en souriant.

Mais son visage se rembrunit aussitôt et elle se tourna pour placer la boîte de biscuits sur l'étagère.

— La famille de Marty possède une maison immense, vous savez? Tout semble sortir d'une revue de décoration. Dans le salon, il y avait même une énorme cheminée médiévale. On se serait cru dans un château.

Elle se rassit et demeura silencieuse une longue minute, contemplant sans les voir, à travers la fenêtre, les bois couverts de neige derrière la clinique.

Intrigué par son silence, Jed devina à cet instant qu'elle ne lui disait pas tout. Il baissa les yeux sur sa main. Elle portait toujours sa bague de fiançailles. Pendant les fêtes, il s'était pris à espérer que, peut-être, après l'inoubliable nuit de Noël passée dans l'étable, elle aurait reconsidéré son engagement envers Marty. De toute évidence, il n'en était rien.

La sonnerie du téléphone le fit sursauter. Elizabeth décrocha, rejeta ses cheveux en arrière pour mieux poser l'écouteur.

Jed l'observa un instant, heureux de la savoir enfin de retour. Soudain, un frisson le parcourut. Il s'efforça de détourner les yeux, luttant contre la colère froide qui le submergeait. Sur la tempe d'Elizabeth, il venait d'apercevoir une vilaine blessure, fermée de nombreux points de suture, qu'elle avait jusque-là dissimulée sous une mèche.

En raccrochant, Elizabeth se mit à rire.

— C'est fou! Les gens s'inquiètent pour un rien.

— Elizabeth, que s'est-il réellement passé à Richmond?

— Mais Jed, je viens de vous le dire...

— Vous êtes blessée à la tête. Comment est-ce arrivé?

Embarrassée, Elizabeth porta instinctivement la main à sa tempe pour cacher la plaie encore enflée.

— Rien, je vous assure... Je me trouvais simplement avec Marty en haut du grand escalier. Et tout à coup, je ne sais pas comment, mais j'ai perdu l'équilibre. En tombant, ma tête a dû cogner contre la rampe.

Jed posa sa tasse d'un geste brusque, éclaboussant la table. Il ne pouvait s'empêcher de penser au livre de Cassie, à cette femme que son mari avait poussée dans l'escalier et laissée à deux doigts de la mort.

— Je ne vous crois pas, Elizabeth, affirma-t-il d'une voix dure.

— Comment ça, vous ne me croyez pas? De toute façon, de quel droit me posez-vous ces questions?

— Bon sang, Elizabeth! Vous ne vous rendez pas compte du danger que vous courez! cria Jed.

La haine et la colère accumulées contre Marty ces derniers temps, explosaient enfin.

— Pourquoi vous obstiner à le protéger, à la fin?

— Mais je ne protège personne! Vos insinuations sont ridicules! Je me suis cogné la tête dans l'escalier, un point c'est tout! On m'a recousue et je me porte comme un charme.

— Vraiment? Vous êtes bien sûre? Alors c'est parfait! cria-t-il en se levant d'un bond.

Brusquement, il attrapa Elizabeth par les bras et l'obligea à le regarder dans les yeux.

— Vous ne me ferez jamais croire à ce conte de fées stupide, Elizabeth!

— Lâchez-moi, je vous en prie..., dit-elle d'une voix soudain craintive.

— Pourquoi? N'est-ce pas ainsi qu'il vous attrapait, quand il vous a fait ces bleus, l'autre soir? Il était furieux et il vous a brutalisée. Et maintenant vous craignez que moi aussi je ne puisse pas me contrôler et que je vous cogne dessus à mon tour, n'est-ce pas?

— Non, ce n'est pas vrai! protesta-t-elle en se dégageant. Je n'ai pas peur de vous ni de Marty! Il ne voulait pas me faire de mal. D'ailleurs, c'est ma faute : si j'avais été plus attentive, moins légère, il ne m'aurait jamais bousculée.

Jed resta stupéfait. Voilà qu'à présent, elle endossait l'entière responsabilité du geste de Marty!

— Quoi? Mais c'est insensé, Elizabeth! Raisonnez-vous, enfin! Pour l'amour du ciel, regardez les faits en face!

154

— Assez ! cria-t-elle d'une voix tremblante. Vous ne comprenez rien !

— Mais que vous arrive-t-il, bon sang ? Qu'est devenue la jeune fille brillante qui a réussi à devenir vétérinaire à la force du poignet ? Vous semblez avoir perdu tout sens critique depuis que vous êtes fiancée à ce danger public !

A présent, il s'emportait, il le savait. Mais il ne pouvait plus contenir sa fureur. Comment une femme pouvait-elle se laisser traiter ainsi ?

— Je sais très bien ce que je fais ! Mon sens critique n'a rien à voir avec mes sentiments ! Je suis fiancée à Marty et je l'épouserai en avril, ne vous en déplaise, Jed Parker !

— Osez donc prétendre que vous l'aimez de toute votre âme ! Perdriez-vous réellement une partie de vous-même, s'il disparaissait ? Avez-vous une entière confiance en lui ? Une confiance totale, absolue ?

Comment lui faire comprendre qu'il en allait peut-être de sa vie ? pensa Jed. Comment la persuader de rompre avant qu'il soit trop tard ?

— Si vous ne pouvez pas répondre « oui » à ces questions, alors vous seriez folle d'épouser un tel individu. Et si vous vous entêtez dans cette erreur, ne comptez pas sur moi pour venir identifier votre corps roué de coups à la morgue !

— Taisez-vous, Jed ! Vous devenez grossier !

Elle attrapa sa veste sur la chaise et la lui jeta au visage.

— Sortez d'ici immédiatement, Jed, sortez ! Je ne veux plus jamais vous revoir !

— Comme vous voudrez, dit-il en saisissant sa veste au vol.

Hors de lui, il sortit de la pièce à grands pas et claqua rageusement la porte derrière lui.

Elizabeth s'effondra sur sa chaise et éclata en sanglots. Les yeux fixés sur la porte, elle tressaillit en sentant le courant d'air froid passer dans son dos.

Pourquoi s'était-elle butée ainsi, refusant toute sympathie ? Jed était la seule personne à qui elle pouvait se confier, son seul ami ! Soudain, sa colère tomba, laissant place à un immense sentiment de solitude.

Lady s'approcha d'elle et posa son museau sur son genou. Elizabeth s'agenouilla auprès d'elle et la serra dans ses bras, laissant couler ses larmes sur le pelage soyeux de la chienne.

Si seulement Jed ne s'était pas emporté de cette manière, elle aurait pu lui parler de ce qu'elle ressentait. Mais pas après des paroles si dures... Bien sûr qu'elle ne savait plus très bien ce qu'elle éprouvait pour Marty ! Ni même ce qu'elle pensait de lui, de sa personnalité profonde. Marty avait tellement changé depuis leurs fiançailles. Il se montrait pourtant toujours aussi prévenant et attentionné. Il téléphonait chaque jour. Il la couvrait de fleurs et de cadeaux hors de prix, comme le cœur en diamant et la chaîne en or qu'il lui avait offerts à Noël. Mais il semblait différent avec elle, comme si désormais elle ne représentait plus qu'un objet familier qu'on pouvait manipuler ou jeter à sa guise.

Soudain, elle frissonna en repensant au jour de l'an. Elle se trouvait dans la maison des parents de Marty, en haut de l'escalier...

— J'espère que tu ne vas pas rester coiffée comme ça ? lui avait demandé Marty d'un ton sec.

— Pourquoi ? Qu'est-ce qui ne va pas ? avait-elle répliqué en portant la main à son catogan de velours.

— Tu sais très bien que je te préfère avec les cheveux sur les épaules.

156

Il avait avancé la main pour tirer sur le ruban, sans doute pour plaisanter, se dit Elizabeth en y repensant. Mais cela ne lui avait pas paru très drôle, sur le moment...

— Arrête, avait-elle protesté en se dégageant. Si tu n'avais pas insisté pour que je t'accompagne chez le fleuriste, j'aurais eu plus de temps pour me préparer.

— Tu n'avais qu'à te réveiller plus tôt !

— Marty, j'étais debout à 8 heures du matin alors que nous sommes rentrés à 2 heures cette nuit.

— Cesse de chercher des excuses.

Il tendit encore une fois la main vers sa nuque qu'elle rejeta en arrière.

Puis, ce qui s'était déroulé ensuite demeurait très confus... Sur le moment, elle avait eu l'impression d'être poussée violemment, mais à présent, cela lui paraissait insensé. Elle se rappelait seulement avoir perdu l'équilibre, sa tête avait heurté la rampe en fer forgé, puis il y avait eu la douleur fulgurante à sa tempe et le bras de Marty qui amortissait sa chute. Ensuite, la mère de son fiancé s'était précipitée, catastrophée, suivie de son mari, avec une poche de glace pour calmer la douleur. Elizabeth essayait pourtant de les rassurer, de leur dire qu'elle ne souffrait pas. Malgré ses protestations, Marty avait insisté pour la conduire au service des urgences de l'hôpital. Et pendant que le médecin de garde lui posait des points de suture, Marty lui tenait la main pour la réconforter. Par la suite, il ne s'était pas éloigné d'elle une seconde, l'entourant de prévenances et d'amour. Et bien qu'il n'eût jamais reparlé de l'incident, elle savait qu'il était sincèrement désolé.

Avec un soupir, Elizabeth se laissa tomber sur la chaise devant son bureau. Elle effleura doucement sa blessure puis ramena quelques mèches par-dessus. Que s'était-il réellement passé ? Un accident sans aucun doute. D'ailleurs, elle l'aurait cru volontiers, s'il n'y avait ces bleus,

157

encore présents sur ses bras. Maintenant, elle commençait à comprendre la réaction de Jed. A la vue de ces marques sur ses bras, puis de cette blessure à la tempe, il s'était imaginé n'importe quoi, avait dramatisé. Et de quel droit, par exemple ? De quoi se mêlait-il ?

Que faire ? Rompre avec Marty ? Il n'était plus temps. Et puis, de toute façon, elle n'était sûre de rien, ces incidents relevaient probablement du simple hasard... « Ça suffit, se dit-elle, je ne vais pas continuer à m'apitoyer sur mon sort et accabler ce pauvre Marty de tous les péchés du monde ! »

Résolue à faire le vide dans son esprit, elle chercha des crayons bien taillés dans son tiroir et entreprit de vérifier ses livres de comptes.

Elle était toujours plongée dans ses calculs lorsque, quelques heures plus tard, Cassie, flanquée de Baraka, ouvrit la porte de la clinique.

— Bonne année, Elizabeth ! Tu nous as manqué pendant les vacances ! s'écria la fillette en lui sautant au cou. Alors, comment s'est passé ton voyage ?

Ravie de cette interruption, Elizabeth referma ses carnets.

— Très bien !

Sans demander plus de précisions, Cassie lui fit admirer le collier de cuir rouge qu'elle avait offert à Baraka, puis se lança dans une description détaillée de ses cadeaux de Noël.

Tout en l'écoutant, Elizabeth pensa à Jed. Elle ne voulait surtout pas que leur dispute changeât quoi que ce soit à ses rapports avec Cassie. Et elle espérait qu'il tiendrait le même raisonnement.

— Regarde, je vais te montrer ce que j'ai appris à Baraka.

Cassie attrapa le jeune chien par le collier et ordonna d'une voix ferme :

— Assis, Baraka !

Il leva la tête vers elle, jappa gaiement, sans toutefois bouger d'un pouce.

— Mais non, imbécile. Assis !

Elle lui appuya sur l'arrière-train. Toujours en vain. Baraka se tortillait de joie en remuant la queue.

Après quelques autres essais infructueux, Cassie réussit enfin à lui faire adopter une vague position accroupie.

— Je ne comprends pas. A la maison, il m'obéissait, expliqua-t-elle d'un air désolé.

— Tu as essayé combien de fois ?

— Deux.

Elizabeth se mit à rire.

— Tu sais, tu devras l'entraîner beaucoup plus souvent si tu veux que ça marche. Ce n'est qu'après une bonne centaine d'exercices qu'il commencera à avoir une petite idée de ce que tu lui demandes.

— Oui, tu dois avoir raison. Mais j'espérais qu'il ferait un effort. Tout va tellement mal aujourd'hui. Sauf ça...

Elle fouilla dans son sac à dos et en extirpa un bristol qu'elle tendit à Elizabeth.

— C'est l'invitation pour la fête de *Big Sisters of America*. Elle a lieu à la patinoire cette année, on va bien s'amuser !

Elizabeth examina le carton rouge et blanc qui les conviait à passer un après-midi en compagnie des autres *marraines et filleules* de la région. Elle leva les yeux sur le calendrier accroché au mur en face d'elle. Le premier week-end de février... Ce samedi-là, Marty rentrait justement d'un voyage d'affaires et ils avaient prévu d'aller faire des courses. Elizabeth hésitait, quand elle croisa le regard inquiet de Cassie. Marty se ferait une raison, décida-t-elle. Ils pouvaient parfaitement remettre cette sortie à plus tard. En revanche, la fête à la patinoire n'aurait lieu qu'une seule fois.

— On va y aller, n'est-ce pas ? demanda Cassie.

— Bien sûr, la rassura sa marraine. Je ne manquerais ça pour rien au monde !

Soulagée, la fillette retira son manteau.

— Au moins, voilà une bonne nouvelle aujourd'hui !

— Alors, comme ça, tu as passé une mauvaise journée ?

— Oui. Depuis que j'ai appris ce qu'on est en train de faire à Mlle Henniker.

Elle sortit un feuillet de son cartable.

— Tiens, regarde ça.

Elizabeth fronça les sourcils en parcourant rapidement le texte de ce qui semblait être une pétition :

« Ainsi, puisqu'elle refuse de retirer ces ouvrages tendancieux, nous suggérons, dans l'intérêt moral de nos enfants, le licenciement de la bibliothécaire. »

— Les parents veulent renvoyer Margaret Henniker ? demanda-t-elle, abasourdie.

Cassie acquiesça d'un air sombre.

— Ils veulent s'en débarrasser, simplement parce qu'ils ne sont pas d'accord avec elle, commenta amèrement l'adolescente.

— Cela ne se produira pas, Cassie. Personne ne signera ce genre de pétition. C'est de la délation. Et de la censure pure et simple.

— Tu te trompes, répondit sa filleule en allant s'asseoir sur une vieille chaise en bois, de l'autre côté du bureau. Billy dit que sa mère et ses amies ont déjà récolté plus de cinquante signatures, et elles viennent à peine de commencer ! Elles espèrent en obtenir quelques centaines, suffisamment pour les présenter au directeur, afin de l'obliger à renvoyer Mlle Henniker.

En relisant la pétition, Elizabeth pensait à ces années que Margaret avait consacrées aux enfants de Cartersburg. Quelqu'un d'autre, moins préoccupé par leur ave-

nir, aurait tout simplement cédé et déjà retiré les livres. Mais Margaret, elle, n'avait pu s'y résoudre. La ville avait une dette envers cette femme honnête et consciencieuse ; et voilà comment on l'en remerciait !

Cassie se leva et alla chercher son chien qui commençait à fouiller dans l'armoire à pharmacie. Elle cala une chaise devant le meuble pour s'assurer que l'animal ne pourrait pas en ouvrir la porte.

— Qu'est-ce qu'on peut faire, Elizabeth ?

— Je ne sais pas.

— C'est tellement injuste !

Oui, injuste, comme la vie elle-même, souvent. C'était une leçon difficile à accepter pour une fillette de treize ans.

— As-tu pensé à la possibilité d'organiser un comité de soutien ? demanda la jeune femme.

— Comment ça ?

— Une pétition qui soutiendrait Mlle Henniker.

Cassie la considéra d'un air sceptique.

— Le problème est que les mères qui sont à la tête de l'association des parents d'élèves sont mariées à des hommes très importants. Et personne ne voudra signer, à part tous les amis de mon âge. Et eux, ils ne comptent pas.

— Peut-être que si. S'il y en a une majorité derrière toi. En tout cas, on peut toujours essayer.

Cassie se leva d'un bond et mit son manteau.

— Je vais en parler à Billy ! Viens, Baraka.

Elizabeth l'accompagna à la porte et la regarda partir en courant sur le bord de la route. Elle aurait aimé trouver une solution plus efficace car elle craignait que Cassie n'eût raison. Les signatures des seuls élèves seraient de peu de poids. Quelle ironie, alors qu'ils étaient les premiers concernés. D'autant plus, Elizabeth en était sûre, que la majorité des parents n'avaient jamais ouvert un des ouvrages incriminés.

En s'asseyant à son bureau, elle remarqua sur une pile de dossiers, un vieux livre de poche usé et corné. Elle le prit. Il s'agissait d'un des volumes de la série d'Allison Craig.

Cassie avait dû le poser là par mégarde et l'avait oublié en partant. Le titre en était : *La vie n'est pas toujours ce que l'on croit*. Elle le retourna pour lire le résumé, au dos de l'ouvrage :

« La mère de Michelle semblait tomber souvent ces derniers temps. Un jour, elle se retrouva même avec un œil au beurre noir. Michelle commençait à s'inquiéter à son sujet. Une nuit, elle se réveilla en entendant des cris et elle découvrit avec effroi que son père battait sa mère... »

Elizabeth l'ouvrit et le parcourut, cette fois, avec plus d'attention. Puis elle le reprit au début et commença à lire, en s'intéressant d'abord à la manière dont l'auteur traitait ce sujet délicat. Ce ne fut qu'en arrivant au troisième chapitre qu'il lui apparut soudain que l'« oubli » de Cassie n'était peut-être pas dû au hasard...

Cassie remonta le col de son anorak et tourna le dos aux bourrasques de vent glacé qui s'engouffraient à l'intérieur de la cabane. En bas, Baraka, attaché à un arbre, émettait de petits jappements aigus, tout en tirant sur sa laisse.

Comme d'habitude, Billy était en retard. Elle avait parfois l'impression de passer sa vie à l'attendre. En particulier au cours de cette dernière semaine consacrée à l'élaboration de leur pétition.

Soudain, Baraka renifla l'air de la clairière et poussa un aboiement rauque. Aussitôt, Cassie perçut des craquements de pas dans la neige durcie par le froid, puis le sifflement familier retentit. C'était bien lui. Mais il ne se pressait pas et il se passa un temps infini avant que l'adolescente aperçût le parka bleu de son ami.

— Désolé, dit-il en se hissant lourdement sur le plancher de la cabane.

— C'était ta mère, encore ?

Billy hocha la tête.

— Elle a passé l'après-midi au téléphone. Elles ont obtenu deux cents signatures ! Et ça fait moins de deux semaines qu'elles ont commencé ! Elles pensent que, dans une petite quinzaine, elles auront de quoi impressionner M. Edwards.

— Nous aussi on a des signatures ! Peut-être pas autant, mais ce n'est que le début.

Billy cogna des talons pour détacher la neige de ses semelles, puis s'adossa à une paroi de la cabane.

— Et figure-toi qu'elles sont au courant pour notre pétition. Tu sais ce que m'a dit ma mère ? Que c'était « amusant ».

— « Amusant » ? répéta Cassie, avec stupeur. Elle n'est même pas inquiète ?

Elle s'accroupit auprès de lui, appréciant qu'il fît office de coupe-vent.

— Elle n'a pas l'air de se tracasser beaucoup, répondit-il amèrement en enfonçant son bonnet sur la tête. Elle a même trouvé que c'était « mignon » de notre part d'avoir eu cette idée. Et que ça renforçait sa conviction qu'il fallait renvoyer Mlle Henniker.

— Oh, non !

Ils avaient travaillé si dur pendant cette semaine pour réussir à récolter une centaine de signatures. Et ils seraient battus d'avance ?

Billy se laissa glisser contre le tronc et se rapprocha d'elle à toucher son épaule. De toute évidence, il gelait, lui aussi.

— Cette histoire est tellement stupide, reprit Cassie, un peu réconfortée par le contact de Billy. Il y a sûrement quelque chose à faire.

163

Soudain, le garçon se tourna vers elle.

— J'ai peut-être une idée : des boules puantes... Eh bien, je connais un garçon, au collège, qui sait où en acheter. On pourrait en mettre dans les voitures de ces mégères.

— Dans celle de ta mère aussi, peut-être ? dit Cassie en riant.

— Bon, d'accord, c'est idiot. Alors on pourrait renverser des ordures devant leurs portes.

— Ça c'est bien ! approuva Cassie. Ainsi elles comprendraient ce qu'on pense d'elles. J'en ai assez qu'elles décident à notre place de ce qu'on doit croire ou dire.

Ils demeurèrent silencieux pendant une longue minute, réfléchissant à la manière d'établir leur plan de bataille. Le vent sifflait toujours autour de la cabane, mais maintenant Cassie n'avait plus froid. Elle se sentait réconfortée par la présence de Billy.

— On pourrait récupérer assez de détritus en allant les prendre dans la benne derrière l'école, suggéra-t-il, et ensuite il n'y aurait qu'à les charger dans des Caddie !

— Oui, bonne idée... Mais s'il gèle ? Il fait très froid la nuit en ce moment. Ce sera dur comme de la pierre.

Soudain, Billy se redressa en sursaut.

— Je sais ! On va pendre du papier toilette dans les arbres de leur jardin.

Cassie lui envoya un regard interrogateur.

— Quelle idée bizarre !

— C'est ce que font les grands, au lycée, quand ils veulent se venger de quelqu'un ! Effet garanti !

La fillette acquiesça.

— Formidable ! Comme ça, elles se sentiront drôlement visées.

— Ça leur apprendra !

Fier de sa trouvaille, Billy lui adressa un sourire que

164

l'adolescente s'empressa de lui rendre. Il avait quelquefois des idées lumineuses, songea Cassie, et ne craignait surtout pas de les mettre à exécution. Elle admirait l'audace guerrière de son ami...

Ils tombèrent d'accord pour acheter des rouleaux de papier par petits lots qu'ils stockeraient dans la cabane. Si tout se passait bien, ils pourraient déclencher l'offensive le lundi suivant. L'opération commencerait à minuit pile. Leurs cibles : les cinq jardins des principaux membres du comité des parents d'élèves. Celui de Billy y compris, pour ne pas éveiller les soupçons. Ils ôtèrent leurs gants et, pour sceller leur accord, se serrèrent la main vigoureusement. Cassie trouva celle de Billy chaude et forte et un immense sentiment de joie l'envahit à l'idée de leur nouvelle aventure. Surtout parce qu'elle allait la vivre avec Billy.

Une fois rentrée chez elle, à la nuit tombée, Elizabeth alluma un feu dans la cheminée, et s'installa devant les flammes pour déguster un chocolat chaud, pelotonnée dans une couverture. Le mariage approchait : plus que deux mois... Le moment était venu de faire sa liste. Marty s'était déjà occupé de l'essentiel : l'église, les fleurs, les invitations, le traiteur. Il ne lui restait qu'à choisir sa garde-robe pour le voyage de noces et à prendre les arrangements nécessaires pour assurer son remplacement pendant ce temps.

Elle s'allongea, tirant la couverture sur son cou.

Un peu plus tard, elle s'aperçut qu'elle n'avait toujours pas commencé sa liste. Elle était restée là, à contempler les bûches se consumer, assaillie par les doutes qui revenaient sans cesse la hanter depuis sa dispute avec Jed au sujet de Marty. Ce dernier pouvait être parfois si charmant et si agréable, mais aussi, imprévisible et inquiétant.

165

Elle jeta un coup d'œil sur le livre de Cassie resté ouvert sur la table. Etait-il réellement possible que Marty puisse en arriver un jour à la brutaliser comme le père de la petite héroïne du roman ?

Avec un soupir, la jeune femme laissa tomber sa couverture et se leva. Il fallait penser à arroser les fleurs que Marty avait fait livrer la veille. Des marguerites... Au mois de février ! Un geste plein d'attention et d'amour, qui lui ressemblait bien. Elle savait qu'il l'aimait profondément. Aucun homme avant lui ne s'était montré si tendre et empressé. Mais elle, Elizabeth, partageait-elle ses sentiments ? L'aimait-elle seulement ?

La sonnerie du téléphone la fit sursauter. Lady tourna la tête dans sa direction, puis vers l'appareil, comme pour s'assurer qu'Elizabeth avait bien entendu.

Dans le récepteur, la voix était profonde et grave.

— Bonsoir, ma petite colombe, comment vas-tu ?

Elizabeth sentit une soudaine angoisse l'envahir. Elle s'efforça d'adopter un ton enjoué.

— Bonsoir, Marty. Tout va très bien. J'attendais ton coup de fil.

Durant quelques minutes, ils discutèrent du voyage de Marty, de ses affaires, et il lui confirma qu'il rentrerait comme prévu pour le week-end.

— Justement, Marty... J'ai bien peur de ne pas pouvoir t'accompagner faire des courses, samedi.

— Pourquoi ?

Il n'avait prononcé qu'un seul mot, mais déjà sa voix s'était durcie.

— Les marraines et les filleules de *Big sisters* organisent une petite fête et Cassie a très envie d'y aller, alors...

A l'autre bout du fil, Marty demeurait silencieux.

— J'ai pensé que tu comprendrais, se hâta-t-elle d'ajouter.

166

— Comprendre quoi ? Que tu fais tout passer avant nous ? Un jour, c'est ton travail, le lendemain, une urgence en pleine nuit, et puis cette gamine... Même ton fichu chien t'intéresse plus que moi !

Elizabeth tressaillit ; elle sentait son fiancé sur le point d'exploser.

— Tu exagères, Marty. Et puis, je ne vois pas ce que Lady vient faire dans cette histoire.

— Je te rappelle que nous allons nous marier, Elizabeth. Il est normal que j'attende de toi un peu plus d'attentions.

— Je t'en prie...

— Je te rappelle demain. J'espère que tu seras là.

— Mais Marty, je...

Il avait raccroché. Lentement, elle reposa le combiné. Comme si elle devinait son désarroi, Lady lui lécha la main et s'installa auprès d'elle sur le canapé.

— Que suis-je en train de faire, ma belle ?

Les paroles de Jed lui revinrent en mémoire. Le doute la happa de nouveau. Marty se comportait d'une manière de plus en plus inquiétante. Il pouvait passer d'une seconde à l'autre de la plus grande gentillesse à une jalousie presque maladive et à la colère. Parfois elle se sentait comme un pantin dont il tirait les ficelles. Bien que la rumeur populaire affirmât que les mois qui précédaient un mariage étaient les plus difficiles, elle s'inquiétait. « Peut-être les choses s'arrangeraient-elles d'elles-mêmes », se dit-elle... En attendant, il lui fallait absolument avoir une discussion avec Marty. Il serait plus sage de repousser la date de la cérémonie. Cela leur laisserait le loisir de réellement mesurer leur décision, et peut-être même qu'alors...

Ses pensées s'envolèrent vers Jed. Au contraire de son fiancé, il était si patient, si gentil. Elle riait beaucoup, avec lui. Et force lui était de reconnaître que ce n'était

pas Marty qui occupait ses pensées, lorsqu'elle se retrouvait seule...

Elle serra Lady plus étroitement contre elle.

— Que faire, ma belle, que faire ? Je me suis engagée si loin... Je suis peut-être en train de commettre la plus grosse erreur de ma vie.

10.

Elizabeth ne se souvenait pas d'avoir chaussé des patins à glace depuis son enfance.

— Alors, tu viens ? s'écria Cassie avec impatience, en la tirant par le bras.

La jeune femme s'avança sur la glace d'une démarche mal assurée, manqua trébucher et s'agrippa à la rambarde en bois.

— J'arrive ! Une minute.

En enfilant la paire de mitaines prêtée par Cassie, elle jeta un coup d'œil noir sur la piste verglacée où une joyeuse équipe de marraines et de filleules semblait s'amuser follement. Un surveillant vêtu d'une combinaison orange fluorescent filait à toute allure en marche arrière, slalomant avec adresse entre les groupes.

Elizabeth n'osait se lancer. Elle s'adossa à la barrière.

— Tu ne vas pas me laisser tomber maintenant, Elizabeth ? demanda Cassie, comme si elle devinait son appréhension.

Les mains sur les hanches, très droite, elle était solidement campée sur ses patins.

Le regard d'Elizabeth revint se poser sur la surface gelée.

— Je te préviens, Cassie, ça fait des années que je n'ai

pas patiné. Et encore, j'étais loin d'être une championne, dit-elle en s'aventurant sur la piste.

— Oui, c'est très bien, continue comme ça ! l'encouragea Cassie en s'élançant à côté d'elle dans un style souple et sportif.

— Je n'arriverai jamais à te suivre.

Mais l'adolescente, grisée par la musique et l'ambiance, ne répondit pas et fila en avant. Puis elle se retourna.

— Tu vois, je t'avais dit que tout se passerait bien, dit Cassie en riant. Maintenant, je vais t'apprendre à patiner en arrière.

— Jamais de la vie ! Toi tu patines en arrière, moi je fais ce que je peux et je reste là... J'essaie de ne pas tomber, ne m'en demande pas plus.

D'un mouvement rapide, Cassie vira pour lui faire face et lui tendit gracieusement la main, comme une patineuse de compétition.

La jeune femme, en équilibre instable, attendait la catastrophe qui ne manquerait pas de se produire : collision, chute ou accident.

Pourtant, après quelques tours de piste, elle était toujours entière. Et Cassie, aussi à l'aise que dans un salon, bavardait à perdre haleine. Elizabeth, occupée à se maintenir debout, n'écoutait que d'une oreille.

— Elizabeth, tu m'entends ? demanda sa filleule en se remettant à glisser à côté d'elle.

— Excuse-moi, mais je ne peux pas faire deux choses à la fois, répondit-elle en évitant de justesse une fillette en anorak rose.

— Tu as lu le livre que j'ai oublié chez toi ?

Elizabeth fit un bref signe de la tête, espérant que Cassie ne s'étendrait pas sur le sujet. Oui, elle l'avait lu, et son propos ne cessait de la tourmenter depuis. Elle avait senti son malaise grandir à chaque page, mais s'était

obscurément refusée à refermer l'ouvrage. Cette femme maltraitée par son mari lui ressemblait comme une sœur, et elle comprenait ses réticences et ses doutes. Elle avait même versé une larme, quand l'héroïne échappait à la mort, après sa chute dans l'escalier. Même si l'homme qui la martyrisait ne ressemblait en rien à Marty, cette histoire ravivait ses interrogations. Et l'idée que Cassie avait intentionnellement laissé traîner le livre chez elle, la plongeait dans le désarroi.

— Tu as vu comme son mari est méchant ?

— Oui, c'est vrai, acquiesça Elizabeth en cherchant désespérément un autre sujet de conversation.

— Je n'arrive pas à comprendre le comportement cruel de certains hommes, poursuivit Cassie. Et pourquoi les femmes restent-elles quand même avec eux, à ton avis ?

— Je ne sais pas, Cassie, répondit-elle en baissant les yeux. Je suppose que c'est parce qu'elles les aiment.

— Mais comment une femme peut-elle aimer un homme qui la frappe et qui la rend malheureuse ?

Elizabeth sentait le piège se refermer. Elle ne connaissait pas de réponse à cette question, n'étant plus sûre de son amour pour Marty.

— Tu sais, les problèmes paraissent toujours plus simples aux témoins, qu'à ceux qui les vivent de l'intérieur.

Et sans laisser à Cassie le temps d'insister, elle ajouta :

— Bien, Cassie, excuse-moi maintenant, mais j'ai mal aux chevilles et je préfère aller me reposer un moment sur les gradins.

Sa filleule parut déçue. Elle proposa néanmoins :

— Attends-moi, je viens avec toi.

— Non, non ! Reste, amuse-toi. Je te regarderai depuis les tribunes.

A son grand soulagement, Cassie aperçut au même

171

instant deux amies qui venaient dans sa direction et elle se joignit à elles.

En cherchant une place dans la tribune, Elizabeth essaya de se concentrer sur les évolutions des patineuses pour chasser Marty de ses pensées. Machinalement, elle effleura du doigt sa bague de fiançailles.

— Vous pensez à votre mariage ? demanda gentiment Joan, l'assistante sociale, en s'asseyant à côté d'elle. Vous avez déjà fixé la date ?

— Oui, le 3 avril, répondit Elizabeth en souriant.

— Oh, mais c'est pour bientôt ! Plus que deux mois. Vous devez vous sentir nerveuse, n'est-ce pas ? Je me rappelle qu'à cette période je ne tenais déjà plus en place ! Par moments, j'étais si heureuse que j'avais du mal à contenir ma joie et puis, la minute d'après, j'étais morte d'inquiétude.

Sa remarque éveilla l'intérêt d'Elizabeth. Après tout, peut-être ses doutes au sujet du mariage étaient-ils normaux...

— Vraiment ? Et vous arrivait-il parfois de... de vous poser des questions ? demanda-t-elle, sans oser clairement définir sa pensée.

— Tous les jours ! J'étais persuadée que j'étais responsable de tout et que je n'y arriverais jamais. Que les fleurs ne seraient pas livrées, que la pièce montée s'écroulerait ! Bref, un scénario de film catastrophe.

— Mais vous êtes-vous parfois demandé si Ron était bien l'homme qu'il vous fallait ? demanda Elizabeth sur un ton aussi détaché que possible.

Joan secoua la tête, catégorique.

— Ça non. Jamais ! Nous étions tellement amoureux l'un de l'autre ! — d'ailleurs, nous le sommes toujours. Je savais que je ne pourrais pas vivre sans lui. Pourquoi ? Vous n'éprouvez pas la même chose avec Marty ?

172

— Oh si. Bien sûr que si, s'empressa-t-elle de répondre avec la désagréable impression de trahir chacune de ses pensées.

— Avez-vous choisi Cassie comme demoiselle d'honneur ?

— Non, nous avons les deux sœurs de Marty.

— Oui, c'est sans doute mieux ainsi, remarqua pensivement Joan. J'ai parlé quelques minutes à Cassie, tout à l'heure et, cette fois encore, elle ne m'a pas parue très convaincue par l'idée de votre mariage.

— Je crois que vous aviez raison, Joan. Elle est sans doute un peu jalouse de Marty. Elle doit craindre qu'une fois mariée, j'aie moins de temps à lui consacrer.

— Mais vous continuerez à vous occuper d'elle, n'est-ce pas ? demanda Joan, avec un soupçon d'inquiétude dans la voix.

La jeune femme fut déconcertée par la question. Elle ne pouvait envisager un seul instant que Cassie disparaisse de son existence. Cassie et Jed... En pensant à lui, son cœur se serra.

— Mais bien sûr, je ne pourrais jamais me passer de Cassie, répondit-elle d'une voix décidée. Elle représente le meilleur de ma vie.

Joan se mit à rire.

— En tout cas, pour ce qui est de vos sentiments à son égard, là vous ne vous posez pas de questions !

— Oui, c'est vrai, admit Elizabeth de bon cœur.

— Parfait ! Alors comme je vois que vous êtes une marraine très dévouée, je vous embauche avec moi pour la buvette. A partir de maintenant, vous êtes nommée responsable en chef des hot dogs !

La jeune femme se redressa et éclata de rire.

— Franchement, j'accepte avec plaisir cette promotion. Je cherchais justement une excuse pour ne pas retourner sur la piste. Je vais juste prévenir Cassie pour

qu'elle ne s'inquiète pas. Je suis sûre qu'elle va être ravie d'apprendre que mon nouveau poste me donne aussi accès aux gâteaux !

Quelques minutes plus tard, la fillette les rejoignit et, au grand soulagement de sa marraine, ne reprit pas leur discussion interrompue. Puis elles dégustèrent leurs hot dogs en bavardant gaiement avec les autres marraines et filleules. Elles ressentirent toutes les deux un léger pincement au cœur lorsque la fête se termina et qu'il fut temps de se séparer.

— On s'est bien amusées, n'est-ce pas ? observa Cassie sur le chemin du retour.

— Oui, c'était vraiment très réussi.

— Même sur la glace ?

— Même sur la glace, admit Elizabeth en riant.

Quand elle s'arrêta pour déposer sa protégée devant chez elle, elle se demanda si Jed était là, ce qu'il faisait. Peut-être pouvait-elle passer lui dire bonsoir une minute, songea-t-elle.

— Bon, je rentre, maintenant. Au revoir, Elizabeth, dit Cassie en ouvrant la portière.

— Attends ! Cassie, tu sais, je me demandais si...

Elle marqua une pause. Quelle excuse invoquer ? Qu'elle avait envie de voir Jed ? C'était impossible.

— Je me demandais simplement si nous ne pourrions pas commander une pizza ou autre chose, finit-elle par suggérer d'une voix moins assurée qu'elle ne l'aurait voulu.

— Mais nous venons de manger des hot dogs, remarqua Cassie.

— Oui, c'est vrai.

Elizabeth cherchait désespérément une raison de s'attarder.

— Si tu as un peu de temps, tu veux que je vienne avec toi dire bonjour à Baraka ?

— Je suis désolée, Elizabeth. Aujourd'hui, ce n'est

pas possible. Billy et moi avons des projets pour ce soir et on ne peut pas les reporter, je veux dire...

— Bon, d'accord. Eh bien, ce sera pour une autre fois.

— Merci encore pour ce super après-midi ! s'écria la fillette en sautant sur le trottoir.

Elizabeth la regarda entrer dans la maison. Pendant quelques secondes, elle resta garée en double file, espérant que Jed sortirait, mais il ne parut pas. A contrecœur, elle remit le contact et démarra. Pourquoi sa vie devenait-elle si compliquée ? se demanda-t-elle, le cœur serré. La conversation avec Joan résonnait encore dans sa mémoire et elle sentit de nouveau ce terrible sentiment d'angoisse s'emparer d'elle. L'assistante sociale parlait de son époux avec tant d'enthousiasme ! De toute évidence, elle l'aimait passionnément. C'est cet amour, juvénile et gai, qui justement, avait alerté Elizabeth : elle ne ressentait rien de semblable vis-à-vis de Marty. Et même si l'idée de rompre ses fiançailles la terrorisait, l'éventualité de se marier avec un homme qu'elle n'aimait pas lui paraissait autrement grave. A présent il s'agissait de dire sans tarder à Marty que tout était terminé entre eux. Le plus tôt serait le mieux.

Elle n'était pas rentrée chez elle depuis deux minutes quand la sonnerie du téléphone la fit sursauter.

Elle décrocha et un frisson la parcourut quand elle reconnut la voix de Marty. Avant qu'elle pût placer un mot, il se lança dans une longue tirade, lui expliquant qu'il s'absentait ce dimanche en raison d'un rendez-vous important qui allait lui rapporter une petite fortune.

— Je suis content d'entendre ta voix, ma chérie. Tu me manques, tu sais. Et tu es si rarement chez toi lorsque je t'appelle.

— Je suis désolée, Marty, s'excusa-t-elle machinalement. Il faudrait que je te parle...

— Nous nous verrons demain. Je fais signer le contrat

et je serai de retour dans la soirée. Je passerai te prendre et nous irons dîner ensemble, d'accord ?

— Oui... très bien, répondit-elle à contrecœur.

En fait, l'idée de sortir encore avec lui ne l'enchantait guère, mais étant donné ce qu'elle s'apprêtait à lui assener, il valait sans doute mieux que ce fût au restaurant plutôt qu'en tête à tête.

Après avoir raccroché, elle ressentit un profond soulagement. Elle n'avait éprouvé aucune joie à entendre Marty au téléphone, au contraire. Et son cœur n'avait pas battu plus vite en apprenant qu'ils se verraient le lendemain. A présent, elle en était certaine, elle prenait la bonne décision, et n'en concevait aucun regret.

— Je crois que tout va s'arranger, ma belle, dit-elle en grattant le poitrail de Lady qui s'était approchée d'elle. Mais je crois que j'ai bien failli gâcher ma vie.

Lady émit un doux gémissement et posa le museau sur son genou.

— Plus qu'un jour, ma chérie, un seul jour, et nous serons libérées de ce cauchemar.

Malheureusement, la soirée du dimanche ne se déroula pas selon les plans d'Elizabeth. En sortant de la propriété de Martha Gresham au volant de son minibus, elle consulta sa montre. Presque 1 heure du matin ! A cette heure-ci, le dîner avec Marty aurait été expédié depuis longtemps et elle serait tranquillement rentrée se coucher, heureuse et soulagée d'avoir mis fin à leur relation. Au lieu de cela, elle avait passé la nuit à jouer les sages-femmes auprès d'une jeune chatte prénommée Misty.

En d'autres circonstances, Elizabeth ne se serait jamais rendue chez Mme Gresham. Une chatte n'avait besoin de personne pour faire ses petits. Mais la vieille dame s'était montrée si inquiète, qu'à son troisième appel, Elizabeth

176

avait finalement accepté de venir lui tenir compagnie jusqu'à la naissance des chatons. Qui ne s'étaient présentés qu'à minuit !

A présent, il ne restait plus qu'à espérer que Marty avait bien trouvé le mot accroché à la porte de la clinique. Elle lui avait téléphoné à plusieurs reprises de chez sa cliente, en pure perte. Il devait être furieux, songea-t-elle. Raison de plus pour envisager leur rupture avec un certain plaisir.

Comme elle abordait la grand-place de Cartersburg, elle aperçut soudain dans ses phares une forme sombre qui traversait la chaussée. Elle écrasa la pédale de frein et descendit de la fourgonnette.

— Cassie ? Mais que fais-tu ici ?

Heureusement, celle-ci ne semblait ni blessée ni effrayée, ce qui signifiait au moins qu'elle n'était pas en danger. Au même instant, elle aperçut derrière Cassie, des guirlandes de papier toilette qui festonnaient les branches d'un grand arbre donnant sur la rue. Elle réprima un sourire.

— Que fais-tu dehors à cette heure-ci ?

— Chut ! Moins fort, chuchota Cassie. Tu vas réveiller tout le monde.

Elizabeth coupa le moteur, commençant à comprendre de quoi il retournait.

— Bien, maintenant, vas-tu enfin m'expliquer ce que tu fais ici ?

— Tu ne devines pas ? répondit la fillette en désignant l'arbre.

— Mais enfin, Cassie, est-ce que tu te rends compte que s'il se met à pleuvoir cette nuit, il va y en avoir partout demain matin ?

— Tant mieux, répondit l'adolescente, butée. Le papier va coller aux branches pendant des semaines, ça leur apprendra !

— Cassie !

— Tout le monde va se moquer d'eux. Ils n'ont pas le droit de persécuter Mlle Henniker et d'essayer de la faire renvoyer.

Ainsi, c'était donc ça. Elizabeth jeta un coup d'œil dans le jardin, mais ne vit personne.

— Tu fais ça toute seule ?

La fillette s'apprêtait à répondre par l'affirmative, puis elle hésita et baissa les yeux.

— Non, je suis avec Billy, murmura-t-elle en rougissant dans l'ombre.

— Et vous avez décidé tous les deux que c'était là le meilleur moyen de répondre au complot contre Margaret ? Qu'est devenue votre pétition ?

— Oh, nous l'avons faite aussi. Seulement, les parents ne veulent rien savoir pour signer.

— Et comment crois-tu que ton père prendra la chose s'il est mis au courant de votre petite expédition punitive ?

Cassie ouvrit de grands yeux.

— Tu ne vas pas lui dire, n'est-ce pas ? demanda-t-elle d'une voix inquiète. Il me tuerait.

— Tu ne crois pas que tu exagères ?

— Non, je t'assure. S'il apprend que je suis sortie, il va me boucler pendant des mois ! Tu ne lui diras pas, n'est-ce pas ?

Elizabeth hésita un instant. Elle se sentait moralement obligée d'en parler à Jed, mais dans ce cas, elle risquait de perdre la confiance de Cassie. Bien sûr, arpenter les rues en pleine nuit pour orner les arbres de dentelles de papier ne devait pas être encouragé, mais cela ne méritait pas non plus la peine capitale !

— Bon, très bien, je tiendrai ma langue, pour cette fois. Mais maintenant, je vous ramène, Billy et toi. Et pas question de recommencer, c'est bien compris ?

— Oui. Merci Elizabeth, dit Cassie comme Billy les rejoignait.

En débouchant dans leur rue, la jeune femme éteignit ses lumières, et lorsque les adolescents sortirent de la fourgonnette, elle dit d'une voix ferme :

— J'espère que vous avez bien compris que vous ne devez pas renouveler votre exploit de ce soir ?

Ils hochèrent tous deux la tête en silence.

— Allez, bonne nuit, Elizabeth, dit Cassie. Tu peux y aller maintenant.

— Si ça ne te dérange pas, je préfère attendre pour m'assurer que vous rentrez bien chez vous.

— Bon, d'accord, on y va.

— Alors, je vais remonter dans ma chambre, déclara Billy. Bonne nuit.

Elizabeth savait qu'elle aurait dû réprimander sa filleule avec plus de sévérité, mais elle n'en fit rien.

— Allez, dépêche-toi, Cassie. Et que ce soit votre dernière équipée nocturne. D'accord ?

— Oui, chuchota Cassie d'un air penaud, avant de se diriger vers la porte du perron.

En roulant vers la clinique, Elizabeth réalisa que Cassie s'était débrouillée pour ne lui faire aucune promesse.

Brusquement, alors qu'elle arrivait à la clinique, la gorge de la jeune femme se serra. La Ferrari de Marty était garée dans l'allée. Elle se sentait beaucoup trop fatiguée pour lui parler maintenant et lui-même devait être trop furieux pour l'écouter. Mais dès qu'elle eut ouvert la portière, elle le vit s'approcher d'une démarche menaçante et elle comprit qu'elle ne pourrait pas échapper à la confrontation.

— Marty, j'ai essayé de t'appeler...

— Alors, quelle histoire vas-tu inventer cette fois-ci ? demanda-t-il d'une voix froide.

Elizabeth recula d'un pas.

— Tu n'as pas trouvé mon mot ? J'ai été appelée en urgence hors de la ville.

— Mais oui, cause toujours ! Et tu espères que je vais avaler ça ?

Il continuait à avancer tout en sortant lentement ses mains de ses poches. Soudain, Elizabeth se rendit compte qu'elle mourait de peur. Il était à bout de nerfs et il n'accepterait jamais ses explications.

— Marty, j'ai été obligée de me rendre chez Mme Gresham à 7 heures du soir. J'ai essayé de t'appeler plusieurs fois, mais tu n'étais pas encore rentré.

En deux enjambées, il fut près d'elle et sa main se referma sur son bras.

— Bon sang, tu crois peut-être que je ne sais pas d'où tu viens ? Mais maintenant, tu vas me dire la vérité !

— Marty, arrête. Tu me fais mal.

Elle essaya de se dégager mais elle avait l'impression que son bras était pris dans un étau. Au lieu de la lâcher, il serra plus fort. Puis plus fort encore.

— D'où viens-tu, espèce de traînée !

— Marty, je t'en prie. J'étais chez Mme...

Il la broyait avec tant de violence, que la douleur lui coupait le souffle.

— Arrête de mentir. Avoue que tu étais avec lui !

Au début, elle ne comprit pas ce qu'il entendait par là, puis elle se souvint qu'il lui avait interdit de revoir Jed.

— Tu veux dire avec... Jed ?

A peine avait-elle prononcé son nom qu'il la frappa du plat de la main au visage. Si durement qu'elle tomba sur les genoux.

— Tu crois peut-être que je vais m'excuser, mais cette fois, tu te trompes ! C'est toi qui l'as cherché. Maintenant, relève-toi, rentrons. Et que je ne t'y reprenne plus.

Sonnée, Elizabeth tremblait de la tête aux pieds. Marty

la prit par le bras et l'entraîna vers la porte. Elle pouvait sentir la colère qui bouillonnait encore au fond de lui, prête à jaillir de nouveau, au moindre prétexte. Et elle frémit quand il lui prit la taille d'une manière familière, comme si rien ne s'était passé. Elle leva une main hésitante pour palper la bosse qui gonflait maintenant sa tempe. Elle constata avec soulagement qu'elle ne saignait pas.

— Je vais te mettre un peu de glace, ça va passer, dit-il en montant les marches.

Elizabeth hésita un instant, puis glissa la clé dans la serrure et ouvrit la porte d'entrée. Mais au lieu de pénétrer à l'intérieur, elle se retourna pour faire face à Marty.

— C'est fini, articula-t-elle d'une voix mal assurée.

— Qu'est-ce que tu racontes ?

— Je t'ai dit que c'était fini, reprit-elle en retirant la bague de son doigt. Je ne t'épouserai jamais.

Marty fronça les sourcils, abasourdi par cette nouvelle.

— Tu ne parles pas sérieusement, n'est-ce pas ? Tu traverses juste une crise, ça va passer.

— Non, Marty. Je ne pourrai jamais vivre avec toi, répondit-elle en lui tendant le solitaire.

— Allez, viens, ma petite colombe, rentrons d'abord chez toi, dit-il en effleurant gentiment son épaule. Pense à la cérémonie. Tout est déjà organisé. Nous avons trouvé l'église, la robe, et les invitations devraient arriver d'un jour à l'autre. J'ai même commandé le repas à un traiteur, hier soir. Tu ne peux pas tout annuler sur un coup de tête.

— Marty, je suis désolée, mais...

— Et si cela ne peut te convaincre, pense à l'amour que j'ai pour toi. Je ne te l'ai peut-être pas dit autant que je le désirais. J'ai dû tellement voyager, ces derniers temps. Mais il n'en sera pas toujours ainsi.

Il lui sourit et son regard se fit presque suppliant.

— Allons, entre, nous en parlerons calmement à l'intérieur.

Cette fois Elizabeth n'hésitait plus. Elle s'adossa au chambranle de la porte, mis la main à sa joue, encore brûlante de douleur.

— Nous n'avons plus rien à nous dire, Marty. J'en ai assez de supporter tes crises de jalousie. Reprends ta bague et va-t'en, et s'il te plaît, ne remets plus les pieds ici.

Brusquement, sans que rien le laissât prévoir, la main de Marty se referma sur son épaule. L'éclat menaçant de ses yeux la fit trembler de nouveau.

— Tu étais avec lui, n'est-ce pas ? Réponds-moi !

Alors qu'il élevait la voix, Elizabeth entendit un grondement rauque de l'autre côté de la porte. Elle voulut reculer mais elle se trouvait le dos au mur.

— Tu es allée traîner avec lui, et maintenant tu rentres en pleine nuit, la bouche pleine de mensonges !

Ses mains montaient vers sa gorge.

— Attends un peu, je vais te donner une leçon !

— Marty, non !...

Comme ses doigts crispés l'étranglaient, Elizabeth trouva à tâtons la poignée de la porte et l'abaissa, juste assez pour en entrouvrir le battant. Aussitôt, Lady se rua par l'entrebâillement. Elle bondit sur Marty et l'attaqua sans hésiter, enfonçant ses crocs puissants dans son bras. La main de Marty lâcha aussitôt la gorge d'Elizabeth. Puis l'homme recula avant de tomber en arrière, entraînant Lady dans sa chute. La chienne ne lâchait pas, continuant à mordre de plus belle.

— Lady, arrête !

L'ordre d'Elizabeth claqua dans l'air glacé de la nuit. Elle saisit le labrador par le collier et le tira en arrière jusqu'à ce qu'il ouvre la gueule. Il poussa un grognement féroce en retroussant les babines.

— C'est bien, ma belle, murmura sa maîtresse d'une voix douce en flattant le dos de la chienne.

Puis, elle baissa les yeux sur Marty. Elle ne voyait plus en lui qu'un étranger.

— La bague est là, par terre. Ramasse-la, va-t'en et ne t'avise plus jamais de revenir ici !

Marty se leva lentement, une main posée sur son bras blessé qui commençait à saigner. Il ramassa prestement la bague et l'enfouit dans sa poche avec un sourire mauvais.

— Tu n'as pas fini d'entendre parler de moi.

Lady tira sur son collier, se rua en avant, mais Elizabeth la retint fermement.

— Je ne plaisante pas, Marty. Si je te revois ici, je n'arrêterai pas la chienne.

La jeune femme se tourna vers la porte mais Lady, solidement campée sur ses pattes, refusait de bouger d'un pouce. Elles restèrent toutes deux sur le seuil, jusqu'à ce que la Ferrari ait redescendu l'allée. Ce n'est qu'une fois la lumière des phares disparue au loin qu'elles se détendirent. Elizabeth lâcha le collier et elles rentrèrent à l'intérieur.

Elle était parcourue de tremblements nerveux et sa joue avait doublé de volume. Elle se laissa tomber à genoux près de sa chienne qui se mit à lui lécher doucement le visage. Elle se rendit compte alors que Lady tremblait aussi.

— Tu m'as sauvé la vie, ma belle, murmura-t-elle. Dieu seul sait de quoi il aurait été capable si tu ne m'avais pas défendue.

Elle resta longtemps ainsi, assise dans l'entrée, blottie contre la chienne, jusqu'à ce que leurs tremblements s'atténuent. Puis, elle alla chercher de la glace dans la cuisine pour la passer sur sa joue douloureuse. A présent, elle n'aspirait plus qu'à une chose : se jeter sur son lit et sombrer dans le sommeil, pour oublier.

Elizabeth dormit très mal durant ces quelques heures avant le lever du soleil, s'éveillant à chaque instant. Mais

en ouvrant les yeux, elle croisait toujours, dans la pénombre, le doux regard de Lady qui veillait au pied de son lit.

— C'est fini, ma belle. Tu peux te reposer maintenant, murmura-t-elle en la caressant.

A son réveil la jeune femme se sentait courbatue et épuisée par ses cauchemars. Elle décida de s'offrir une longue douche pour se revigorer. Mais quand elle se regarda dans le miroir pour se maquiller et se coiffer, elle ressentit un véritable choc. Sa joue enflée était entièrement marbrée de violet. Marty avait également laissé sa marque sur ses bras et son cou. Comment un homme qui prétendait l'aimer avait-il pu se déchaîner de la sorte ? Curieusement, elle n'éprouvait pas de haine, simplement un immense sentiment de soulagement.

Elle enfila un pull à col roulé et tenta de masquer, mais sans résultat, ses ecchymoses sous une épaisse couche de fond de teint.

Elle se rappela soudain les avertissements de Jed au sujet de Marty et le livre que Cassie avait laissé chez elle. Ils avaient pressenti ce qui allait se passer, alors qu'elle-même refusait l'évidence. Un instant, elle songea à appeler Jed, puis elle se ravisa. Il lui fallait se ressaisir et faire le point sur les événements qui venaient de bouleverser sa vie.

Les jours suivants elle poursuivit ses activités en évitant, dans la mesure du possible, de rencontrer des gens de connaissance. Elle téléphona à Cassie en prétextant une grippe passagère et lui demanda de différer ses visites quelque temps, par crainte de contagion.

Au début, Elizabeth sursautait, le cœur battant, dès que quelqu'un approchait de la clinique. Lorsque le téléphone sonnait, elle hésitait à répondre, craignant toujours d'entendre la voix de Marty. Mais au fil des jours, elle commença à se détendre. Et le vendredi matin, elle fut

heureuse de reconnaître le visage familier de Joan qui venait lui rendre visite.

— Je passais par là, alors je suis venue vous dire bonjour. Comment allez-vous ?

— Je vais bien, merci, répondit Elizabeth en posant les instruments qu'elle s'apprêtait à stériliser.

— Vraiment ? demanda Joan, l'air étonné. Cassie m'a dit que vous étiez malade et que vous ne la laissiez pas venir vous voir. Elle se faisait du souci.

— Ah, oui, dit-elle en prenant une profonde inspiration. Eh bien, je... je me sens mieux maintenant.

— Il y a quelque chose qui ne va pas, Elizabeth ?

— Non, simplement je...

Soudain, elle en avait assez de mentir.

— J'ai rompu mes fiançailles dimanche dernier, Joan. Je suis un peu bousculée en ce moment et j'avais juste besoin d'un peu de temps.

— Je suis désolée, dit Joan d'une voix amicale.

— Non, c'est mieux ainsi.

Joan ne semblait pas avoir remarqué la marque sur sa joue, ou peut-être estimait-elle plus raisonnable de se taire.

— Vous avez sans doute raison. Je peux vous en parler, maintenant : chaque fois que je rencontrais Cassie, elle dénigrait Marty, comme pour me pousser à vous convaincre de ne pas l'épouser.

— Je sais, je l'appellerai demain. Je me sens beaucoup mieux maintenant. Mais vous ne voulez pas enlever votre veste ? Je vais vous préparer un café.

— Non, je vous remercie, c'est très gentil. Je passais juste en coup de vent, on m'attend.

Joan se leva, mais au moment de sortir, elle se tourna vers Elizabeth.

— Il y a autre chose que je voulais vous dire. Toujours d'après Cassie, Jed est devenu invivable ces derniers

temps. A son avis, cela remonterait à votre dernière rencontre.

— Vraiment ?

— Oui, et je me permets de vous en parler parce que ça à l'air de beaucoup inquiéter cette enfant.

— Eh bien, la dernière fois, Jed et moi nous nous sommes disputés, en effet, admit Elizabeth. Mais il s'agissait d'une simple divergence d'opinions. Je me rends compte maintenant que j'avais tort. Je n'ai pas encore eu le temps de lui en parler.

— Faites-le sans tarder, dit Joan en ouvrant la porte pour sortir. Cassie ne peut plus supporter la mauvaise humeur de son père !

— Je vous remercie d'être venue, Joan.

A son grand soulagement, l'assistante sociale ne chercha pas à en savoir davantage.

A peine eut-elle fermé la porte qu'elle s'empressa de décrocher le téléphone. Elle se sentait enfin prête à parler à Jed de ce qui s'était passé, à tourner une page de sa vie et à en commencer une nouvelle.

La sonnerie retentit dans le vide à plusieurs reprises. Personne ne répondit. En posant le combiné, elle croisa le regard de Lady qui l'observait avec des yeux plein de tendresse.

— Eh bien, ma belle, je rappellerai un peu plus tard. Pour l'instant, je vais aller faire quelques courses car il semblerait que nous soyons à court de provisions.

Comme elle descendait les marches, elle entendit Lady pousser un jappement plaintif et elle se rendit compte que c'était la première fois qu'elle sortait sans elle depuis une semaine. En démarrant elle décida de lui rapporter une nouvelle boîte de biscuits.

Au supermarché, elle passa presque une heure à choisir des plats cuisinés, des surgelés et de l'épicerie fine.

En montant les marches du porche, les bras chargés de

victuailles, elle songea au dîner somptueux qu'elles allaient partager, Lady et elle. Ensuite elle emmènerait la chienne courir avant la tombée de la nuit, ou bien elles joueraient au Frisbee derrière la maison. Cela faisait longtemps qu'elle n'avait pu s'amuser avec Lady et elle savait combien le jeu devait lui manquer.

— Lady, je suis rentrée ! Viens, ma belle, appela-t-elle en déposant ses sacs sur le buffet de l'entrée.

Curieusement, elle n'entendit pas de réponse, aucun jappement de bienvenue ni bruit familier de pattes sur le parquet du couloir. Intriguée, sa maîtresse commença à la chercher. Ces derniers jours, Lady ne l'avait pas quittée d'une semelle et ce silence ne lui ressemblait pas.

— Lady ! Viens ici, ma belle.

Cette fois, Elizabeth avait élevé la voix. La chienne devait dormir trop profondément pour l'entendre. En pénétrant dans le salon, elle jeta un coup d'œil vers la cheminée devant laquelle l'animal aimait s'étendre d'habitude, mais la place était vide. Soudain, elle perçut une faible plainte qui semblait provenir de la cuisine et son sang se glaça dans ses veines. Elle se précipita aussitôt.

— Oh, non, murmura-t-elle dans l'embrasure de la porte.

La chienne gisait au centre de la pièce, raidie, secouée de convulsions, essayant de toutes ses forces de se rapprocher d'Elizabeth. En vain. Elle tremblait, arc-boutée, et de la salive coulait aux commissures de ses lèvres.

— Mon Dieu, non !

Quand Elizabeth la prit dans ses bras, elle eut un sursaut incontrôlé. La poitrine de Lady se soulevait par à-coups, elle cherchait douloureusement sa respiration. Ses grands yeux marrons fixaient désespérément sa maîtresse en l'implorant de la sauver. D'une main tremblante, celle-ci l'ausculta rapidement. Ses gencives avaient perdu

leur couleur rose habituelle pour prendre une teinte gris terne. Son pouls était filant, irrégulier, ses yeux fixes.

— Vite ! Je vais t'emmener à la clinique, te donner de l'oxygène, du sérum !

Il n'y avait pas une minute à perdre ! Mais tandis qu'elle commençait à la soulever, Lady eut un spasme et se raidit, puis retomba inerte dans ses bras. Elle poussa une longue plainte assourdie en regardant Elizabeth une dernière fois, puis tout fut fini.

La jeune femme tomba à genoux et éclata en sanglots, serrant plus fort le corps de Lady contre sa poitrine.

— Oh, non, murmura-t-elle en posant sa tête sur le museau de la chienne. Non, non, non...

Elle l'embrassa plusieurs fois, lui ferma les yeux. Il sembla à Elizabeth qu'elle ne pourrait jamais cesser de pleurer.

11.

A la tombée de la nuit, les arbres nus projetaient de grandes ombres décharnées sur le sol. Elizabeth et Jed marchaient lentement vers un coteau sablonneux, en bordure du bois. Ils tenaient chacun une extrémité de la couverture moelleuse dans laquelle reposait le corps sans vie de Lady.

Le regard perdu dans le vague, Elizabeth avançait d'un pas lourd. Dès qu'elle l'avait appelé, Jed était accouru pour la consoler, et maintenant elle s'en remettait entièrement à lui.

Enfin, ils s'arrêtèrent au bord d'une petite fosse naturelle, creusée dans le sol. Jed se tourna alors vers Elizabeth.

— Y a-t-il quelque chose que vous aimeriez dire avant... avant que nous finissions ?

Elle leva vers lui des yeux emplis de tristesse et de désespoir. Elle paraissait si frêle, si seule. Jed aurait tout donné pour l'aider, mais il savait que les moments qui allaient suivre, les derniers adieux, n'appartenaient qu'à elle.

Elizabeth s'agenouilla doucement près de la chienne et caressa son doux pelage pour la dernière fois. Il n'y aurait plus jamais de jappements de joie pour l'accueillir, Lady

ne viendrait plus poser sa tête sur ses genoux, elles n'iraient plus courir les bois ensemble.

— Au revoir, ma belle. Je vais être très seule, sans toi, murmura-t-elle.

Puis, elle couvrit le corps de Lady avec la vieille serviette sur laquelle la chienne dormait depuis des années et se releva.

— Je suis prête, Jed, dit Elizabeth d'une voix calme.

Il fit un signe de tête et ensemble ils déposèrent, avec d'infinies précautions, le corps de Lady dans la fosse. La gorge nouée par l'émotion, ils la recouvrirent de terre.

Le choc métallique de leurs pelles remuant la terre gelée résonnait dans l'immensité de la nuit noire, se mêlait par instants au hululement d'un hibou, perché quelque part dans un arbre.

Une fois leur tâche accomplie, la jeune femme demeura un long moment immobile, les yeux fixés sur la petite tombe toute fraîche. Elle ne parvenait pas à se faire à l'idée que Lady était là. Pourtant elle devrait bien l'accepter.

— J'aurais aimé laisser quelques fleurs, finit-elle par dire d'une voix faible, qui tremblait un peu.

Son compagnon s'approcha et l'entoura de ses bras, essayant de lui apporter son réconfort.

— Nous reviendrons en planter au printemps, répondit-il.

A ces mots, des larmes silencieuses ruisselèrent sur les joues d'Elizabeth.

— Nous sèmerons des violettes. Elle se débrouillait toujours pour trouver les premières, dès les beaux jours.

— Rentrons, maintenant, dit Jed en ramassant les pelles, il commence à faire froid.

Sans se retourner, ils rebroussèrent chemin vers la maison d'Elizabeth.

Une fois arrivés, Jed suspendit son blouson au porte-

manteau et tendit la main vers son amie pour qu'elle lui confie le sien. Mais lorsqu'il se retourna, elle n'avait pas bougé. Elle restait pétrifiée, debout au centre de la pièce et contemplait la gamelle vide de Lady et son bol, encore rempli d'eau.

— Faut-il m'en débarrasser ? demanda-t-elle d'une voix où perçait son chagrin.

— Non, pas ce soir. Je m'en occuperai, la rassura Jed.

Il s'approcha de la jeune femme, ouvrit sa veste et l'aida à l'enlever.

— Quand ?

— Avant de m'en aller. Je les emporterai avec moi, répondit-il en accrochant le blouson d'Elizabeth à côté du sien.

Lorsqu'il se retourna, elle se tenait toujours au même endroit.

— Je ne sais pas quoi faire, Jed. Il est l'heure de lui donner à manger et elle n'est pas là...

Il vit ses yeux se remplir de larmes et il la prit de nouveau dans ses bras. Se trouver confronté à la mort d'un être proche représentait une épreuve déchirante. Et Jed savait que, malgré la chaleur et l'affection qu'il pourrait lui témoigner, rien n'adoucirait la peine qui lui meurtrissait le cœur. Seul le temps ferait son œuvre.

— Si nous allions dans le salon ? suggéra-t-il. Je vais allumer un feu.

Elle accepta d'un signe de tête.

— Merci, Jed.

Le cœur de ce dernier se serra devant le désespoir de sa compagne.

— Je ne sais pas ce que j'aurais fait sans vous, dit Elizabeth. Lady était avec moi depuis si longtemps. Nous étions inséparables. Je la savais toujours là, à mon côté. Je l'aimais tant, et maintenant je suis seule.

Il la serra plus étroitement, mais resta silencieux, mesurant son impuissance devant sa souffrance.

Ils passèrent dans le salon et une fois le feu allumé, s'installèrent côte à côte sur le canapé.

— J'imagine que bien des gens trouveraient aberrant qu'on puisse se sentir aussi anéanti par la mort de son chien, dit Elizabeth, le regard lointain.

Elle avait froid. Mais un froid intérieur que ni le crépitement du feu dans la cheminée, ni la chaleur du corps de Jed, tout prêt d'elle, ne parviendraient à réchauffer.

— Lady était pour moi une personne à part entière, poursuivit la jeune femme. Une partie de moi-même, aussi. Elle devinait chacune de mes réactions. Dans les moments difficiles, sa seule présence m'apaisait. Certains disent que les chiens ne peuvent pas éprouver de sentiments tels que l'amour, mais c'est faux. Lady m'aimait, je le sais.

Jed passa un bras autour des épaules d'Elizabeth. Alors, elle laissa libre cours à son chagrin et éclata en sanglots. Il l'attira contre son épaule, sans tenter de la réconforter par de vaines paroles. Pendant quelque temps encore, elle devrait porter le deuil de Lady, puis, lentement, elle commencerait à accepter sa mort, et la vie reprendrait son cours.

— Excusez-moi, je ne voulais pas me laisser aller.

— Ce n'est pas grave, Elizabeth.

— Merci, Jed. Merci d'être venu, murmura-t-elle.

Il caressait doucement les cheveux de la jeune femme. Elle ferma les yeux et peu à peu sa respiration s'apaisa. Quelques instants plus tard, il s'aperçut qu'elle dormait.

Durant un long moment, il contempla en silence le feu se consumer dans l'âtre, jusqu'à ce qu'il ne reste plus que quelques braises rougeoyant dans la cendre. Comme l'épreuve avait dû être douloureuse ! songea-t-il avec un soupir en essayant d'imaginer la scène. Elizabeth lui avait raconté que Lady avait utilisé ses dernières forces pour ramper jusqu'à elle. Il la voyait se convulser, se tétaniser

avant de rendre l'âme dans les bras de sa maîtresse. Il n'avait encore jamais assisté à la mort d'un animal, mais celle-ci lui paraissait bizarre. Quelle pouvait être la cause de sa mort ? Une crise cardiaque ? Lady n'était plus toute jeune, certes, mais elle semblait en excellente santé et pleine de vie.

Dans la pénombre, il observa le doux visage de la jeune femme qui sommeillait, et ses pensées le ramenèrent à la journée qu'ils avaient passée ensemble lors de la construction de la niche de Baraka. Au souvenir de ce merveilleux après-midi, son cœur se serra. Devait-il lui avouer ce qu'il ressentait pour elle ? Hélas, cela ne ferait sans doute que rendre les choses plus difficiles encore. Ses yeux se posèrent un instant sur la main d'Elizabeth : elle ne portait pas sa bague. A cet instant, elle s'étira et ouvrit les yeux.

— Jed ? Je me suis endormie ?

— Oui, et pendant un bon moment. Vous êtes épuisée. Vous en aviez besoin.

— Et vous avez veillé sur moi tout ce temps ? Vous devriez rentrer à présent. Où est Cassie ?

— Après votre coup de téléphone, je l'ai envoyée chez Billy. Normalement, à cette heure-ci, elle dort à poings fermés.

— Lui avez-vous dit pour Lady ?

— Oui... J'ai bien fait ?

Elizabeth hocha la tête.

— Vous avez faim ? demanda Jed.

— Non, je suis seulement très fatiguée.

— Il faut vous coucher, Elizabeth. Vous reposer enfin.

— Oui, je crois que vous avez raison.

— Allez vous préparer pour la nuit, lui dit-il. Je reste jusqu'à ce que vous vous endormiez.

Elle partit vers sa chambre. Jed se mit à arpenter nerveusement le salon. Il s'était retenu de lui demander

de le laisser rester ici, cette nuit. Bien sûr, le moment ne s'y prêtait guère, mais il mourait d'envie d'être auprès d'elle, de la serrer contre lui. Dès l'instant où Elizabeth s'était écartée, il avait dû lutter contre le désir de la reprendre dans ses bras.

Cette nuit, il aurait aimé pouvoir s'allonger tout près d'elle, l'enlacer jusqu'à ce qu'ils s'endorment, se réveiller à son côté dans la lumière douce du petit matin.

« Idiot que je suis ! » murmura-t-il pour lui-même en se dirigeant résolument vers la cuisine.

En songeant qu'il allait bientôt la perdre pour toujours, ses mâchoires se serrèrent. Elle appartenait à un autre. Mais pourquoi, bon sang, avait-il le sentiment de perdre une femme qui n'avait jamais été à lui ?

Arrivé dans la cuisine, il se pencha pour prendre la gamelle de Lady et remarqua un morceau de viande rouge qui traînait sous le buffet. Il le ramassa et l'examina un instant avec curiosité avant de le jeter à la poubelle. Curieux, se dit-il, en se rappelant qu'Elizabeth ne donnait jamais de viande crue à Lady. Elle avait même déconseillé à Cassie d'en acheter pour Baraka.

Il vida l'eau du petit bol de la chienne et posa les objets de l'animal à côté de sa veste afin de s'assurer qu'il ne les oublierait pas en partant. Il les conserverait, décida-t-il, au moins pendant quelque temps, au cas où Elizabeth voudrait les récupérer. Après tout, ces objets étaient les seuls souvenirs qui lui resteraient de Lady.

Quelques minutes plus tard, il entendit la voix de la jeune femme :

— Jed ?

Il prit une profonde inspiration, et après s'être fermement exhorté à contrôler ses émotions, il traversa le couloir pour la rejoindre.

La porte était ouverte sur une pièce baignée par la lumière douce d'une petite lampe de chevet. Lorsqu'il

pénétra dans la chambre, Elizabeth se retourna dans son lit et Jed, fasciné, laissa errer son regard sur ses formes voluptueuses révélées par la légère chemise de nuit de soie blanche. Soudain, un désir fou de l'embrasser s'empara de lui; mais il détourna les yeux pour dissimuler son trouble.

— J'ai encore très froid, murmura-t-elle. Sans doute parce que nous somme restés si longtemps dehors...

C'était encore plus difficile qu'il ne l'aurait imaginé. Il éprouvait une telle envie de l'étreindre, de la bercer tendrement pour la réchauffer... Il rassembla tout son courage et parvint à adopter une attitude dégagée devant Elizabeth qui lui souriait.

— Merci d'être venu alors que j'en avais tellement besoin.

— Vous savez que je serai toujours là, Elizabeth.

— Oui, murmura-t-elle pensivement.

Il se pencha vers elle pour déposer un baiser amical sur sa joue. Mais sans qu'il sût comment, leurs lèvres se rencontrèrent et il sentit les bras d'Elizabeth se nouer derrière sa nuque, l'attirer contre elle. Son corps tiède lui parut infiniment désirable et il aurait voulu que cette étreinte dure toujours.

— Excusez-moi, Jed. Je ne sais pas ce qui m'a pris.

— C'est la réaction, ne vous inquiétez pas.

— Je... je n'en sais rien, répondit-elle d'une voix à peine audible.

— Excusez-moi, vous aussi.

Il aurait voulu lui avouer ses sentiments, mais il n'était pas encore temps.

— Bonne nuit, Elizabeth. Je reviendrai demain matin.

— Merci encore, Jed.

Il se pencha de nouveau, et l'embrassa sur la joue, sans tricher, cette fois.

Arrivé devant chez lui, sachant qu'il ne pourrait trou-

ver le sommeil, il décida de consacrer son insomnie au travail, dans son atelier. La maison serait silencieuse et rien ne viendrait troubler ses pensées. Mais au moment où il ouvrit la porte d'entrée, Cassie accourut vers lui, Baraka sur ses talons.

— Comment va Elizabeth? demanda-t-elle d'une voix inquiète. Que s'est-il passé?

Malgré l'amour qu'il portait à sa fille, Jed aurait préféré qu'elle fût couchée. Il réprima un soupir de mauvaise humeur et ils se dirigèrent tous trois vers la cuisine. Jed lui répondit en veillant à choisir soigneusement ses mots.

— Elle va aussi bien que quelqu'un qui vient de perdre sa meilleure amie.

Il remplit une casserole de lait et la plaça sur la cuisinière.

— Mais je te rappelle que tu étais censée être au lit, Cassie.

— Demain c'est samedi, papa. Je ne vais pas au collège, alors je peux me coucher plus tard, répondit-elle en s'asseyant à table.

— Qu'est-ce que vous avez fait de Lady? poursuivit-elle.

Après les avoir servis, son père s'installa à son tour et saupoudra les deux tasses fumantes de chocolat instantané.

— Nous l'avons enterrée derrière la maison, à côté du bois.

— De quoi est-elle morte, papa?

— De vieillesse, j'imagine.

L'adolescente médita ses paroles un instant avant de se tourner vers lui d'un air perplexe.

— Mais elle n'était pas si vieille, objecta-t-elle. Elle n'avait que dix ans et Elizabeth m'a expliqué qu'un chien en bonne santé pouvait vivre très longtemps. En plus, je sais que Lady était en pleine forme parce que Elizabeth

196

lui a fait subir un bilan de santé, il y a deux semaines à peine.

Jed ne savait que répondre. En pensant à la tristesse d'Elizabeth, cette discussion lui sembla soudain déplacée.

— Tu sais, c'est exactement comme pour les êtres humains, finit-il par dire. Quelquefois ils meurent comme ça, sans raison.

— Tu crois que je pourrai aller la voir demain ? Je lui apporterai quelques fleurs ou un petit mot pour Lady.

— Oui, c'est une bonne idée. Cela lui fera certainement très plaisir. Maintenant, monte te coucher.

— D'accord, répondit Cassie à contrecœur.

Jed passa une longue nuit sans sommeil. A l'aube, toujours éveillé, il décida de se lever.

Après une douche rapide, il s'habilla puis laissa un mot à Cassie, lui indiquant qu'il partait chez Elizabeth.

Une fois sur place, il trouva la cuisine déjà éclairée et frappa à la porte, se postant bien en vue devant la fenêtre, de sorte qu'Elizabeth puisse le voir.

La porte s'ouvrit presque immédiatement.

— Oh, Jed ! Comme je suis contente que vous soyez revenu !

Elle semblait plus reposée, déjà. Elle était toujours très pâle, mais l'expression de douleur, qui la veille crispait son visage, l'avait quittée. Jed remarqua une marque bleue sur sa joue, cependant il ne fit aucun commentaire. De nouveau, il se sentait submergé par l'incontrôlable désir de la prendre dans ses bras. Cette fois encore, il se contraignit au calme. Il ôta sa veste.

— Je suis venu prendre de vos nouvelles.

— Eh bien, je me sens un peu seule, Jed.

Elle croisa les bras et se dirigea lentement vers la fenêtre, se perdant dans la contemplation du jardin plongé dans le noir.

— Lady a toujours vécu avec moi. Elle a partagé mes

secrets, mes joies et mes peines, depuis l'adolescence. J'ai l'impression d'avoir perdu une partie de moi-même.

— Elle a eu une belle vie, Elizabeth. Avec une amie qui l'aimait. Et puis quand elle est devenue trop vieille, elle est morte.

L'air absent, Elizabeth contemplait le paysage sans le voir vraiment, s'efforçant de vaincre ce terrible sentiment de vide qui menaçait de l'envahir de nouveau.

— Qu'avez-vous fait de ses écuelles, Jed ?

— Rassurez-vous, je n'avais pas l'intention de les jeter. Je les ai laissées dans la voiture. J'ai pensé que vous souhaiteriez les récupérer un jour. J'ai seulement mis le morceau de steak à la poubelle.

— Quel morceau de steak ? demanda Elizabeth en se tournant vers lui.

— Celui que j'ai ramassé là, par terre, sous le buffet.

— Vous devez vous tromper, Jed.

— Il y avait pourtant une tranche de bœuf, près de son assiette.

— Ce n'est pas possible, affirma-t-elle d'une voix tendue.

Jed la dévisagea un instant. Elle devait être encore sous le choc des événements de la veille et n'avait pas recouvré toute sa mémoire.

— C'est pourtant vrai, Elizabeth. Je vais vous le montrer, il est dans la poubelle, ajouta-t-il.

Il alla le chercher puis le posa sur l'évier.

— Mais enfin, je ne comprends pas. Je ne lui ai jamais donné cette viande, Jed, croyez-moi.

— Comment cela ? Qui d'autre, alors ?

— Je n'en ai pas la moindre idée. En tout cas, ce n'est pas moi.

Elle saisit le morceau de steak et l'examina attentivement.

La viande semblait fraîche et avait été mâchée en

198

plusieurs endroits. Soudain, un terrible pressentiment l'assaillit. La veille, lorsqu'elle était partie faire des courses au supermarché, Lady se portait comme un charme, et puis quand elle était rentrée... Elle vécut une nouvelle fois la scène fatale, énumérant mentalement les symptômes que présentait Lady au moment de sa mort : la couleur de ses gencives, le pouls extrêmement rapide, sa manière de tituber à travers la pièce et surtout les écoulements de salive. Elle sentit un froid glacial s'insinuer en elle.

— Oh, mon Dieu ! Non...

— Elizabeth, que se passe-t-il ?

— Lady, la manière dont elle est morte. J'en connais la cause. Mais jamais je n'aurais cru... Oh, c'est horrible ! Les signes d'empoisonnement me sautaient aux yeux, pourtant. Pourquoi n'y ai-je pas pensé plus tôt ?

— Elle aurait été empoisonnée ?

— Oh, Jed. Tout m'apparaît si clairement maintenant !

Elle leva vers lui un regard épouvanté avant d'examiner la viande de nouveau, la manipulant dans tous les sens comme si elle y cherchait un indice.

— Mais enfin, qui aurait pu faire une chose pareille ? Et pourquoi ?

Pendant une longue minute, Elizabeth garda le silence, fixant toujours le morceau de bœuf qui avait sans doute causé la mort de sa chienne. Puis elle se tourna lentement vers Jed et déclara d'une voix morne :

— Ce ne peut être que Marty. Lui seul est capable d'une chose pareille. Sa famille possède un laboratoire pharmaceutique. Il a accès à toutes sortes de produits et il en connaît le mode d'emploi sur le bout des doigts.

La gorge serrée, Jed l'observa un instant avant de lui poser la question qui lui brûlait les lèvres.

— Marty ? Et vous allez épouser un homme que vous soupçonnez d'avoir tué Lady ?

La jeune femme secoua la tête tristement.

— Je ne me marie plus, Jed. J'ai rompu dimanche soir. Il est devenu fou furieux. Il a commencé à me frapper et Lady l'a attaqué pour me défendre. Elle m'a sans doute sauvé la vie. Je n'aurais jamais dû la laisser seule...

Jed posa la main sur son bras.

— Pourquoi ne pas m'en avoir parlé, Elizabeth?

Elle se tourna vers lui, désemparée.

— Je ne sais pas. J'avais honte, je crois. Et puis je voulais me retrouver un peu seule. J'étais si bouleversée...

Sa voix se brisa sous le coup de l'émotion.

Jed s'approcha et la prit dans ses bras, lui caressant les cheveux d'une main tendre, apaisante.

A présent, il en était sûr, il aimait cette femme. Il l'aimait du plus profond de son être. Et jamais plus, il ne laisserait quiconque lui faire du mal. Un homme qui pouvait empoisonner un chien ne reculerait devant rien, pensa-t-il, en sentant une vague de colère le submerger. Désormais, il devait à tout prix empêcher Marty d'approcher Elizabeth.

— Elizabeth, je ne peux pas vous laisser seule ici. Venez à la maison et vous resterez avec nous pendant quelque temps.

— Pourquoi?

— Parce que vous n'êtes pas en sécurité ici.

— Oh, Jed, vous ne croyez tout de même pas que...

— Elizabeth, si comme vous le pensez, Marty est bien responsable de cette abomination, c'est qu'il est réellement cinglé. Et Dieu seul sait ce qu'il est en train de mijoter.

— Je crois qu'il ne peut rien inventer de pire, Jed, remarqua-t-elle d'un ton amer.

— Elizabeth, je vous en prie, installez-vous chez nous pendant au moins quelques jours.

Elle réfléchit un instant avant de répondre :

— Je ne peux pas fuir Marty éternellement, ce n'est pas une solution. Et puis, il y a deux chiens en garde au chenil et cette semaine j'ai plusieurs actes chirurgicaux à mon planning. Je ne peux pas les repousser. Non, vraiment, je vous assure, je dois absolument rester ici.

— Et s'il revient ? Cette fois Lady ne pourra pas vous protéger.

Elizabeth ferma les yeux, s'efforçant de faire face à cette cruelle vérité. Non, Lady ne serait pas là et elle ne le serait jamais plus. Malgré tout, elle ne parvenait pas à croire que Marty oserait s'attaquer de nouveau à elle.

— Jed, je vous remercie, mais je reste ici, répéta-t-elle d'un ton décidé. Tout ira bien, ne vous inquiétez pas.

Il détourna les yeux, les mâchoires serrées. Quand Elizabeth décidait quelque chose, il savait qu'il n'arriverait pas à l'en détourner.

— Bien, comme vous voudrez. Mais avant de partir, je veux que nous vérifiions les serrures pour comprendre comment il a pu rentrer.

La jeune femme accepta et ils passèrent ensemble en revue les ouvertures de la maison.

— Je n'arrive pas à imaginer comment il s'y est pris, remarqua pensivement Elizabeth. Lady ne l'aurait jamais laissé entrer.

— Peut-être n'en a-t-elle pas eu l'occasion, répondit Jed.

Il se tenait près de la fenêtre de la cuisine qui donnait sur l'arrière du jardin.

— Vous vous souvenez du loquet que vous avez acheté à la quincaillerie, cet automne ?

— Oui, le fameux système qui permet de laisser la fenêtre entrebâillée, un peu mais pas trop...

Jed manœuvra la poignée.

— Exactement. Eh bien, regardez. Marty a très bien

pu passer son bras et jeter un morceau de viande dans la gamelle de Lady.

Imaginant l'horrible scène, Elizabeth cacha son visage dans ses mains. Marty connaissait bien le système de fermeture de la fenêtre : il l'avait même aidée à l'installer.

— Comment a-t-il pu faire une chose pareille, Jed ? Comment a-t-il pu tuer Lady ?

Jed la prit de nouveau dans ses bras. Lui non plus ne concevait pas qu'un être humain pût faire preuve d'une telle cruauté.

— C'est un malade, Elizabeth. Je ne vois que cette explication.

— Quand je pense que j'étais sur le point de l'épouser... Il fallait être aveugle !

— Vous aviez quand même remarqué son comportement bizarre. Vous m'aviez dit que vous le trouviez parfois nerveux, depuis vos fiançailles.

— C'est vrai. Au début il était si gentil. Et puis brutalement, il est devenu jaloux, possessif. Mais je pensais que tout s'arrangerait après le mariage. En fait, la situation n'a fait qu'empirer. Pourtant, j'espérais toujours...

Refoulant ses larmes, elle poursuivit :

— Sans vous et Cassie, je n'aurais sans doute jamais compris.

— Que voulez-vous dire ?

Elizabeth pressa sa joue contre l'épaule de Jed avant d'expliquer :

— Eh bien, au cours de ces dernières semaines, je n'ai cessé de penser à vos réflexions sur ma froideur envers Marty, mon indécision, mes craintes. Ensuite, Cassie m'a laissé ce livre...

— Oui, je sais. Ce roman m'a fait froid dans le dos à moi aussi.

Il pencha la tête et posa sa joue contre celle de la jeune femme.

— Mais maintenant, c'est terminé, Elizabeth, murmura-t-il. A présent il faut oublier cet homme. Faire comme s'il n'avait jamais existé.

— Oui, c'est exactement mon intention, répondit-elle en se blottissant contre lui.

Jed glissa la main dans les cheveux de la jeune femme et caressa tendrement sa nuque. Bientôt ses doigts s'égarèrent sous le col de son chemisier, effleurant avec une infinie douceur sa peau veloutée.

Le cœur de Jed débordait d'amour. Il aurait tant aimé le lui dire... Mais mieux valait attendre. Il faudrait du temps à Elizabeth pour recouvrer son équilibre et sa sérénité. L'essentiel, pour le moment, était de la protéger de Marty.

— Elizabeth, j'insiste. Venez chez nous quelques jours.

La proposition était plus que tentante, songea Elizabeth. Blottie ainsi dans les bras de Jed, elle sentait une merveilleuse langueur l'envahir, une plénitude qu'elle n'avait jamais connue auparavant. Cependant, elle secoua la tête.

— Jed, je ne me déroberai pas.

Il desserra son étreinte et redressa la tête pour la regarder dans les yeux.

— Si Marty revient, ne perdez pas une seconde : appelez-moi ou appelez la police. Mais surtout, n'attendez pas.

— Il ne reviendra pas, Jed. Il s'est vengé, maintenant il me laissera en paix.

— Espérons-le !

Alors, il se pencha vers elle et déposa sur ses lèvres un baiser d'une merveilleuse douceur. Et pendant un instant, plus rien n'exista que la bouche chaude et tendre de Jed et la vague de bonheur qui la submergeait.

12.

Pour Cassie, la semaine qui venait de s'écouler s'était transformée en cauchemar. D'abord la mort de Lady, ensuite la tristesse et le désarroi d'Elizabeth, et enfin le fiasco de leur opération nocturne contre les membres du comité des parents d'élèves.

Pourtant, ainsi qu'elle l'avait espéré, la bruine matinale avait transformé les guirlandes de papier toilette en milliers de résidus gluants qui restaient collés aux branches. Mais malheureusement, leur raid de représailles, loin d'avoir l'effet escompté, avait au contraire déclenché un véritable tollé contre un tel acte de vandalisme. Dès le lendemain, une photo de l'un des jardins saccagés avait même fait l'objet de la une du journal local. L'article qui l'accompagnait soulignait que toutes les victimes appartenaient à l'association des parents d'élèves.

Cassie s'assit devant le porche, en songeant avec rancœur à leur échec. Peut-être existait-il encore une chance d'aider Mlle Henniker? Mais le plus difficile serait sans doute de convaincre Billy de l'aider encore une fois.

Elle se leva et appela son père pour le prévenir qu'elle emmenait Baraka se promener. Ils se rendaient chez Elizabeth et joueraient un peu au Frisbee jusqu'à l'heure du repas.

Alors que Cassie arrivait presque à la clinique, Billy parut à sa hauteur, à bicyclette.

— Attends-moi ! cria-t-il.

Il sauta à terre et la rejoignit, tenant son vélo par le guidon.

— Ton père m'a dit que tu allais chez Elizabeth, expliqua-t-il.

— Oui. J'avais l'intention de t'appeler tout à l'heure. Je voulais te demander quelque chose.

— Eh bien, moi aussi justement, dit-il en baissant les yeux, l'air embarrassé.

— Bon, je commence, décida Cassie. Est-ce que tu veux bien m'aider à écrire une lettre au journal, pour expliquer ce que nous avons fait l'autre soir.

— Tu es folle ? Ma mère me tuerait si elle était au courant !

— On ne signerait pas, évidemment. Je ne suis pas stupide. On défendrait Mlle Henniker et ses livres, et on signerait : le comité des élèves. J'ai pensé qu'on pourrait utiliser ton ordinateur ; comme ça, personne ne reconnaîtra notre écriture.

— Je crois que ça ne servira à rien. Quand je suis parti, ma mère s'apprêtait à porter la pétition chez M. Edwards.

— Il faut quand même essayer, insista Cassie. Ces livres sont importants ! Celui que j'avais laissé à Elizabeth lui a permis de prendre du recul, et finalement elle a rompu avec Marty.

— Ce n'est quand même pas grâce à ton livre, objecta Billy.

— Peut-être pas, mais ces bouquins sont bien, et de toute façon, c'est injuste de renvoyer Mlle Henniker !

— Bon, d'accord. Je t'aiderai.

— Avec ton ordinateur ?

Billy hocha la tête et réfléchit un instant.

— Si tu veux, on peut se voir lundi après-midi, après les cours. Mon père ne sera pas encore rentré du travail et ma mère a une réunion.

— Formidable ! s'écria Cassie avec un large sourire.

Peut-être parviendraient-ils à éviter le renvoi de leur bibliothécaire, après tout. S'ils écrivaient une lettre suffisamment convaincante que tout le monde lirait.

En silence, ils marchèrent jusqu'au virage qui débouchait sur la route de la clinique.

— Cassie ? risqua timidement Billy.

— Quoi ?

— Tu sais ? J'étais venu pour te demander quelque chose...

Mais le reste de sa phrase fut couvert par un crissement de pneus qui provenait de la route. Une voiture de sport déboucha à toute allure dans le virage, leur fonçant dessus comme une bombe. Terrifiés, ils se jetèrent dans le fossé.

— Bon sang, on l'a échappé belle ! s'exclama Billy tandis que la voiture disparaissait au loin dans un nuage de poussière.

Cassie tira sur la laisse pour calmer les aboiements de Baraka et s'assit sur le talus.

— Quel imbécile, ce type avec sa Ferrari ! ajouta Billy.

Cassie attira Baraka à elle pour le serrer dans ses bras. Soudain, les mots de son ami frappèrent son imagination.

— Tu es sûr que c'était une Ferrari ? demanda-t-elle, inquiète.

— Evidemment que j'en suis sûr ! répondit-il d'un air offusqué. Je suis capable d'identifier n'importe quelle voiture. La marque, le modèle et même l'année !

— Marty en a une comme ça. C'était peut-être lui.

— Viens ! dit Billy en attrapant la main de l'adolescente pour l'aider à se relever. On va vérifier si tout va bien chez Elizabeth.

Il remonta sur sa bicyclette, ce qui obligea Cassie et son chien à courir derrière lui.

— Elle n'est pas là ! cria Billy en arrivant devant la maison.

— Va voir à la clinique !

Mais Elizabeth ne s'y trouvait pas non plus. Elle avait laissé une note sur la porte : « Partie en visite. De retour vers 5 heures. »

— Alors, ça veut dire qu'elle n'a rien. Elle n'était pas là quand Marty s'est pointé.

Hors d'haleine, Cassie s'affala sur les marches de l'entrée. Baraka, la langue pendante, s'effondra à côté d'elle.

— Baraka a soif, remarqua-t-elle.

— Oui, moi aussi, renchérit Billy en essuyant la sueur de son front. On pourrait essayer d'entrer par la fenêtre, derrière la salle d'opération comme la dernière fois.

— Attends, on n'a pas de raison, aujourd'hui, objecta Cassie

— Cette fois c'est différent, répondit Billy. Ce n'est pas comme si on entrait par effraction. On sait qu'Elizabeth ne voudrait pas que Baraka meure de soif...

Ils ouvrirent la fenêtre sans difficulté et Billy la franchit le premier. Il se servit au distributeur d'eau puis tendit un gobelet en plastique à Cassie, qu'il eut à remplir trois fois de suite pour Baraka.

— Elizabeth devrait faire attention et boucler cette fenêtre à clé, remarqua-t-il en ressortant.

— Oui, je le lui dirai, dit Cassie. Et je lui parlerai aussi de la Ferrari. J'aimerais bien savoir si c'était Marty.

Ils jouèrent quelques minutes au Frisbee avec le chien, puis reprirent lentement le chemin du retour. Au grand étonnement de Cassie, Billy resta silencieux tout au long du trajet. A plusieurs reprises, il sembla sur le point d'attaquer une phrase qu'il ne pouvait se résoudre à énoncer.

Arrivée chez elle, Cassie commençait à monter les marches du perron, quand il lança :

— Attends, Cassie...

— Quoi ?

Billy examina ses propres baskets pendant quelques secondes et se décida :

— Je voudrais te demander si tu accepterais de venir avec moi à la fête du collège ?

Médusée, l'adolescente ouvrit de grands yeux.

— Tu veux dire celle du mois de mars, où on danse avec son cavalier, où les filles doivent se mettre en robe et les garçons en costume ?

Billy acquiesça avec un sourire crispé tandis que ses oreilles rougissaient.

— Oh ! commenta Cassie.

— Bon, alors ?

Cassie examina le vieux porche écaillé avant de répondre :

— D'accord, je viendrai avec toi.

Puis elle grimpa les marches en courant, s'éclipsa et se précipita vers l'atelier de son père.

— Papa ! J'ai quelque chose de très important à te dire !

— Oui, qu'est-ce qu'il y a ?

En la voyant entrer, il réprima un sourire. Les joues rosies, les cheveux décoiffés, elle portait comme toujours un jean usé jusqu'à la trame, une chemise trois fois trop grande pour elle et ses habituelles baskets éculées.

— J'ai besoin d'une robe pour aller à la fête de l'école.

— Une robe ? La fête ?

Surpris, Jed resta un long moment silencieux, prenant lentement conscience des paroles de sa fille.

— Je croyais que tu trouvais ça *stupide* et que tu n'y allais pas. Et tu *hais* les robes.

Cassie eut un sourire confus, qu'il ne lui connaissait pas.

— Billy m'a invitée.

Pendant qu'il enregistrait cette information, l'adolescente en profita pour préciser :

— Mais tu n'as pas besoin de venir l'acheter avec moi, je demanderai à Elizabeth. Tu n'auras simplement qu'à me donner l'argent.

— Oui, bien sûr, j'avais compris. C'est d'accord, répondit Jed, plus attendri qu'il ne voulait le paraître.

Ce ne fut qu'une fois qu'elle eut quitté la pièce qu'il s'autorisa un sourire. C'était la première sortie de sa fille... Avec Billy comme cavalier. D'une certaine façon, les choses suivaient leur cours naturel, songea-t-il.

Depuis le début de la soirée Tom Edwards semblait préoccupé. Après le dîner, Margaret et lui avaient débarrassé la table ensemble et fait la vaisselle, comme presque tous les soirs, depuis des mois. Ensuite, en prenant le café, ils avaient parlé de la pluie et du beau temps, des travaux qu'il faudrait entreprendre au printemps, du gel qui tuait les fleurs du jardin. Mais à aucun moment ils n'avaient réellement abordé le sujet qui les préoccupait.

Margaret, qui portait encore son tablier à volants, passa derrière son ami et glissa une main dans ses cheveux.

— Que se passe-t-il, Tom ?

Comme il ne répondait pas, elle poursuivit :

— Tu as l'air soucieux depuis ton arrivée, cet après-midi. Et ne me dis pas que je me fais des idées. Je te connais trop bien pour savoir que ce n'est pas le cas.

Tom prit une profonde inspiration, puis il se tourna vers Margaret, lui saisit doucement les poignets pour la faire asseoir à côté de lui. Lorsqu'il déplaça son siège pour lui faire face, Margaret comprit qu'il se préparait à un entretien difficile.

— Je ne sais pas quoi faire, Margaret, dit-il en baissant les yeux d'un air désolé. Cinq mères du comité des parents d'élèves sont venues me voir ce matin, avec une pile de pétitions sous le bras. Elles ont exigé ton renvoi immédiat. J'ai tenté de les dissuader, mais elles m'ont envoyé au diable. Si seulement on pouvait leur faire comprendre, peut-être que...

— Il n'y a plus rien à faire, Tom. J'ai déjà essayé. Elles ne veulent rien entendre. Elles préfèrent ignorer les préoccupations de leurs enfants et les laisser se débrouiller seuls dans un monde qui les terrorise et qui les broie.

Tout à coup, Margaret se sentit très vieille, très lasse... Pendant ces derniers mois de controverses, elle s'était échinée à convaincre ces parents de la nécessité de partager les problèmes de leurs enfants. Mais la censure l'avait emporté.

— Tu sais que je serai toujours de ton côté, dit Tom avec un soupir, en lui caressant tendrement le poignet. Je suis désolé, Margaret.

— Non, c'est moi qui le suis, mon pauvre chéri. Je voulais t'épargner tout cela. Jamais je n'aurais cru que cette histoire prendrait de telles proportions. Mais maintenant, les dés sont jetés.

— Il n'est pas question que je te fasse exclure, si c'est à ça que tu fais allusion. Je démissionnerai avant.

Margaret secoua la tête.

— A cinq ans de ta retraite ? Ce serait stupide ! D'ailleurs, ça ne changerait rien. Elles porteraient plainte au rectorat et je serais licenciée, de toute façon. Ce qui perturberait encore plus les enfants. Non, je vais faire l'unique chose encore en mon pouvoir : renoncer à mes fonctions.

— Margaret, je ne peux pas te laisser faire ça !

— Je n'ai pas le choix.

— Si tu prends cette décision, cela signifiera qu'elles ont gagné.

— Non, Tom, pas tout à fait. Les fameux livres resteront à la bibliothèque. Car si c'est moi qui démissionne, cela signifie que je reste sur mes positions. Et que je ne renie pas mes idées.

Il tendit la main et caressa la joue de Margaret avec une infinie tendresse.

— Ce que tu as apporté à ces gosses est inappréciable. Tu as vu la lettre qu'ils ont écrite à ton sujet, à la une du journal, ce matin ?

— Non, je ne l'ai pas acheté.

— Ce sont les mêmes enfants qui ont si gracieusement décoré les arbres de la ville, qui l'ont envoyée, anonymement, bien sûr, pour expliquer leur geste. Ce texte ressemble fort à un hommage de respect et d'amitié, Margaret.

— Oh, Tom, ils ont vraiment pris le temps d'écrire une lettre ? dit Margaret, les larmes aux yeux.

— Tu as une idée de leur identité ?

— Pas avec certitude. Mais en y réfléchissant bien, je pense qu'il s'agit de Cassie Parker et de Billy Hankins. Ils semblaient très déçus que leur pétition reste sans effet.

— Les enfants t'adorent, Margaret. Et ils ne sont pas les seuls. Je t'aime, moi aussi, ma chérie. Et si tu es vraiment décidée à démissionner, il faut d'abord que je te demande quelque chose.

— Je t'écoute, Tom.

— Margaret... acceptes-tu de m'épouser ?

Emue, elle le dévisagea, les yeux soudain brillants de bonheur. Elle se sentit transportée dans un rêve. Auparavant, quand ils abordaient le sujet, elle refusait de s'y attarder, car la politique du rectorat empêchait deux époux de travailler dans le même établissement. Mais à présent, le problème ne se posait plus. A cinquante-cinq ans, après toutes ces années de solitude, le destin lui offrait de recommencer une nouvelle vie avec l'homme le

212

plus honnête, le plus merveilleux qu'elle ait jamais rencontré.

— Oh oui, Tom, oui, je veux devenir ta femme, s'entendit-elle répondre d'une voix tremblante

Il la prit dans ses bras et l'entraîna dans une folle ronde autour de la cuisine.

— Tu viens de faire de moi l'homme le plus heureux de tout Cartersburg, Margaret. De toute la Virginie ! Que dis-je, du monde entier ! Si tu savais comme je t'aime !

— Oh, Tom, moi aussi. Je n'aurais jamais dû nous faire attendre aussi longtemps.

Il lui caressa la joue puis passa la main dans ses cheveux pour enlever une à une les épingles qui retenaient son chignon.

— Tu t'es donnée corps et âme pour le bien des enfants, Margaret, et je n'aurais jamais essayé de te changer pour tout l'or du monde. Maintenant, nous ne devons plus gaspiller une minute. Marions-nous dès les vacances de Pâques !

— Mais c'est dans moins de deux semaines !

— C'est bien ce que je dis. Tu pourras annoncer ta démission à la veille des départs en vacances et, le soir même, nous partirons en voyage de noces.

— Eh bien... Pourquoi pas, après tout ! répondit Margaret, en souriant de bonheur.

Tom retira la dernière épingle et la longue chevelure auburn se déroula sur les épaules de Margaret.

— Oh, Tom, je suis si heureuse !

La douce chaleur du printemps était revenue.

Jed fut réveillé à l'aube par le chant des oiseaux. Il resta quelques minutes à écouter leurs gazouillements et ouvrit les yeux en s'étirant.

Puis il se leva, enfila un vieux survêtement bleu marine

et laça ses chaussures de tennis. A peine commençait-il à descendre l'escalier que Baraka le suivait déjà, battant l'air de sa queue, à la perspective d'aller courir dans la nature.

Jed poussa un soupir.

— Oh non, mon vieux! J'avais l'intention de filer en douce pour aller courir tout seul. Sans toi pour une fois, tu comprends?

A ces mots, Baraka grogna joyeusement et Jed ne put s'empêcher de sourire en lui attachant sa laisse.

— Tu m'as eu encore une fois, espèce de filou! Je suis trop faible avec toi. Je te passe tout. Mais il va falloir que tu perdes cette fichue habitude de mâchouiller mes crayons à dessin!

Une fois équipé, le chien se précipita dehors, tirant sur sa laisse comme un furieux, jusqu'à ce que Jed commence à courir. Ils longèrent quelques rues au petit trot, passèrent l'église, les commerces fermés.

A cette heure, l'air était encore frais et la ville toujours endormie. Le soleil commençait à peine à poindre à l'horizon. Le long des trottoirs, les branches des grands érables étaient toujours nues, mais quelques bourgeons apparaissaient par endroits, gonflés de promesses.

Pendant le premier kilomètre, Jed ne pensa à rien de précis, savourant chaque seconde de la naissance du jour et peut-être aussi d'une existence nouvelle. Pour la première fois depuis la mort de Kate, il retrouvait le goût de vivre, d'être heureux.

Depuis qu'Elizabeth avait rompu ses fiançailles, ils s'étaient vus chaque jour, sans exception. Parfois quelques minutes à peine, le temps de prendre un café dans la matinée. Certains soirs, ils allaient au cinéma ou dînaient au restaurant. Un samedi midi, ils s'étaient préparé des spaghettis avec Cassie. Elizabeth avait longuement mijoté une sauce délicieuse et Jed s'était chargé de la confection

des pâtes, qu'il avait ensuite découpées et séchées dans une machine spécialement conçue. Ces heures passées à rire et à discuter dans le jardin l'émerveillaient à chaque évocation. A présent, les hématomes d'Elizabeth avaient disparu de son visage et de son cou et le chagrin de la mort de Lady s'estompait lentement. Elle recouvrait peu à peu sa bonne humeur et son amour de la vie, et Jed se disait avec bonheur qu'elle faisait maintenant partie intégrante de sa famille.

Alors qu'ils longeaient la clôture du parc de la ville, Baraka huma l'air un instant, puis tira sur sa laisse pour aller renifler quelque chose qui intrigua son maître.

Jed baissa le regard sur la pelouse couverte de rosée, et découvrit à ses pieds une petite pousse de violettes... Les fleurs préférées de Lady ! Une douzaine de minuscules boutons mauves commençaient à éclore au centre des feuilles en forme de cœur. En se baissant pour mieux les observer, une idée traversa son esprit. Et lorsqu'il se releva, un sourire radieux flottait sur son visage.

Un peu plus tard dans la matinée, la sonnerie aiguë de la porte d'entrée tira Elizabeth du sommeil. A contre-cœur, elle tâtonna vers le radioréveil. 7 h 30. Non, il était trop tôt pour se lever, se dit-elle en retournant sous ses couvertures. Mais les coups de sonnette retentirent de plus belle. Il s'agissait sûrement d'une urgence ! En maugréant, elle enfila en hâte sa robe de chambre et se dirigea vers la porte.

— Qui est là ? demanda-t-elle d'une voix encore endormie.

— C'est moi, Jed !

La seule mention de son nom suffit pour la réveiller. Elle défit aussitôt la chaînette de sécurité et ouvrit la porte.

— Que se passe-t-il ? demanda-t-elle, inquiète.

Mais à en juger par le large sourire de Jed, les nouvelles étaient plutôt bonnes.

Elle resta un instant comme paralysée devant lui. Il se tenait nonchalamment appuyé contre le mur du porche, vêtu d'un jean et d'une chemise bleue à carreaux. Il venait de se raser car elle pouvait sentir l'odeur de son after-shave. Dans une main, il portait un sac en papier avec l'adresse d'un traiteur. Et dans l'autre, un carton contenant une Thermos et deux petites pelles de jardinage.

— Alors, vous ne m'invitez pas à entrer ? demanda-t-il.

Bien sûr que si, où avait-elle la tête ? Elle passait ses journées à penser à lui et à présent qu'il se trouvait là, tout près, si beau dans la lumière naissante de cette matinée de printemps, elle se sentait incapable du moindre mouvement.

— Excusez-moi. Venez, Jed. Je passe juste un jean et un T-shirt. Je n'en ai pas pour longtemps...

— Là où nous allons il vous faudra aussi des chaussures, vous savez, dit-il amusé, en désignant les pieds nus d'Elizabeth.

Elle le prit familièrement par le bras pour le faire entrer.

— Je ne sors jamais nu-pieds, monsieur Jed Parker, déclara-t-elle, d'un air faussement sévère. Enfin, presque. Au fait... ma question va sûrement vous paraître stupide, mais où allons-nous ? Le soleil se lève à peine... et qu'est-ce que vous cachez dans ce sac ?

— Le petit déjeuner ! Omelette sur toasts et jus d'orange, madame. Et j'ai également apporté le matériel nécessaire à nos travaux de la journée. Maintenant, dépêchons-nous, allez vous habiller.

Elizabeth éclata de rire.

— Laissez-moi un petit quart d'heure.

Elle disparut dans sa chambre et avant même que Jed entrât dans la cuisine, il entendit crépiter l'eau de la douche.

Lorsqu'elle revint, il avait eu le temps de remplir la Thermos de café chaud et l'attendait tranquillement, assis à table. En la voyant si ravissante au saut du lit, il se dit qu'il avait bien fait de venir. Elle était merveilleusement belle. Ses joues légèrement rosies par la chaleur de la douche donnaient à son visage un éclat lumineux et ses grands yeux gris brillaient sous ses longs cils bruns.

— Ma tenue vous convient? demanda-t-elle en baissant les yeux sur son sweat-shirt et son jean. Je ne connais toujours pas vos projets, Jed.

— A vrai dire, ils sont un peu vagues, répondit celui-ci en appréciant du coin de l'œil sa silhouette parfaite. J'ai pensé que nous pourrions d'abord pique-niquer en forêt pour le petit déjeuner, qu'en dites-vous?

La joie qu'il lut dans son regard fut plus éloquente qu'un long discours.

— Je connais un endroit magnifique, s'exclama-t-elle.

Jed lui sourit avec tendresse. Il adorait la voir d'humeur si gaie. Il la laissa le guider à travers la forêt, savourant chaque instant de ces moments partagés avec elle. Le chant des oiseaux, le bruit des feuilles qui craquaient sous leurs pas. Encore quelques instants de marche et Elizabeth franchit un ruisseau. Elle désigna du doigt un immense tronc d'arbre couché au milieu d'une clairière.

— Que diriez-vous d'une table en chêne massif?

— On se croirait dans Blanche-Neige! répondit-il en souriant.

Il traversa le cours d'eau à son tour et posa ses paquets sur la mousse.

— Et maintenant, voici la première surprise : omelette aux champignons! annonça-t-il en sortant le petit déjeu-

ner de son sac en papier. La question est de savoir si l'omelette forestière dégustée glacée dans les bois au petit matin est aussi bonne qu'au restaurant.

— Mmm... C'est délicieux, Jed.

En finissant leur repas, ils eurent la chance de surprendre un jeune lièvre téméraire qui sautillait sans peur autour de la clairière et s'arrêtait parfois pour les fixer d'un regard intrigué. Puis, après avoir soigneusement empaqueté les restes, Elizabeth posa la main sur l'épaule de Jed.

— Merci, murmura-t-elle. C'est le plus charmant petit déjeuner de ma vie !

— C'est vous qui êtes charmante, Elizabeth.

Les bras de Jed se refermèrent sur sa taille et elle sentit son torse puissant se serrer contre sa poitrine. Elle pouvait percevoir les battements réguliers de son cœur. Puis, d'un geste naturel, il effleura sa joue d'une légère caresse. Ses doigts soulevèrent délicatement le menton de la jeune femme et il se pencha pour l'embrasser. Frémissante, hypnotisée par le sombre regard qui plongeait dans le sien, Elizabeth entrouvrit les lèvres et s'abandonna, se laissa emporter par un tourbillon de sensations délicieuses, chaque fibre de sa chair vibrant de plaisir.

Un long moment, ils demeurèrent enlacés, à savourer en silence cet instant magique.

— Bon, il faut y aller, maintenant, murmura Jed. Nous avons encore une surprise au programme.

— Vite ! Dites-moi...

Jed sourit de son impatience.

— Eh bien, j'ai trouvé quelques violettes dans le parc, ce matin, et je me suis souvenu de la tombe de Lady. Alors, je me suis dit que nous pourrions aller à la chasse aux violettes.

— Oh, Jed, c'est si gentil d'y avoir pensé, dit Elizabeth en lui caressant la joue.

Ils partirent en quête des bouquets à peine éclos, la main dans la main. Ils marchaient sans parler, goûtant avec délices la paix sereine de la forêt. Le soleil s'était levé, les inondant de tiédeur à travers les branches des arbres. Une magnifique journée s'annonçait.

— Ça y est, j'en ai trouvé! s'exclama Elizabeth en se penchant.

Elle s'agenouilla à côté d'un petit talus piqueté de mauve et tendit à Jed une des pelles qu'il avait apportées. Ensemble, ils commencèrent à extraire délicatement les fleurs avec leurs racines jusqu'à ce que leur carton fût rempli.

— Allons les replanter maintenant, avant qu'elles ne fanent, dit Jed.

Elle acquiesça d'un signe de tête et lui emboîta le pas en direction de la tombe de Lady.

— Elle me manque toujours terriblement, dit-elle lorsqu'ils arrivèrent devant le monticule recouvert de terre encore fraîche.

— Je sais, répondit Jed en la serrant dans ses bras.

Puis ils plantèrent les violettes. Jed retournait la terre et Elizabeth piquait les fleurs.

— Ce sera un véritable massif l'année prochaine, remarqua Elizabeth quand ils eurent terminé.

Ils s'étaient relevés pour admirer leur travail.

— Il y en aura tout autour d'elle. Lady les aurait adorées.

Emue, elle ne répondit pas.

Jed attendait, silencieux, la laissant seule avec ses souvenirs.

Puis elle se tourna vers lui.

— Je me sens mieux, à présent. Comme si une partie de ma vie était terminée, et qu'une autre commençait.

— Je ressens la même chose, répondit Jed.

Alors, il la prit dans ses bras et ils restèrent enlacés dans la chaleur du soleil durant une parcelle d'éternité.

13.

Le soir de la fête du collège, Elizabeth se rendit chez Jed afin d'aider Cassie à se préparer pour le bal.

— Jed, peux-tu m'expliquer ce qui se passe dans ta bande dessinée ? demanda-t-elle en lui tendant l'exemplaire du journal qu'elle avait acheté le matin. Pendant toutes ces années, le héros élevait seul sa fille et voilà que maintenant tu fais entrer une femme dans sa vie ?

— Oui, j'ai jugé qu'il était temps qu'il se dégourdisse un peu.

— C'est tout ?

Jed ne répondit pas.

En réalité, Elizabeth n'avait pu s'empêcher de trouver que la nouvelle amie de la famille de John lui ressemblait étrangement. Sa coiffure, les expressions de son visage... Comme par hasard, l'héroïne avait également un labrador qui rappelait beaucoup les croquis que Jed avait faits de Lady. Au début, elle s'efforçait de croire à une coïncidence, mais la suite de l'histoire avait dissipé ses doutes.

— Alors ? Qu'est-ce que ça te fait de devenir un personnage de bande dessinée ? demanda Cassie qui guettait l'arrivée de Billy par la fenêtre. Moi, j'ai dû affronter cette situation toute ma vie. Dans quelques semaines, tu peux être sûre que tu me verras représentée avec ma

nouvelle robe, prête pour mon premier bal. Rien n'est sacré dans cette maison !

Elizabeth replia son journal et se tourna vers Jed.

— Tu vois, je ne suis pas la seule de cet avis.

De nouveau, celui-ci ne prit pas la peine de répondre. Il semblait soudain très absorbé dans les réglages de son appareil photo.

Elizabeth commençait à comprendre le ressentiment de l'adolescente qui voyait chacun de ses gestes reproduit dans un journal. Non seulement John, le père, étalait au grand jour ses sentiments pour le nouveau personnage, mais il en informait de façon quasi officielle tous les lecteurs du quotidien. On allait jaser, en ville !

A cet instant, la sonnette de la porte d'entrée retentit.

— C'est Billy, chuchota Cassie d'un air paniqué.

— Eh bien, qu'attends-tu enfin, Cassie ? Fais-le entrer, intervint son père.

— Oui, j'y vais, répondit-elle la gorge serrée.

Juchée sur sa première paire de chaussures à talons, elle se dirigea vers la porte d'une démarche mal assurée. Lorsqu'elle l'ouvrit, elle vit Billy qui se tenait légèrement en retrait, souriant. Sur le coup, elle eut du mal à le reconnaître car il portait pour la circonstance un costume bleu marine et une cravate club rouge. Elle le trouva superbe.

— Entre, Billy, intervint Jed qui s'avançait vers eux, son appareil à la main. Je vais vous immortaliser.

— Oh non, pas moi ! protesta Billy, le visage écarlate, en avançant dans l'entrée, se tenant aussi éloigné de Cassie que possible.

Elizabeth réprima un sourire et s'approcha de sa filleule pour disposer ses longs cheveux bruns sur ses épaules. « Une jeune fille à présent. Une très jolie jeune fille », pensa-t-elle.

Jed prit une dernière photo.

— Bon, maintenant tous les deux, est-ce que vous avez bien compris qui vous accompagne et qui vous raccompagne en voiture?

— Oh papa! s'exclama Cassie, sans cacher son agacement, en se dirigeant impatiemment vers la porte.

— S'il te plaît, Cassie. C'est important. La mère de Billy vous conduit, et, comme je ne serai sans doute pas encore rentré de mon dîner à la chambre de commerce, c'est Elizabeth qui viendra vous chercher. Je veux que vous l'attendiez à 11 heures pile, devant le gymnase, et ne la faites pas attendre, c'est entendu?

— Oui, promis! répondit Cassie en tirant Billy vers l'entrée.

— Amusez-vous bien..., cria Jed une dernière fois avant de se tourner vers Elizabeth.

— Tu es certaine que ça ne t'ennuie pas de les ramener, ce soir? Je suis vraiment obligé d'assister à cette réception.

— Mais non, tu sais bien que ça me fait plaisir, au contraire, répondit-elle comme il s'approchait pour la prendre dans ses bras.

Le contact de son corps, l'odeur de sa peau, le son de sa voix, tout en lui la troublait. Les mains de Jed lui caressaient le dos en la serrant très fort. Elle avait envie de s'abandonner entre ses bras et d'oublier l'existence du reste du monde.

— J'aimerais ne pas avoir ce dîner ce soir, murmura-t-il dans un souffle, en enfouissant son visage dans les cheveux d'Elizabeth.

— Et moi j'aimerais ne pas avoir cette visite à la ferme Pickett, dit-elle en souriant.

Etait-il possible que, à peine quelques semaines plus tôt, elle ait pu le considérer comme un simple ami? Elle leva les yeux vers lui et le dévisagea un instant. Tout à coup la réalité lui sauta aux yeux. Comme elle s'était

montrée naïve! Elle comprenait à présent l'attitude distante de Jed : croyant qu'elle en aimait un autre et lui appartenait, il s'était effacé, malgré ses sentiments. Elle frissonna à l'idée de la terrible erreur qu'elle avait évitée de justesse.

Alors, en même temps, leurs visages s'approchèrent et leurs lèvres s'unirent, tendrement d'abord, puis avec toute la fougue d'une passion longtemps contenue. Elizabeth désirait Jed comme jamais aucun autre homme auparavant.

— Jed, il est temps maintenant, dit-elle à contrecœur en jetant un coup d'œil vers la pendule de l'entrée. Ton dîner commence dans un quart d'heure!

— Au diable le dîner, murmura-t-il d'une voix rauque en continuant à parcourir son cou de baisers brûlants.

— Jed, il faut que tu y ailles, insista-t-elle en riant.

— Tu en es sûre? lui chuchota-t-il doucement à l'oreille.

— Oui, dit-elle en essayant de se dégager. Quant à moi, je dois me dépêcher si je veux être à mon rendez-vous chez les Pickett, et ensuite au collège, à 11 heures.

Elle croisa son regard sombre, intense, qui brillait d'un éclat inhabituel. Il la tenait toujours enlacée, et semblait ne pas pouvoir se résoudre à la laisser partir. Aucun d'eux ne se sentait le courage de rompre leur étreinte.

— Tu me promets que nous reprendrons cette... conversation exactement où nous l'avons laissée?

Il avait prononcé ces paroles avec tant de gravité qu'Elizabeth frissonna.

— Promis.

— Quand?

— Demain soir ou après-demain, le plus tôt possible.

— Pourquoi pas les deux?

Après un dernier baiser, Elizabeth se hâta de regagner son minibus. Si elle était restée une seconde de plus, elle n'aurait jamais eu la force de partir.

A l'intérieur du gymnase de l'école, la fête battait son plein. Les décorations en papier crépon s'affaissaient lentement, au rythme des vibrations de la musique, le punch était tiède et insipide. Mais Cassie n'y prêtait aucune attention. Au contraire, il lui semblait qu'elle passait la plus merveilleuse soirée de sa vie. Depuis qu'elle avait enlevé ses escarpins à talons hauts, comme les autres jeunes filles, elle n'avait pas quitté la piste un seul instant.

Dans un coin du gymnase, d'où ils surveillaient les enfants, Tom invita Margaret.

— Me ferez-vous l'honneur de cette danse?

Sur ces mots, il prit sa cavalière par la main et l'entraîna dans une valse tourbillonnante, sur un air de hard-rock.

— Tom! protesta Margaret. On risque de nous voir. Il y a des parents d'élèves, ce soir...

— Et alors? Ne vas-tu pas les battre à leur propre jeu en démissionnant? Et avant même que tu t'en sois rendu compte, nous nous serons déjà envolés pour notre lune de miel. En laissant cette histoire loin derrière nous, Margaret. Et bientôt, ton seul souci sera de m'aimer durant tout le reste de notre vie.

— Oh, Tom, je suis si heureuse! Je me sens comme une jeune fille. Ce que je vis grâce à toi est tellement merveilleux, tu sais. Mais l'école va quand même me manquer. Les enfants, surtout...

— Tu ne dois pas forcément tout abandonner, remarqua Tom.

— Que veux-tu dire?

— Eh bien, n'as-tu jamais songé à combiner tes deux passions : les enfants et les livres? Avec ton expérience pédagogique, je suis sûr que tu trouverais des tas d'his-

toires passionnantes à raconter. Et tu es mieux placée que moi pour savoir qu'il y a une réelle demande de littérature pour la jeunesse.

— Des histoires vraies, racontant la vie d'adolescents?... Oui, je dois avouer que j'ai parfois rêvé d'écrire des ouvrages, mi-roman, mi-document, destinés aux ados. Crois-tu sincèrement que j'en serais capable?

Tom se mit à rire.

— Toi? Tu pourrais écrire l'histoire de l'Amérique depuis la préhistoire! C'est aussi pour ça que je t'aime. D'ailleurs, j'ai quelque chose à t'annoncer, poursuivit-il. Etant donné ton refus d'accepter un diamant de fiançailles en gage de mon amour, que penserais-tu d'une machine à écrire perfectionnée, à la place?

Le visage de Margaret s'illumina.

— Oh, Tom! Tu crois? Je rêve d'en avoir une depuis toujours.

Devant le sérieux de la proposition de Tom, Margaret se hissa sur la pointe des pieds et, oubliant les parents d'élèves, embrassa son compagnon sur les lèvres.

— Tu es adorable, Tom! Je t'aime tant, mon amour, lui murmura-t-elle, débordant de bonheur.

En revenant de la ferme des Pickett, Elizabeth baissa les yeux sur la petite horloge du tableau de bord : 10 h 45. Il était plus que temps de se rendre au collège.

Prudemment, elle négocia un virage serré. La pluie en rafales s'écrasait avec violence sur le pare-brise, brouillant la visibilité. Elle leva le pied de l'accélérateur pour aborder un nouveau virage, mais elle roulait encore trop vite et le minibus dérapa légèrement sur l'asphalte mouillé. Lorsque la route redevint droite, elle freina doucement. La pédale s'enfonça à vide. Le véhicule ne réagit pas. Elizabeth fronça les sourcils, sentant la peur monter

en elle. Cette fois, elle pressa plus fort, jusqu'au plancher, mais la fourgonnette ne répondait toujours pas et continuait à filer dans la nuit noire. Elle maintenait la pédale morte collée au plancher. En vain. Les freins ne fonctionnaient plus !

Un sentiment de panique s'empara d'elle. Elle savait qu'elle approchait de la dangereuse descente des Miller qui virait presque à angle droit, au bas de la côte... Elle avait beau écraser le frein, le véhicule prenait de plus en plus de vitesse. Au sortir du virage, le minibus patina sur les graviers du bord de la route, menaçant à chaque instant de quitter la chaussée.

La gorge sèche, Elizabeth regarda droit devant elle. Le halo de ses phares laissait deviner le début de la terrible descente. Les lumières s'arrêtaient net dans le noir, au ras de la route qui plongeait dans le vide. Il fallait à tout prix stopper la camionnette avant d'y parvenir ! Les mains crispées sur le volant, elle commença à diriger le véhicule vers le bas-côté. Elle entendit le gravier crisser sous les pneus et elle faillit perdre de nouveau le contrôle du minibus. Son front était couvert de transpiration. Elle ne se trouvait plus qu'à quelques mètres de la descente ! Alors, sans réfléchir, elle braqua le volant à fond vers la gauche. Le crissement des pneus lui glaça le sang tandis que la fourgonnette faisait une grande embardée et sortait de la route. Elle rebondit dans le fossé à une vitesse folle et percuta le talus dans un bruit assourdissant de tôles broyées — mais le véhicule s'arrêta après quelques soubresauts.

Secouée par des tremblements nerveux et trop choquée pour réagir, Elizabeth demeura un long moment les poings crispés sur le volant, paralysée, le souffle coupé, puis elle ferma les yeux en poussant un long soupir. Elle était vivante. A présent, tout semblait très silencieux et seul le frottement des essuie-glaces résonnait dans l'habitacle. Au bout d'une minute, elle essaya de bouger, un

bras d'abord, puis elle réussit à allonger ses jambes. Dieu merci, elle n'avait rien de cassé.

La camionnette était enfoncée dans la boue à hauteur du pare-chocs et les phares éclairaient d'une lumière blafarde un immense champ de betteraves. Tout autour, c'était la nuit, sombre et mouillée, glaciale, hostile. Elizabeth frissonna. Des heures pouvaient s'écouler avant que quelqu'un vienne à passer sur la route.

La gorge serrée, elle ouvrit la portière.

Elle hésita une seconde, puis sauta dans la boue et se mit à marcher.

Avec un sourire, Jed consulta sa montre. 11 h 15. Il était en avance. Elizabeth et Cassie devaient être rentrées à présent. Pourtant, la maison n'était pas éclairée. Intrigué, il monta dans la chambre de sa fille et découvrit avec étonnement son lit vide. Il décrocha son téléphone et appela chez Billy pour apprendre que celui-ci n'était pas rentré non plus. Soudain inquiet, il remonta dans sa voiture et se rendit au gymnase. En arrivant, il aperçut les deux adolescents qui attendaient sur le trottoir.

— Montez les enfants !

— Où est Elizabeth ? demanda Cassie. Nous avons téléphoné chez elle et à la maison, mais elle n'y était pas. On croyait qu'elle allait venir.

— Elle a dû être retardée à la ferme Pickett, ou peut-être qu'elle a eu une urgence, les rassura Jed.

Sa voix était calme et détendue, mais il sentait une boule coincée dans sa gorge. Il connaissait trop bien la jeune femme pour savoir que jamais elle n'aurait oublié d'aller les chercher. Que s'était-il passé ?

Il déposa les enfants devant la maison et fit aussitôt demi-tour.

— Je vais quand même aller voir ce qui se passe chez Elizabeth, expliqua-t-il. Billy, ta mère t'attend. Et toi, Cassie, tu vas te coucher, et n'oublie pas d'accrocher ta robe à un cintre. Ne la laisse pas traîner à terre, c'est compris?

Cassie entendait à peine ce que lui disait son père. Son esprit était ailleurs. Elle se dirigea lentement vers le porche, suivie de Billy, attendant que les phares de la voiture aient disparu au bout de la rue. A présent, ils étaient seuls, et par chance, la veilleuse de l'entrée était en panne. Cassie traîna un peu pour permettre à Billy de la rattraper.

Arrivée devant les marches, elle se retourna. Son ami se trouvait juste derrière elle.

— J'ai passé une très bonne soirée, Billy.

— Oui, moi aussi, répondit-il, l'air embarrassé.

— Bon, eh bien... je vais rentrer, reprit Cassie après un long silence.

Elle n'en éprouvait pas la moindre envie, mais ils ne pouvaient tout de même pas rester plantés là, sans rien dire, jusqu'au lendemain.

Billy se contenta de hocher la tête, sans oser lever les yeux vers elle.

L'adolescente se détourna pour ouvrir la porte. Elle entendait les pieds de Billy râcler le sol nerveusement. Elle commençait à tourner la poignée lorsqu'elle sentit la main du jeune homme se poser timidement sur son bras.

— Cassie?

Elle lui fit face, au ralenti, comme elle l'avait lu dans les livres, et répondit d'une voix très douce :

— Oui, Billy?

L'obscurité dissimulait en partie le visage de Billy, mais elle le vit s'approcher. Elle ferma les yeux au moment où il se pencha vers elle. L'instant d'après, elle sentit sa bouche l'effleurer, à peine d'abord, puis presser

plus fermement la sienne. Mais alors qu'elle commençait à apprécier la magie de ce moment, son compagnon s'éloigna brusquement.

Lorsqu'elle ouvrit les yeux, il filait vers chez lui. Un instant, il se retourna et la regarda virilement.

— Bonne nuit, Cassie, cria-t-il avant de disparaître dans la nuit.

Jed prit Main Street pour se rendre chez Elizabeth. La pluie avait diminué d'intensité, s'était transformée en bruine persistante. Il roulait doucement, observant chaque côté de la route sans savoir vraiment ce qu'il cherchait. Il arriva chez la jeune femme pour découvrir que le minibus ne s'y trouvait pas. Il décida de se rendre aussitôt à la ferme Pickett. Pendant le trajet, les scénarios les plus invraisemblables et les plus inquiétants se bousculaient dans sa tête. Il négocia prudemment un virage et fut un instant aveuglé par les phares d'une voiture qui le croisa à vive allure. La nuit était trop noire et le véhicule trop rapide pour lui avoir laissé le temps de le discerner, mais le visage de Marty s'imprima aussitôt dans son esprit. Elizabeth l'avait assuré du départ définitif de son ancien fiancé, et il l'avait crue. Mais à présent, il se maudissait intérieurement, sachant qu'il ne se le pardonnerait jamais s'il était arrivé la moindre chose à la femme qu'il aimait.

Il se remit à pleuvoir à verse. Comme il approchait de la zone des virages dangereux, il se dit qu'il roulait trop vite, mais peu lui importait. Soudain, une silhouette frêle et solitaire, trempée, apparut dans ses phares, sur le bas-côté. Il écrasa si fort la pédale de frein que la voiture dérapa dans les flaques et partit en tête-à-queue. Enfin, elle s'immobilisa. Malgré sa frayeur, il ouvrit la portière et se précipita vers la jeune femme.

— Elizabeth !

— Oh, Jed! s'écria-t-elle en se jetant dans ses bras.

Elle se serrait convulsivement contre lui, luttant en vain contre les tremblements qui la secouaient.

— Je suis si contente que tu sois là!

Ils restèrent ainsi enlacés un long moment sans se soucier du crachin glacé qui les enveloppait.

— Elizabeth, tu vas bien?

Elle hocha la tête en signe d'assentiment, incapable de lui répondre.

— Allons, viens, rentrons dans la voiture, tu dois être gelée.

Jed l'entraîna à l'intérieur et l'emmitoufla dans une couverture. Une fois qu'elle fut un peu réchauffée, elle lui raconta ce qui s'était passé.

— Tu es sûre que tu n'es pas blessée?

— Oui, je crois que ça va aller. Mais Jed, j'ai eu si peur!

Il passa un bras autour du cou de la jeune femme et l'attira à lui.

— C'est terminé maintenant, chérie. Je suis là, tout va bien.

Pendant qu'elle poursuivait son récit, il pensa à la voiture folle croisée sur la route sombre, et un frisson le parcourut à l'idée qu'il s'agissait sans doute de celle de Marty. Dès leur retour, il enverrait une dépanneuse récupérer le minibus et il s'attacherait sans tarder à découvrir la cause de l'accident.

Il pressa sa joue plus fort contre les cheveux mouillés d'Elizabeth, remonta la couverture sur ses épaules pour la réchauffer. Ce soir, une seule chose au monde comptait pour lui : qu'elle fût vivante.

14.

Bouleversée, Cassie sortit en courant du collège, sans même demander l'autorisation de s'absenter. Pourtant, la matinée s'annonçait bien. Elle attendait impatiemment ce dernier jour de classe avant les vacances de Pâques. Mais une note accrochée au panneau d'affichage de la bibliothèque l'avait toute retournée. Mlle Henniker y annonçait sa démission, qui prenait effet le jour même. Cassie s'était sentie tout à coup envahie par un immense sentiment d'injustice.

Le cœur lourd, elle décida de se rendre à la clinique, en donnant des coups de pied rageurs dans les cailloux, tout au long du chemin.

A peine arrivée, elle ne prit même pas le temps de saluer sa marraine.

— Ils ont gagné ! annonça-t-elle d'une voix lugubre. Ils ont réussi à faire démissionner Margaret Henniker !

Interloquée, Elizabeth la dévisagea.

— Tu en es sûre ?

— Oui, elle a mis une annonce sur le tableau d'affichage. A mon avis, elle ne voulait pas attendre qu'ils la renvoient.

— Nous n'avions plus entendu parler de cette affaire ces dernières semaines. J'espérais qu'ils envisageaient un compromis. Et sais-tu quels sont ses projets, maintenant ?

Cassie secoua la tête.

— Bon, je lui téléphonerai ce soir, poursuivit Elizabeth en tournant les pages de son agenda. A moins que... Oui, elle doit passer déposer Othello en pension cet après-midi. En effet, je me souviens : elle m'a prévenue qu'elle s'absentait quelques jours durant les vacances.

— Elle peut partir aussi longtemps qu'elle le veut maintenant, remarqua amèrement la fillette.

Elizabeth ne savait comment réconforter sa filleule. Un coup de sonnette lui épargna cette peine : Margaret Henniker et Tom Edwards amenaient Othello. A leur grand étonnement, Elizabeth et Cassie virent apparaître une Margaret particulièrement élégante, dans un ensemble de soie grège sur un chemisier pêche, chaussée d'escarpins marron glacé. Elle avait remonté ses cheveux sous un chapeau à large bord orné d'un ruban. Elle était tout simplement radieuse.

— Bonjour, Cassie, dit-elle en reconnaissant son élève.

— Bonjour, mademoiselle Henniker. Vous êtes drôlement jolie.

— C'est aussi mon avis, approuva Tom en prenant sa compagne par la taille.

Sans qu'elle pût l'affirmer, Elizabeth crut voir Margaret rougir.

— Nous amenons Othello, dit Margaret, tandis que Tom posait la cage dans laquelle le matou faisait le gros dos. J'espère qu'il ne sera pas trop ombrageux pendant notre absence.

— Je ferai de mon mieux, promit Elizabeth. Y a-t-il un endroit où l'on puisse vous joindre en cas d'urgence ?

Tom et Margaret échangèrent un regard complice.

— J'ai bien peur que non, expliqua Margaret. Sauf si... Peut-on le leur dire, Tom ?

— En ce qui me concerne, nous pouvons mettre le monde entier dans la confidence !

234

— Tom, nous avions pourtant décidé de garder le secret jusqu'à notre retour !

— Est-ce que vous allez vous marier tous les deux ? demanda Cassie, incapable de tenir sa langue plus longtemps.

Ils lui adressèrent un regard empli de bonheur.

— Alors, j'ai raison ?

— Oui, Cassie, répondit Margaret. Et pour l'instant, vous êtes les seules à être au courant. Nous prenons tout de suite l'avion pour Miami où nous embarquons sur un paquebot de croisière. Nous nous marierons à bord.

Emue par cet enlèvement romanesque, Elizabeth prit Margaret dans ses bras.

— Oh, c'est merveilleux ! Félicitations, à vous aussi, Tom ! dit-elle en lui serrant la main avec chaleur.

— Mais pourquoi avoir gardé le secret si longtemps ?

— Nous avons pensé que c'était plus sage, répondit Margaret. Nous n'aurions pas pu mener nos activités dans le même collège, une fois mariés. Et jusqu'ici, je me refusais à démissionner.

— Alors ça ne vous ennuie pas de nous quitter ? demanda Cassie, un peu déçue.

— Au contraire, ce fut la décision la plus difficile de ma vie, Cassie. Je voulais finir ce que j'avais commencé. Simplement, je ne pensais pas que les choses tourneraient si mal.

Tom passa le bras autour des épaules de Margaret.

— Cela fait presque un an que je lui demande de m'épouser. Elle m'a refusé sa main pour ne pas vous abandonner, vous, les enfants.

— Et qu'allez-vous faire maintenant, mademoiselle Henniker ? Je veux dire... à part être Mme Edwards ?

Margaret eut un sourire rassurant.

— Eh bien, j'ai pensé que je pourrais essayer d'écrire des livres pour les jeunes de ton âge.

— Vraiment ? Alors, vous allez devenir un vrai écrivain ?

— Eh bien, ça, nous verrons !

— Elle sera même un auteur célèbre, j'en suis sûr, dit Tom en jetant un coup d'œil à sa montre. Bon, maintenant, il faut nous presser. N'oublie pas que nous avons un avion à prendre, chérie.

— Oui, Tom, je te suis.

Cette fois, Elizabeth en était sûre, les joues de Margaret venaient de rosir imperceptiblement.

Cassie et Elizabeth accompagnèrent le couple à leur voiture, et leur firent de grands signes jusqu'à ce qu'ils disparaissent sur la route.

— Un mariage, ça se fête ! s'écria Elizabeth, exaltée, en prenant sa filleule par les épaules. Je n'ai plus de consultations aujourd'hui. Que dirais-tu d'une bonne glace à la Chantilly ?

— Génial ! Je meurs de faim !

Elles installèrent Othello et bouclèrent la clinique, avant de se rendre en ville dans la voiture de location d'Elizabeth. Au salon de thé, on leur apporta des coupes de crème glacée aux fraises de bois, nappée de Chantilly, de noisettes et de coulis de chocolat chaud.

— Tu n'as pas eu l'air surprise, quand ils nous ont annoncé leur mariage, dit Elizabeth.

— Non, pas trop.

— Comment ça « pas trop » ? C'était le secret le mieux gardé de toute la ville !

— En fait...

— Etais-tu au courant de quelque chose que j'ignorais, par hasard ?

— Eh bien, un soir avec Billy, nous... nous sommes passés devant la maison de Mlle Henniker et nous les avons surpris ensemble.

— Et tu ne l'as dit à personne ?

Cassie haussa les épaules et entreprit de racler sa coupe vide.

Elizabeth l'observait avec tendresse. Il s'agissait sans doute d'une de leurs virées nocturnes, et ils avaient préféré en garder le secret. « Un jour, songea-t-elle, il faudrait aborder avec Cassie le sujet de ses fugues. Mais plus tard. »

Sur le chemin du retour, sa filleule lui apprit qu'elle était invitée à dîner chez Billy. Elles s'arrêtèrent un court instant à la clinique où Cassie se précipita pour récupérer son cartable. En l'attendant, Elizabeth songea qu'elle pourrait appeler Jed et l'inviter à dîner. Elle mettrait une nappe blanche, des bougies...

Tout à coup, un hurlement la fit tressaillir, et Cassie sortit comme une folle de la clinique.

— Viens vite! C'est horrible, il y a une chose morte par terre!

Elizabeth se précipita, écarta l'adolescente et s'arrêta net dans le hall. Devant elle, une petite colombe grise gisait sur le dos, les ailes tordues, la gorge tachée de sang. Lorsque Elizabeth s'agenouilla et la prit dans sa main, la tête de l'oiseau retomba inerte entre ses doigts.

— Qu'est-ce qui s'est passé? Comment est-elle entrée? demanda Cassie d'une voix étranglée.

La jeune femme sentit son cœur battre plus fort. La clinique était fermée à clé lorsqu'elles étaient sorties. Un oiseau n'aurait pas pu entrer, à moins qu'il ne fût déjà à l'intérieur avant leur départ; et cela elle l'aurait remarqué. Mais de quoi l'oiseau était-il mort? Elle écarta délicatement les plumes et examina la blessure avec attention.

— Mon Dieu!

— Qu'y a-t-il, Elizabeth? Qu'est-ce que tu as trouvé? demanda Cassie dans un murmure.

— Je n'en suis pas sûre. Viens, nous allons vérifier.

Elizabeth se redressa, déposa la colombe sur la table d'opération. Quelques minutes plus tard, elle extrayait un petit objet en métal.

— Qu'est-ce que c'est ?

— C'est une balle, répondit Elizabeth d'une voix blanche. Quelqu'un a tiré sur cette malheureuse bête.

— Tu crois ? Mais ça se serait passé à la clinique ?

Elizabeth eut un geste d'ignorance. Encore une manœuvre de Marty, sans doute ! Le sadisme de cette mise en scène le désignait. Elle fut prise de nausée en le revoyant lui caresser les cheveux et lui susurrer des : « Ma petite colombe... » Ce message sanglant, après l'accident du week-end précédent... Décidément ! Jusqu'à présent, elle croyait à la thèse de l'accident, mais maintenant...

— Comment l'oiseau est-il entré ? Elizabeth, réponds-moi ! insistait Cassie. Elizabeth, est-ce que tu vas bien ?

Incapable de parler, sa marraine hocha la tête.

— Non, ça ne va pas, affirma la fillette. Je vais chercher mon père.

La jeune femme tentait de se reprendre, mais l'image de la colombe ensanglantée lui soulevait le cœur. Les souvenirs qu'elle essayait à toute force d'occulter revinrent l'assaillir. Le meurtre de Lady n'avait donc pas rassasié Marty ? Et s'il s'en prenait à elle, de nouveau ?

Elle ne sut pas combien de temps elle resta ainsi, paralysée par la peur. Puis elle entendit la voix apaisante de Jed derrière elle. Quand elle se retourna, il était là, la main sur son épaule, et sa présence la combla de soulagement.

— Elizabeth, comment te sens-tu ?

Lorsqu'elle se leva, il la prit dans ses bras et plongea la tête dans ses cheveux. Elle aurait voulu rester une éternité ainsi, mais ils n'étaient pas seuls.

— Où est Cassie ?

— Elle est restée à la maison. Et toi, tu tiens le coup ? Elle appuya sa tête sur l'épaule de Jed.

— Je suis encore sous le choc, admit la jeune femme. Allons nous asseoir.

Il la guida jusqu'au canapé de la salle d'attente et lui prit la main.

— Que s'est-il passé ?

— Nous étions sorties prendre une glace avec Cassie, expliqua-t-elle, la voix encore tremblante. Et quand nous sommes rentrées, nous avons trouvé la colombe... Oh, Jed, quelqu'un l'a tuée froidement et ça ne peut être que Marty !

— Encore lui... Mais pourquoi donc aurait-il abattu cet oiseau ? demanda Jed en passant un bras autour de ses épaules.

Elle détourna les yeux et prit une profonde inspiration.

— Il ne s'agit pas de n'importe quel volatile. C'est une colombe, et Marty avait justement l'habitude de m'appeler sa « petite colombe ».

Jed blêmit. Les traits crispés, il demanda :

— Tu crois qu'il pourrait s'agir d'une menace voilée ?

— Je ne sais pas. Mais en pensant à la façon dont les freins du minibus ont lâché et...

— Tu as raison, interrompit Jed. Ce matin, je suis allé voir le garagiste et il m'a affirmé n'avoir jamais vu des freins lâcher de cette manière.

— Ce ne serait pas un accident, alors ?

— Je lui ai posé la même question, mais apparemment, ce n'est pas si simple. Le câble était légèrement usé, et, d'après lui, il n'y a aucun moyen de vérifier s'il a été ou non trafiqué.

— Il n'en est peut-être pas sûr, lui, mais moi, oui, murmura la jeune femme.

Ces dernières semaines, elle avait fini par se

convaincre que Marty ne la tourmenterait plus jamais. Maintenant, elle savait qu'il était toujours là, tapi comme une ombre malfaisante, prête à surgir à chaque instant.

— Jed, j'ai peur, avoua-t-elle. Qu'allons-nous faire à présent ?

— Tout d'abord, je propose que tu viennes habiter chez nous pendant quelque temps. Tu pourras t'installer dans la chambre d'ami.

— Mais, Jed...

Il lui posa un doigt sur les lèvres pour l'empêcher de protester.

— Cette fois, pas de discussion. Tu ne peux pas rester le soir ici toute seule. Cet homme est dangereux, Elizabeth, c'est un malade.

La jeune femme répugnait à l'idée de se dérober, mais elle se résigna, sachant qu'au fond, Jed avait raison.

— D'accord, mais je tiens à continuer mon travail normalement. Je ne vais pas vivre terrée chez toi, abrutie de terreur.

— A la maison, tu ne risques rien. Je serai là, répondit-il d'un ton convaincant.

Pourtant, il aurait aimé en être certain. Mais pour le moment, le plus important était de mettre Elizabeth à l'abri.

— Maintenant, allons chez toi prendre le nécessaire.

Il ne fallut que quelques minutes à Elizabeth pour rassembler dans une petite valise une chemise de nuit, un peignoir, quelques vêtements de rechange et sa trousse de toilette.

Elle trouva Jed dans la cuisine, en train de raccrocher le téléphone, l'air soucieux.

— Que se passe-t-il ? demanda-t-elle, s'attendant au pire.

— J'ai consulté la police et le shérif du comté. Ils m'ont tous donné à peu près la même réponse.

— Tu as appelé la police?

— Ecoute, Elizabeth. Nous avons affaire à un fou dangereux et il nous faut de l'aide. Même si la police ne peut agir préventivement, du moins accourra-t-elle au premier appel.

Appeler la police? Cette idée déplaisait à Elizabeth car il lui semblait qu'elle dramatisait les événements.

— Alors, qu'est-ce qu'ils t'ont dit?

— En gros, qu'ils effectueraient des rondes régulières dans le coin, qu'ils viendraient vérifier si tout allait bien, de temps en temps. Mais tant que nous ne pouvons pas prouver que Marty a des intentions criminelles, ils ne peuvent rien faire.

— Mais il y a Lady, et les freins du minibus...

— Nous n'avons aucune preuve pour Lady. Il n'y avait pas trace d'effraction, et je t'ai répété ce que le garagiste a dit à propos des freins.

La jeune femme se sentit soudain très abattue.

— Qu'est-ce que je vais devenir, s'il revient à la charge?

Jed la prit dans ses bras et la serra longuement contre lui.

— Nous appellerons la police. Et puis... Et puis... je ne sais pas.

15.

Marty ne revint pas. Ni ce jour-là ni les semaines suivantes. Après les vacances, Margaret et Tom rentrèrent de leur voyage de noces, détendus et radieux, et bientôt toute la ville fut témoin de leur bonheur. Billy Hankins fut bouclé à double tour par sa mère pendant une semaine, pour avoir été surpris au retour d'une de ses équipées nocturnes. Elizabeth récupéra son minibus dûment réparé et put de nouveau y aménager sa clinique ambulante.

Puis la rentrée s'effectua et une nouvelle existence commença alors pour Elizabeth, Jed et Cassie. Jamais la vie ne leur avait semblé plus belle.

Dans la journée, Jed s'arrangeait pour ne pas quitter Elizabeth des yeux. Quand elle se rendait à la clinique, il l'accompagnait, emportant avec lui ses cartons à dessins. Il s'efforçait de travailler pendant qu'Elizabeth s'affairait auprès de ses patients, mais bien souvent, il était obligé de veiller tard dans la nuit pour encrer et colorier ses croquis.

Deux semaines après l'arrivée de la jeune femme chez Jed et Cassie Parker, un matin au petit déjeuner, elle remarqua soudain à quel point son hôte paraissait fatigué. Ses traits tirés et les cernes sous ses yeux témoignaient d'un manque évident de sommeil. La jeune femme décida

dans l'instant que l'existence épuisante qu'il menait à cause d'elle devait cesser.

— Dis-moi, Jed, jusqu'à quelle heure as-tu travaillé cette nuit ? demanda-t-elle.

Il s'éclaircit la voix d'un air gêné.

— Je ne sais pas exactement, mais j'ai fini ma bande dessinée, c'est l'essentiel.

— Il était 2 heures du matin, intervint Cassie avant de mordre dans son toast. Baraka a aboyé et il m'a réveillée.

Voilà qui confortait la décision d'Elizabeth.

— Eh bien, Jed, à partir d'aujourd'hui je retourne seule à la clinique. Toi tu restes ici et tu te remets au travail normalement.

— Il n'en est pas question, protesta Jed.

— C'est comme ça, je n'y reviendrai pas, dit la jeune femme d'un ton définitif. Parce que si tu n'es pas d'accord, je reprends mes affaires et je rentre chez moi.

— Tu ne peux pas rester seule là-bas, c'est trop dangereux.

— Et toi, tu ne peux pas trimer toute la nuit et veiller sur moi le jour. De plus, il est temps que je reprenne une vie normale.

— Ne pourrait-on pas poursuivre cette discussion plus tard ? demanda Jed, jetant un coup d'œil en direction de sa fille.

Elizabeth se leva et posa son assiette dans l'évier. Elle était bien déterminée à se montrer ferme.

— Non, répondit-elle. Je dois opérer un chien très tôt ce matin, et d'ailleurs, je pars tout de suite.

— Très bien, je viens avec toi.

— Jed, je t'ai prévenu : soit j'y vais seule, soit je repars chez moi.

Cassie avait posé son toast. Elle les observait alternativement. A présent, dressés l'un en face de l'autre, ils s'affrontaient du regard. Il fallait trouver une solution,

songea l'adolescente. Elle réfléchit un instant... et soudain une idée lui traversa l'esprit :

— Elizabeth pourrait prendre Baraka avec elle à la clinique, pour la protéger, comme Lady autrefois, proposa-t-elle. Toi, papa, tu n'aurais qu'à l'appeler très souvent pour être sûr que tout va bien.

Elle vit leurs visages surpris se tourner vers elle. Son père fut le premier à réagir.

— Je ne vois pas ce que Baraka...

— C'est une excellente idée ! l'interrompit Elizabeth. Même si intérieurement elle se demandait comment pareil feu follet pourrait bien lui venir en aide en cas de danger... Mais peu importait ! Il lui fallait absolument convaincre Jed qu'elle serait en sécurité à la clinique. Avec Baraka comme garde du corps !

— Jed, je t'assure, tu t'inquiètes trop, ajouta-t-elle.

Comme il ne répondait pas, Cassie comprit qu'il était prêt à céder.

— Je suis sûre qu'on peut compter sur ce chien, trancha Cassie. Il est féroce, vous savez, c'est un bon gardien.

— Elle a raison. Tout ira bien, renchérit Elizabeth d'une voix qui avait recouvré sa douceur.

Avec un soupir résigné, Jed se laissa tomber sur sa chaise.

— Je n'aime pas cela, finit-il par marmonner. Je veux que tu m'appelles si tu remarques quelque chose de bizarre. N'importe quoi. Et fais bien attention de laisser le minibus toujours fermé à clé.

— Je te le promets, Jed, murmura-t-elle en lui posant la main sur l'épaule.

Cassie remarqua la tendresse du geste, ainsi que le sourire qui illuminait le visage de son père.

Une fois Elizabeth partie, accompagnée de son gorille personnel — Baraka —, Cassie se prépara un autre toast. Non pas qu'elle eut très faim, mais depuis quelque temps

déjà, elle désirait parler à son père, et voilà que l'occasion se présentait.

— Tu as l'air de bien aimer qu'Elizabeth vive ici, n'est-ce pas?

Absorbé par la lecture de son journal, Jed bredouilla une vague approbation sans même prendre la peine de lever la tête.

Bien! Puisque Jed faisait semblant de ne rien comprendre, Cassie allait employer les grands moyens!

— Je suppose que tu as l'intention de te marier avec elle? poursuivit-elle, prenant soin de bien articuler.

— Mmm?

Cassie commença à compter mentalement. Il s'écoula exactement cinq secondes avant que son père levât les yeux et posât son journal sur la table.

— Tu disais?

— J'essayais d'attirer ton attention, répondit Cassie, une lueur ironique dans les yeux. Et on dirait que j'ai réussi.

— On dirait, oui.

Jed observa sa fille un instant en s'efforçant de réprimer un sourire. Elle aurait quatorze ans dans quelques mois et, décidément, il ne la voyait pas grandir. Elle devenait femme chaque jour davantage.

— Pourquoi crois-tu que je compte épouser Elizabeth?

Cassie étala consciencieusement une épaisse couche de confiture de fraise sur son toast.

— J'habite ici, moi aussi, au cas où tu ne t'en serais pas aperçu.

— Et qu'est-ce que ça signifie?

— Rien de spécial... Simplement, je vois bien comment vous vous dévisagez, tous les deux.

Jed s'adossa contre son siège. Il ne se sentait pas encore tout à fait prêt à discuter de ses projets avec

246

Cassie, mais puisque, de toute évidence, elle en savait plus que lui sur ses propres intentions, il n'avait guère le choix.

— Bon, très bien. Supposons — je dis bien *supposons* — que tu aies raison. Que penserais-tu de ce mariage ?

Cassie le fixa pendant un long moment, puis haussa les épaules.

— Je n'en sais rien.

— Allons, tu ne m'aurais pas entraîné dans cette discussion sans avoir ta petite idée, observa Jed d'un ton rusé qui eut le don d'exaspérer Cassie.

Mise mal à l'aise par la soudaine détermination de son père, elle se tortilla sur son siège.

— Si vous vous mariiez, Elizabeth deviendrait ma belle-mère, n'est-ce pas ?

Jed haussa les sourcils. Il n'avait pas envisagé les choses sous cet aspect !

— Oui, en principe.

La réponse claqua.

— Eh bien, je ne veux pas de belle-mère. Je veux qu'elle reste ma marraine.

Décidément, tout était si compliqué, pensa Jed. Il savait à quel point la relation qu'elle entretenait avec Elizabeth était importante aux yeux de sa fille. Et s'il épousait cette femme, cela signifierait qu'elle aurait à partager son amie. La situation était d'autant plus délicate qu'il n'avait encore rien révélé de ses projets à Elizabeth. Il avait pourtant été tenté de le faire, un soir de la semaine passée, alors qu'ils se reposaient, tendrement enlacés, sur le canapé de l'atelier. Il sentait le corps de la jeune femme vibrer contre le sien, répondre à ses caresses. Il aurait aimé passer la nuit auprès d'elle, partager enfin son lit, mais elle s'était écartée en lui chuchotant qu'elle entendait des pas dans l'escalier. Ils avaient alors chacun regagné sa chambre, mais Jed, incapable de trouver le

sommeil, ne cessait de penser à elle. Oui, il voulait l'épouser. C'était même ce qu'il désirait le plus au monde. Mais le bonheur de Cassie passait avant tout. Et si ce mariage devait la faire souffrir, alors, il y renoncerait.

— Est-ce qu'il ne serait pas possible qu'Elizabeth reste vivre avec nous et que rien ne change ? reprit Cassie.

Sa question amusa Jed. Ces temps-ci, elle se comportait parfois en adulte et, l'instant d'après, elle redevenait une enfant.

— Tu sais, Cassie, les choses changent, qu'on le veuille ou non. Et quelquefois, elles s'améliorent.

— Je ne vois pas comment elles pourraient aller mieux, papa. Tout est déjà parfait.

Elle jeta un coup d'œil à sa montre et se dépêcha de terminer son toast.

— Je m'en vais maintenant. Je vais être en retard.

Elle saisit son sac et sortit.

Les jours passèrent très rapidement pour Elizabeth. A la fin de chaque après-midi, elle était impatiente de rentrer dîner avec Jed et Cassie. Sa vie était devenue un modèle d'harmonie. Mais un soir, dans la cuisine des Parker, alors qu'elle sortait la dernière plaque de cookies du four, elle se dit avec mélancolie que les meilleures choses avaient une fin. Depuis une semaine, elle se rendait seule à la clinique avec Baraka, et Jed l'appelait moins souvent. Elle se doutait d'ailleurs qu'il ne lui téléphonait plus par mesure de sécurité, mais plutôt par simple envie de lui parler. Quant à Marty, il avait apparemment abandonné la partie, ce qui renforçait sa certitude qu'elle n'entendrait plus jamais parler de lui.

Elle marcha jusqu'à la fenêtre et se perdit dans la

contemplation du jardin. Un court instant, elle observa un écureuil qui se balançait au bout d'une branche. En le voyant s'élancer dans le feuillage du grand chêne, Elizabeth se dit que le moment était venu pour elle aussi de prendre son élan. Elle ne pouvait pas s'incruster chez Jed éternellement. Il était grand temps de retrouver sa maison et de reprendre sa vie là où elle l'avait laissée. A cette pensée, un froid glacial l'envahit. Ces dernières semaines avec Jed et Cassie comptaient parmi les plus belles de son existence... Mais cela expliquait également, en partie, sa décision de s'en aller. Car elle sentait qu'elle était tombée éperdument amoureuse de Jed. Il semblait, certes, partager ses sentiments, mais elle craignait qu'il se sentît plus responsable d'elle que véritablement épris, et ne voulait pas qu'il éprouvât la moindre contrainte. Son expérience avec Marty lui avait au moins appris cela.

— Elizabeth ?

Au son de la voix de Jed, la jeune femme sursauta. Il s'approcha et posa la main sur son épaule.

— Tout va bien ?

— Oui, ça va. Tu m'as fait peur. Cassie doit rentrer dans une heure, après le match de base-ball, et je pensais que tu étais dans l'atelier.

Jed sourit.

— Je travaillais, en effet. Mais deux choses m'ont interrompu. La première, c'est cette irrésistible odeur de biscuits au chocolat !

Il en prit un dont il ne fit qu'une bouchée.

— Et la seconde ? demanda Elizabeth.

Jed avala le gâteau et en enfourna un autre sur-le-champ.

— Tu fais souvent de la pâtisserie, comme ça ?

— C'est la première fois depuis que j'ai quitté le lycée. Mais ne détourne pas la conversation. Quelle est l'autre chose qui t'a interrompu ?

Visiblement embarrassé, Jed commença à se balancer d'une jambe sur l'autre. Elizabeth songea avec gaieté que son comportement lui rappelait celui de Billy le soir du bal, quand il était venu chercher Cassie.

— J'ai un problème pour le scénario de ma rubrique, répondit-il enfin. Et... j'ai pensé que tu pourrais m'aider à le résoudre.

— Moi ? Je ne sais pas si je te serai d'un grand secours.

— Je suis sûr que si, viens, répondit-il en la prenant par la main pour la mener vers l'atelier.

Elizabeth le suivit avec le sentiment que quelque chose d'important se préparait.

Dans l'atelier, Jed lui montra ses premiers dessins. Ils représentaient tous la même ravissante créature qui avait récemment fait irruption dans la vie de John, le héros. Elizabeth persistait à se trouver une ressemblance troublante avec ce nouveau personnage, même si Jed niait énergiquement toute allusion autobiographique.

— Voilà, j'ai terminé ces trois cases, qui font partie de ce que l'on appelle une séquence, mais je n'arrive pas à me décider pour la chute.

Il lui tendit quatre feuilles. La première représentait les deux héros, John et Jane, au clair de lune, à l'avant d'une voiture.

— *Mais je croyais que nous devions aller au cinéma ?* disait Jane.

Elizabeth prit le deuxième feuillet. A présent, John tenait la main de la jeune femme.

— *C'est ce que j'ai dit à Jennifer pour pouvoir me retrouver seul avec toi*, lut-elle dans la bulle.

Elle détailla le troisième dessin. Le héros se tournait vers sa compagne et lui demandait :

— *Veux-tu m'épouser, Jane ?*

Intriguée, Elizabeth saisit la dernière feuille. Elle était blanche.

Elle se tourna vers Jed qui se tenait derrière elle, les mains posées sur sa taille.

— Et la suite? demanda-t-elle.

Jed la regardait en souriant. Elizabeth sentait une délicieuse tiédeur là où il avait posé ses mains.

— C'est justement ici que ça coince. A ton avis, que va-t-elle répondre?

Elizabeth sentit sa gorge se nouer. Essayait-il de la demander en mariage? Elle s'affola une seconde. Mais non! se raisonna-t-elle, il ne s'agissait que de la bande dessinée.

Elle se retourna pour examiner de nouveau les dessins. Depuis les débuts du feuilleton, John avait toujours vécu seul avec sa fille, Jennifer. Et c'était justement ce qui en avait fait tout le succès. A présent, il songeait à faire de son héros célibataire un homme marié, ce qui modifierait radicalement l'esprit de la série.

— Je ne sais pas très bien au juste, répondit-elle finalement. Elle lui répondrait qu'elle est bouleversée, en tout cas.

— Parce qu'elle n'épouse pas seulement un homme, mais aussi une famille?

Il passa ses deux bras autour de la taille de la jeune femme et elle frissonna quand la main chaude glissa le long de son dos.

— Eh bien, c'est un peu ça..., commença-t-elle.

Puis elle sentit ses lèvres sur sa nuque. Tout en continuant à l'embrasser, il dénoua le ruban qui retenait ses cheveux. Il les disposa amoureusement sur ses épaules, passa ses doigts dans les mèches soyeuses.

— Jed? s'entendit-elle demander d'une voix sourde. Qu'essaies-tu de me dire?

Brûlant de désir, il ne répondit pas immédiatement. Avec une infinie délicatesse, il défit le premier bouton du chemisier d'Elizabeth et laissa glisser sa main douce sur sa peau nue.

— Cela faisait une éternité que je voulais te le demander, murmura-t-il dans un souffle. Mais je ne savais pas comment m'y prendre. Je t'aime, Elizabeth, et je voudrais que tu sois ma femme.

A ces mots, elle crut que son cœur allait s'arrêter. Mais comment être sûre que Jed ne se sacrifiait pas à sa sécurité, par pitié, après le cauchemar qu'elle venait de vivre ?...

— Jed, tu as bien dit que tu y pensais depuis longtemps ?

— Je t'ai aimée dès la première seconde où je t'ai vue, Elizabeth. Mais tu appartenais à un autre.

Elle écarquilla les yeux.

— J'ai lutté au début, poursuivit Jed. J'ai essayé de t'éviter, de ne pas penser à toi, mais rien n'y faisait.

— Oh, Jed ! Je ne me doutais pas...

— Et pendant que tu me croyais ton ami, moi je vivais un véritable enfer. Ne ressentais-tu...

Il hésita.

— ... ne ressentais-tu rien de tout cela ?

Elle était sur le point de répondre par la négative, quand, soudain, les souvenirs des derniers mois lui revinrent en mémoire. Les délicieux frissons qui la parcouraient chaque fois que leurs mains s'effleuraient, Jed qui ne pouvait s'empêcher de la toucher, les prétextes qu'elle s'inventait pour s'arrêter chez lui quelques minutes...

— J'allais te répondre non, mais... Oh, comment ai-je pu être aussi aveugle ! Comment n'ai-je pas réalisé que je t'aimais depuis le début, moi aussi ?

Elle se retourna et, nouant ses bras derrière sa nuque, déposa un baiser sur ses lèvres.

— Jed, ce soir, je comptais t'annoncer que j'avais l'intention de rentrer chez moi. Je ne voulais pas que tu me supportes par simple compassion.

252

— Mais, de quoi parles-tu?

Il la mena jusqu'au canapé et s'assit à son côté. Elle voulut se blottir de nouveau contre lui, mais il la repoussa doucement.

— Mettons les choses au point, Elizabeth. Je ne pourrai jamais avoir pitié de toi. Je t'aime. Et je t'aime tant que, pour t'avoir sans cesse sous les yeux, j'ai dû créer cette compagne pour John, mon héros. Tu m'obsèdes, chérie.

Avec une tendresse infinie, il lui caressa la nuque.

— Oh, Jed...

Elle l'attira vers elle, mais de nouveau, il la retint.

— Tu n'as toujours pas répondu à ma question. Et nous ne bougerons pas, tant que tu ne l'auras pas fait. Elizabeth, veux-tu m'épouser?

Un sourire radieux illumina le visage de la jeune femme.

— Oui.

Il n'y avait rien d'autre à ajouter. Elle n'avait aucun doute cette fois, aucune peur. Elle se sentait sûre d'elle, sûre de lui. Elle aimait Jed plus que tout, et Jed l'aimait. Si des problèmes se présentaient un jour, ils les résoudraient ensemble.

Alors, seulement, il se pencha et s'empara fiévreusement de ses lèvres. Ce fut un long baiser ardent qui fit battre le cœur d'Elizabeth à se rompre.

Pour la première fois, elle aurait souhaité que Cassie ne rentre pas ce soir, et avant même qu'elle ait pu se sentir coupable d'une telle pensée, Jed disait dans un murmure :

— J'ai beau adorer Cassie, ce soir, j'avoue que je préférerais qu'elle passe la nuit ailleurs.

En prononçant ces mots, ses mains épousaient les formes voluptueuses de sa compagne, caressant ses seins. Elle les sentit s'ériger sous la paume brûlante. Mais elle trouva le courage de saisir les poignets de Jed.

— Arrête! Cassie risque de nous surprendre!

Elle regarda autour d'elle, tendit l'oreille pour bien s'assurer que la jeune fille n'était pas rentrée à l'improviste.

— J'ai l'impression que nous sommes deux adolescents obligés de se cacher derrière la grange pour s'embrasser, dit Jed. Je ne veux plus me dissimuler, Elizabeth. Marions-nous, maintenant.

— Ce soir? demanda-t-elle sur le ton de la plaisanterie.

— Que dirais-tu de demain?

— C'est sérieux, Jed?

— Absolument!

L'espace d'un instant, elle fut tentée d'accepter, s'imagina vingt-quatre heures plus tard, devenue Mme Jed Parker pour la vie. Mais elle pensa à Cassie : la mettre devant le fait accompli serait terriblement déloyal.

— Jed, nous n'avons pas le droit d'imposer notre décision à ta fille. Elle a besoin de temps pour s'habituer à cette idée.

— Il faudra qu'elle se fasse une raison, Elizabeth.

Tout en parlant, il enfouit sa main dans les cheveux d'Elizabeth, repoussa une mèche folle derrière son oreille. Ses doigts se posèrent sur le lobe un instant pour descendre lentement dans son cou. La jeune femme frissonna de plaisir.

— Je ne peux plus attendre, mon amour.

— Disons-le-lui samedi, suggéra-t-elle, en s'efforçant de se reprendre. Elle a son cours de gymnastique le matin, nous pourrions déjeuner ensemble chez moi, et cela nous donnerait tout l'après-midi pour en parler.

Elle bloqua de nouveau les mains de Jed qui s'égaraient et posa la tête sur son épaule.

— Comment penses-tu qu'elle va réagir, Jed? Tu crois qu'elle se doute de quelque chose?

— Dis plutôt que c'est elle qui a pris les devants, répondit Jed en souriant. Elle m'a demandé ce matin si je comptais t'épouser.

— Elle t'a demandé quoi ? s'exclama Elizabeth.

— Et elle m'a mis le couteau sous la gorge, poursuivit Jed. Alors, nous en avons discuté un peu. En fait, elle s'inquiète surtout du changement qui pourrait se produire dans ses relations avec toi.

La jeune femme secoua vivement la tête.

— Je veux que les choses restent comme elles sont, entre Cassie et moi. D'ailleurs, je ne vois pas en quoi le fait de t'épouser y changerait quoi que ce soit.

Jed eut un sourire malicieux en se penchant vers elle pour l'embrasser.

— Enfin, j'espère tout de même que… quelque chose, au moins, va changer, murmura-t-il en resserrant son étreinte.

Retenant son souffle, Cassie s'adossa contre le mur. Plus un bruit à présent ne parvenait du salon, ce qui signifiait probablement qu'ils étaient en train de s'embrasser. Pour une fois, elle ne les espionnait pas sciemment. Sachant qu'elle était en retard, elle avait laissé Baraka dehors et était passée par la porte de la cuisine. Mais, alors qu'elle prenait un cookie au chocolat avant de passer au salon, des murmures étouffés lui parvinrent. Elle ne put s'empêcher d'écouter. Leur conversation ne lui apprit pas grand-chose, sinon qu'Elizabeth l'aimerait autant, sinon plus, que par le passé. Cette nouvelle la rasséréna. Elle croqua dans son cookie.

De nouveau, elle entendit Elizabeth et tendit l'oreille :

— Je t'aime, Jed, murmurait la voix.

Puis de nouveau, le silence.

Il était temps de s'annoncer, décida Cassie. Rebrous-

sant chemin sur la pointe des pieds, elle fit le tour par l'extérieur et ouvrit en grand la porte d'entrée. Baraka se précipita en jappant de joie.

Au moins, une chose était sûre, se dit-elle, pour une fois, elle ne se ferait pas gronder pour son retard. D'ailleurs, elle était prête à parier qu'ils ne se rendraient compte de rien.

Elizabeth et Jed entendirent une porte claquer et Baraka fit une entrée remarquée en aboyant bruyamment. Puis, Cassie se manifesta avec une égale turbulence :

— Super ! Des cookies au chocolat !

Ils s'écartèrent l'un de l'autre, et Elizabeth tenta de remettre un peu d'ordre dans ses cheveux.

— Sers-toi, Cassie ! cria-t-elle. Ton père et moi, nous sommes là !

La fillette parut dans l'embrasure de porte, en mâchant un cookie et en en gardant deux autres dans la main.

— L'équipe de Billy a gagné ! C'était lui le buteur, annonça-t-elle fièrement. Il a vraiment bien joué. Après le match, on est allés prendre une glace.

— Je suis content que vous ayez passé une bonne soirée, répondit Jed. Maintenant, il est tard, lave-toi les dents et va au lit.

— Je monte me coucher, moi aussi, dit Elizabeth. Je suis un peu fatiguée.

En gravissant l'escalier, elle dut faire un effort pour résister à l'envie de prendre Cassie dans ses bras et de lui annoncer la merveilleuse nouvelle. Mais Baraka facilita les choses en venant se faufiler dans leurs jambes pour suivre Cassie dans sa chambre.

— Tu n'as pas cédé, j'espère ? Tu ne lui permets pas de dormir avec toi, au moins ? demanda Elizabeth.

— Non, non, répliqua l'adolescente d'un air angé-

lique. Mais quelquefois, je prends mon sac de couchage et je vais dormir avec lui dans la cuisine. Il me tient chaud et il est si mignon !

— Je suis sûre qu'il pense la même chose de toi, répondit Elizabeth en souriant.

Elle serra enfin Cassie dans ses bras en regrettant qu'on ne fût pas samedi pour pouvoir lui faire partager leur secret et, tous les trois, commencer à envisager leurs projets d'avenir.

La chambre d'ami parut à Elizabeth terriblement froide et vide. Après une toilette rapide, elle enfila sa chemise de nuit et se glissa dans son lit en réprimant un soupir de regret. Une heure plus tard, elle était toujours éveillée, pensant à Jed, incapable de trouver le sommeil. Elle tentait de se concentrer sur le léger bruissement des feuilles nouvelles que le vent agitait, tout près de sa fenêtre, mais rien n'y faisait. Son esprit ne voulait pas la laisser en paix, la ramenant sans cesse à Jed. Elle voulait sentir sa peau nue contre la sienne, ses bras puissants autour d'elle, leurs deux corps ne faisant qu'un. Elle ne pourrait jamais attendre jusqu'au mariage. Pas une minute, pas une seconde de plus, elle voulait Jed maintenant. Elle laissa échapper un nouveau soupir, et se retourna entre ses draps, serrant son oreiller contre sa poitrine.

Soudain, elle entendit des pas dans l'escalier. Elle retint son souffle si longtemps que cela lui parut une éternité. Elle distinguait à peine les contours des objets, dans l'ombre de la chambre. Elle perçut un cliquetis de serrure, puis la porte s'ouvrit lentement, sans bruit. Une haute silhouette se découpait dans l'embrasure.

— Elizabeth, tu dors ? murmura la voix de Jed.

— Non.

Son cœur battait à se rompre. Sa respiration était oppressée.

Il entra dans la chambre, referma doucement la porte en silence derrière lui. Elizabeth entendit la clé tourner dans la serrure et elle sentit qu'elle tremblait. Pas de peur, mais d'impatience. Comme il se retournait, un pâle rayon de lune l'éclaira. Et comme dans un rêve, elle le vit s'approcher d'elle, grand, mince, magnifiquement viril, vêtu d'un peignoir de bain, négligemment noué à la taille.

— J'espérais que tu ne dormais pas, souffla Jed.

Au son de sa voix, elle frémit de nouveau et chercha sa respiration.

— Je n'y arrivais pas. Je n'arrêtais pas de penser à toi.

Chaque parcelle de son être réclamait le corps de Jed contre le sien et elle put lire le même désir dans ses yeux.

Il s'approcha plus près et lui caressa d'un doigt le coin des lèvres.

— Je n'ai pas pu m'empêcher de venir, Elizabeth.

— J'en suis heureuse. J'ai failli en faire autant.

Il fit glisser sa main le long de la joue d'Elizabeth et l'enfouit dans ses cheveux.

— Pourquoi ne pas l'avoir fait?

— Parce que...

Elle en ignorait la raison, mais à présent cela ne comptait plus. Une seule chose importait : la main chaude de Jed qui effleurait son cou et ses épaules en une caresse exquise. Une main qui descendait doucement vers l'échancrure de sa chemise de nuit. Ses doigts étaient si brûlants sur son corps... Enivrée par l'odeur de sa peau, Elizabeth ferma un instant les yeux. Quand elle les rouvrit, elle vit que la ceinture du peignoir de Jed avait glissé. Le vêtement défait révélait un corps d'athlète nu, parfait, luisant dans la clarté lunaire. Une onde de désir la parcourut.

— Oh, mon amour..., dit-elle.

258

Le visage de Jed se pencha vers elle. Leurs regards se dévoraient. Il l'embrassa avec une infinie douceur, d'abord, puis sa bouche se fit plus ferme, impérieuse. Elizabeth noua les bras autour de son cou et, avec un soupir, l'attira vers elle.

— Je t'aime, Elizabeth. Je t'aime tant, murmura Jed. J'attends ce moment depuis si longtemps.

— Oh, Jed, je t'aime aussi. J'ai envie de toi, de tes mains sur moi, de ta peau... Je veux faire partie de toi.

Jed la serra très fort contre lui, heureux de sa confiance, de son abandon. Il laissa ses lèvres errer dans son cou, à la naissance de ses seins, remonta la chemise de nuit, puis l'ôta avec d'infinies précautions. Ses paumes brûlantes parcouraient fiévreusement le corps nu d'Elizabeth, s'attardaient sur ses hanches, ses seins. Jed se redressa soudain, laissa tomber son peignoir au pied du lit et se glissa auprès d'elle. Ils s'étreignirent. Elle l'attira sur elle avec une force qu'elle ne se connaissait pas. Et ils se fondirent l'un en l'autre, souffle et chair confondus. Une même extase les fit vibrer en une éblouissante fusion.

Longtemps après, lorsque les premiers rayons rosés du soleil filtrèrent à travers les volets, ils étaient toujours blottis l'un contre l'autre, encore émerveillés par l'instant magique qu'ils venaient de partager.

— Je t'aime, Elizabeth, murmura Jed.

Elizabeth se pressa contre lui, ivre de bonheur.

— Mon amour, c'est la plus belle nuit de ma vie.

— Une des plus belles, rectifia-t-il en souriant. Nous en passerons encore mille et une. Encore et encore. Le reste de notre vie.

— Promis ?

— Juré, répondit Jed.

Et comme pour donner plus de poids à son serment, Jed l'enlaça de nouveau et prit ses lèvres avec passion.

16.

Le samedi suivant, Elizabeth se réveilla très tôt, avec un sentiment de plénitude. Elle ouvrit les yeux et sourit devant l'empreinte qui creusait l'autre oreiller, témoin de la nuit que Jed avait passée auprès d'elle. Il était venu la rejoindre chaque soir de cette semaine et ne la quittait qu'aux premières lueurs de l'aube. Mais bientôt, ils n'auraient plus à se cacher et pourraient partager le même lit aussi longtemps qu'ils vivraient.

A cette pensée, un sentiment d'exaltation gonfla le cœur de la jeune femme. Si tout se passait bien avec Cassie, Jed et elle se marieraient le plus vite possible.

Elle s'habilla rapidement, expédia son petit déjeuner et laissa une note sur le réfrigérateur, invitant Jed et Cassie à la rejoindre à midi.

Une fois arrivée à la clinique, elle consulta son carnet de rendez-vous : à peine quelques consultations de routine et une intervention légère sur un jeune cocker. Elle appela donc son assistante pour la prévenir de ne pas se déranger et lui souhaita un bon week-end.

Elle effectua un petit travail de chirurgie sur le chien, reçut quelques clients et classa la comptabilité en retard. De temps en temps, elle levait les yeux vers la pendule, se demandant si Cassie rentrerait tôt de son cours de gymnastique. Mais ses pensées la ramenaient

sans cesse à Jed. Elle décrocha le téléphone et composa son numéro mais n'obtint aucune réponse. Un peu plus tard, elle surprit Baraka qui jappait joyeusement dans la salle d'opération, dans l'intention évidente de réveiller le cocker toujours sous anesthésie.

Elizabeth se mit à rire.

— Tu ne peux pas encore jouer avec lui, enfin ! Je viens de l'opérer.

Comme elle s'approchait, Baraka fila vers la porte d'entrée et posa ses pattes avant sur la poignée, en aboyant de plus belle.

— Bon, d'accord, tu as gagné ! Nous allons jouer au Frisbee.

A l'instant même où elle prononça le mot « Frisbee », le regard du jeune chien s'illumina. Il se mit à sauter contre la porte en remuant la queue.

Dès qu'elle lui ouvrit, Baraka se rua dans le jardin. Dehors, les branches des marronniers se couvraient de minuscules feuilles vertes et les azalées laissaient déjà apparaître de larges pétales d'un rose éclatant, comme pour saluer le retour du printemps. Emerveillée, Elizabeth ferma les yeux un instant et respira avec délices l'odeur de la terre humide chauffée par le soleil matinal.

Toujours fouineur et curieux, Baraka reniflait les fleurs sur son passage et soulevait les feuilles de la truffe, cherchant l'endroit où Elizabeth avait lancé le jouet.

Il le trouva enfin et trotta fièrement vers Elizabeth, le disque de plastique bleu dans la gueule.

— Allez, donne-le-moi, dit-elle.

Il grogna pour la forme mais se laissa prendre le Frisbee. Elizabeth le relança.

— Allez, Baraka, va le chercher !

Il s'élança avec un jappement de plaisir, puis, souplement, l'attrapa au vol.

— Viens, maintenant !

L'espace d'une seconde, le chien s'immobilisa comme s'il cherchait à se rappeler la règle du jeu. Au même instant, il aperçut un lapin qui détalait dans les futaies. D'instinct, il se lança à sa poursuite.

— Oh, non, murmura Elizabeth en soupirant.

Comment le récupérer, à présent ? En attendant qu'il revînt bredouille et pantelant, elle décida de rentrer à la clinique où elle ôta sa blouse pour accueillir Jed et Cassie qui ne tarderaient plus, maintenant. Elle s'apprêtait à ranger quelques instruments lorsqu'elle entendit du bruit provenant de l'entrée. Sans doute Baraka qui revenait de sa fugue, songea-t-elle.

Elle traversa la clinique pour aller lui ouvrir.

— Alors, c'est maintenant que tu rentres ?

Soudain, elle s'immobilisa sur le seuil ; elle crut que son cœur allait cesser de battre.

Non, ce n'était pas Baraka qui se trouvait sur le perron... Mais Marty.

— Bonjour, ma petite colombe, tu m'as manqué.

D'un geste brusque, il bloqua le battant de la porte d'entrée et sourit en tendant la main vers sa joue.

À son contact, une profonde sensation de dégoût envahit Elizabeth tandis que l'image révoltante lui revenait en mémoire : la colombe grise, morte, ensanglantée, gisant en un petit tas pitoyable à l'endroit exact où elle se trouvait en ce moment.

Tout en s'efforçant de garder son calme, elle commença à reculer lentement. Mais à l'instant où elle pensait pouvoir refermer la porte, Marty avança et la repoussa du pied. Elizabeth eut une nausée en comprenant qu'à présent, elle se trouvait à sa merci.

— N'aie pas peur, dit-il avec une inquiétante suavité. Je veux seulement entrer te parler un instant.

— Je... je ne crois pas que ce soit une très bonne idée, balbutia-t-elle.

Le sourire de Marty qu'elle trouvait auparavant si charmant, lui semblait maintenant terriblement menaçant. Il était toujours aussi séduisant et élégant, mais cette façade aimable était un leurre dangereux.

— J'ai beaucoup de travail, poursuivit-elle d'une voix étranglée. Et... j'ai rendez-vous à midi.

Midi, se répétait-elle inlassablement. Jed ne serait là qu'à midi !

Soudain, elle entendit un craquement de feuilles. Elle jeta un coup d'œil derrière Marty et aperçut Baraka qui sortait du bois.

Marty maintenait toujours la porte ouverte. Peut-être que, si Baraka détournait son attention une seconde, elle pourrait en refermer le battant de toutes ses forces.

— Au diable ton travail ! rétorqua Marty en plissant les yeux. Ce que j'ai à te dire est plus important.

Puis il la bouscula pour l'obliger à reculer et donna un grand coup de pied dans le vantail qui se referma derrière lui.

Elizabeth sursauta. Il fallait à tout prix trouver un moyen d'ouvrir de nouveau pour permettre à Baraka d'entrer.

Elle croisa ses mains devant elle, s'efforçant d'en dissimuler les tremblements. A chaque seconde qui s'écoulait, elle sentait les battements de son cœur s'accélérer.

Elle fit un pas en avant, et au même moment, Baraka poussa un aboiement qui attira l'attention de Marty.

— Espèce de voyou ! s'écria celui-ci d'un ton hargneux.

Au son de cette voix, Baraka émit un grondement sourd, tandis qu'il retroussait les babines.

— Ici, Baraka ! cria Elizabeth.

Mais Marty faisait barrage, implacable.

Le chien grattait désespérément la porte, lançait des grognements furieux.

— Alors, je vois que tu t'es trouvé un autre chien, Elizabeth. Mais on dirait que celui-ci ne te sera pas d'un grand secours.

Le sourire cruel qui jouait sur ses lèvres minces fit passer un frisson dans le dos d'Elizabeth. Lentement, très lentement, sans cesser de le fixer du regard une seule seconde, elle recula. Mais elle dut s'immobiliser, le dos contre la table d'examen. Elle se décida à faire face et se força à sourire.

— Alors, que voulais-tu me dire ?

Les yeux transparents de Marty ressemblaient à deux petits lacs de glace.

— Tu sais quel jour nous sommes, ma chérie ?

Il continuait à avancer vers elle. Alors qu'il ne se trouvait plus qu'à quelques centimètres, il tendit la main vers sa joue. Quand il la toucha, elle eut un sursaut de répulsion. Puis, il commença à la caresser. Elle sentit ses doigts descendre le long de son visage jusqu'à sa bouche dont il dessina longuement les contours, semblant se divertir de la terreur qui devait se lire sur son visage. Il semblait à Elizabeth que ce calvaire n'aurait jamais de fin. L'horreur lui nouait l'estomac. Seule sa volonté lui interdisait de pleurer, car, elle le savait, si elle cédait à la peur, il la frapperait. Et personne ne pourrait l'entendre. Baraka s'était tu. Sans doute avait-il trouvé d'autres occupations...

A présent, Marty se penchait si près qu'elle sentait son souffle sur son visage.

— Alors, la date d'aujourd'hui ne te dit rien, Elizabeth ?

Sa respiration semblait plus rapide et des gouttes de transpiration perlaient à son front.

Tout à coup, il cessa de caresser ses lèvres et l'attrapa violemment par les épaules.

— La date ? La date de quoi ? parvint-elle à demander d'une voix faible.

265

— Nous sommes le 3 avril, ma petite colombe. Tu n'as quand même pas oublié notre mariage ?

Les doigts de Marty s'enfonçaient cruellement dans ses épaules.

— Tu devais devenir ma femme, aujourd'hui ! A l'église, tu allais marcher vers moi dans ta robe blanche. Et puis ce soir, pour notre nuit de noces, j'aurais partagé ton lit, te faisant mienne pour la vie. Tu m'appartiendrais enfin. A moi seul. Tu te souviens maintenant ?

Elizabeth s'efforçait de dissimuler sa panique. Doucement, millimètre par millimètre, elle tentait de se dégager de son étreinte, essayait de contourner la table.

— Ne fais plus un geste ! cria-t-il soudain.

Il fit voler une de ses mains en l'air, tel un serpent prêt à l'attaque, et saisit le bras d'Elizabeth pour mieux la maintenir contre la table.

— Tu ne me fuiras plus jamais, tu comprends. Tu as essayé, mais maintenant tu ne m'échapperas pas !

Son souffle était court et rapide. Il était presque contre elle, à présent. Ses lèvres dessinaient un sourire pervers et effrayant.

— Si je ne peux pas t'avoir, Elizabeth, eh bien, personne ne t'aura jamais.

Elle le vit alors porter lentement sa main vers la poche de sa veste. Elle veillait à demeurer parfaitement immobile, le dos cambré durement contre l'acier froid de la table d'examen. Il allait lui faire du mal, elle le savait. Son seul allié était le temps, à présent.

Toujours maître de lui, Marty retira la main de sa poche.

Elizabeth sentit son sang se glacer dans ses veines en reconnaissant un petit revolver d'acier.

— Non, le supplia-t-elle d'une voix tremblante.

266

Pose ça. Tu n'as pas besoin de me menacer avec une arme.

— N'aie pas peur, ma petite colombe, tout sera bientôt fini.

Elle cherchait désespérément une diversion dans son cerveau vidé par la terreur.

Derrière lui, les aiguilles de la pendule affichaient presque midi. Il fallait absolument gagner du temps, continuer à lui parler.

— Mais nous ne sommes pas pressés, Marty. N'est-ce pas ? réussit-elle à dire.

— Non, petite colombe, rien ne presse.

Il avança encore d'un pas, et pointa le revolver vers la poitrine d'Elizabeth.

Jed tendit à bout de bras le dessin de Lady qu'il venait de terminer afin d'en vérifier les proportions. Le résultat lui plut. Il était parvenu à rendre la nuance dorée des yeux de la chienne et les reflets blond-blanc si particuliers à la race des labradors. Il le savait, Elizabeth serait ravie. Il avait travaillé à son dessin toute la matinée et prévoyait de le lui offrir tout à l'heure, au déjeuner.

Il baissa les yeux sur sa montre, en calculant que si Cassie ne tardait pas, ils auraient même le temps d'acheter quelques fleurs pour leur hôtesse.

Il se dirigea vers la cuisine, sans but précis. Jed se sentait un peu nerveux à mesure qu'approchait la discussion avec Cassie et l'annonce de son mariage. Il était pourtant presque convaincu qu'elle accueillerait la nouvelle avec plaisir ; mais, avec cette fantasque adolescente, sait-on jamais !

Ce fut à ce moment précis qu'il entendit des aboie-

ments impérieux, insistants. Intrigué, il ouvrit la porte d'entrée et vit avec surprise Baraka galoper avec fureur pour le rejoindre. Essoufflé, le chien haletait bruyamment sans cesser d'aboyer.

— Baraka, que fais-tu ici ? Tu devrais être à la clinique.

Le jeune chien aboya de plus belle. Il semblait en proie à une étrange agitation.

— Viens ici, lui cria Jed. Je vais appeler Elizabeth.

Comme l'animal n'obéissait pas, Jed essaya de l'attraper par le collier, mais il se déroba d'un bond, gémissant et grognant tandis qu'il repartait en arrière.

— Baraka, qu'est-ce que tu as ?

Jed s'approcha encore du chien pour tenter de le saisir, mais cette fois Baraka se mit à gronder et se débattit avec tant de force qu'il entraîna son maître presque en bas des marches du porche.

Alors celui-ci lâcha le collier. Cette fois, le chien n'essayait pas de l'inciter à jouer ou à venir courir avec lui. Son comportement était différent.

— Baraka, que se passe-t-il ?

En aboyant toujours, le chien s'éloigna, parcourut quelques mètres, puis rebroussa chemin. Il dut répéter son message une fois encore avant que Jed n'en saisisse le sens.

— Oh, mon Dieu ! Elizabeth...

Sans perdre une seconde, il se précipita vers sa voiture. Baraka bondit à l'intérieur. Jed n'avait encore jamais conduit aussi vite, pourtant le trajet jusqu'à la clinique sembla interminable. De temps en temps, Baraka jappait avec impatience. Puis, lorsqu'ils arrivèrent enfin aux abords de la maison, il commença à aboyer avec rage, découvrant des crocs menaçants. Jed n'essaya même pas de le faire taire. D'ailleurs, il l'entendait à peine.

Il s'arrêtait devant la clinique quand il entendit un coup de feu. Il bondit hors de la voiture, gravit les marches. Il n'eut que quelques secondes pour analyser la scène — Elizabeth étendue sur le sol au pied de la table d'examen, et Marty, debout, devant elle, un revolver à la main — avant que Baraka se précipite. Avec un rugissement féroce, il chargea Marty, le faisant tomber en arrière. Tous deux s'écrasèrent au sol et une nouvelle détonation retentit.

Jed demeura comme statufié dans le silence mortel qui s'ensuivit. Marty ne bougeait plus. Baraka se tenait au-dessus de lui, grognant toujours.

Tel un automate, Jed traversa la pièce d'un pas raide et s'agenouilla près d'Elizabeth, terrifié à l'idée de ce qu'il allait peut-être découvrir. Il murmura son nom. La jeune femme, livide, avait les yeux clos. Une tache de sang s'élargissait lentement sur son chemisier, au-dessous de l'épaule.

— Elizabeth ? Elizabeth ? répéta-t-il inlassablement. Mais elle ne répondit pas.

Dans le couloir du service des urgences, Jed et Cassie étaient assis côte à côte, les yeux hagards.

Sept années auparavant ils se trouvaient au même endroit. Et cela faisait resurgir en eux de terribles souvenirs.

— C'est exactement comme la dernière fois, dit Cassie d'une petite voix désespérée. Quand maman a eu l'accident. J'ai l'impression d'être restée des heures et des heures ici.

Jed aurait préféré qu'elle ne ranimât pas ces pénibles images. Il se rappelait trop bien l'angoisse qui le ravageait, ce jour-là, et ses larmes de colère et de douleur

qu'il ne se souciait pas de contrôler. Les années avaient fini par atténuer sa peine et voilà qu'aujourd'hui elle le frappait de nouveau de plein fouet.

— Est-ce qu'elle va mourir, papa ? demanda Cassie, les yeux emplis de larmes.

— Non, elle ne va pas mourir, répéta-t-il à sa fille en essayant de s'en persuader lui-même. Le chirurgien a dit qu'il viendrait nous prévenir dès qu'il aurait extrait la balle.

Pendant quelques minutes, ils restèrent ainsi, silencieux, les yeux perdus dans le vide. Cassie triturait un fil du tissu qui recouvrait sa chaise.

— A l'heure qu'il est, nous devrions être en train de déjeuner, reprit-elle en enroulant le fil autour de ses doigts. Et vous alliez m'apprendre que vous vouliez vous marier.

— Comment le sais-tu ? demanda Jed, trop accablé pour paraître surpris.

— Je vous ai entendus en parler.

— Et qu'en penses-tu ?

— J'avais l'intention de vous donner un peu de fil à retordre, confessa-t-elle.

Pour seule réponse, Jed se contenta de hocher la tête.

— Je comptais vous dire que j'adorais Elizabeth en tant que marraine et que je n'aimais pas imaginer qu'elle allait devenir ma belle-mère.

Comme Jed ne répondait pas, Cassie poursuivit d'une voix hésitante :

— Et j'avais tort, papa.

De grosses larmes se mirent à couler le long des joues de l'adolescente et son père lui prit la main pour tenter de la réconforter.

— Les sentiments n'ont jamais tort, Cassie. Et tu ne dois pas avoir honte de ce que tu ressens.

— Mais cette fois c'était une bêtise, insista-t-elle.

Elizabeth ne peut être qu'une belle-mère merveilleuse. Et puis, si vous vous mariez, elle sera à la maison tous les jours.

— Et ça te plairait?

Cassie acquiesça d'un mouvement de tête.

— Mais maintenant ce n'est peut-être plus possible, dit-elle. Si j'avais su... Si on pouvait savoir avant... J'ai peur, papa.

Sentant qu'il serait impuissant à la consoler, Jed serra la main de sa fille avec ferveur.

— C'est vraiment Baraka qui a sauvé la vie d'Elizabeth? demanda-t-elle au bout d'un moment.

Jed s'efforça de contrôler ses émotions. Chaque fois qu'il revoyait la scène, il ne pouvait s'empêcher de trembler. Cassie souffrait autant que lui, il en était conscient. Mais, bon sang! songea-t-il, qu'il était donc difficile de la rassurer quand il se sentait lui-même au bord du gouffre.

Il prit néanmoins une profonde inspiration et recommença son récit, une fois de plus.

— Oui, Cassie, c'est grâce à lui qu'elle est encore en vie. Il a couru jusqu'à la maison pour venir me chercher. Il aboyait très fort. Puis il s'est mis à grogner et m'a fait comprendre que je devais y aller.

— Et quand tu es arrivé, il a sauté sur Marty et a fait tomber le revolver?

Jed acquiesça. Il avait déjà appris à Cassie la mort de Marty.

— Mon chien a fait preuve de beaucoup de courage, n'est-ce pas? Il aurait pu être tué, lui aussi.

— Oui, Cassie, mais il est bien vivant.

Elle poussa un long soupir de soulagement.

— Au moins, Baraka s'en est sorti.

Oui, pensa Jed. Baraka était sain et sauf. Et il ne restait plus qu'à prier pour qu'Elizabeth le soit également.

Quand le chirurgien passa enfin les portes battantes de la salle d'opération, Cassie et Jed se levèrent d'un bond.

Il se dirigea vers eux, les mains encore recouvertes de ses gants. Jed scrutait l'expression de son visage : le médecin souriait.

Cassie serrait fort la main de son père tandis que le praticien leur expliquait que l'extraction de la balle avait été facile. Le projectile, de petit calibre, s'était logé sous la clavicule, ne provoquant qu'une blessure sans gravité.

— Elle va se sentir un peu engourdie pendant quelques jours, mais dans une semaine ou deux, elle sera parfaitement rétablie. Cette nuit, je préférerais toutefois qu'elle reste ici en observation. Elle pourra rentrer chez vous dès demain.

— Papa ! Papa ! Elle va bien ! cria Cassie qui ne contenait plus sa joie. Est-ce qu'on peut la voir, monsieur ?

— Bien sûr, elle est réveillée et elle vous a demandés.

Ils traversèrent le couloir jusqu'à la chambre d'Elizabeth. « Chez vous », avait dit le chirurgien. « Chez nous », rectifia Jed. A présent, il en était sûr, un merveilleux avenir s'offrait à eux.

Elizabeth leur parut extrêmement pâle dans la blancheur de son lit d'hôpital. Mais dès qu'elle les vit franchir le seuil de la chambre, un sourire radieux éclaira son visage et elle tendit son bras gauche, les invitant à venir l'embrasser.

Cassie courut vers elle et Jed, de l'autre côté du lit, étreignit la main d'Elizabeth, comme s'il voulait lui transfuser son amour. Un immense sentiment de soulagement l'envahit. Le médecin disait vrai : elle avait déjà bonne mine.

272

— Je suis contente que tu ne sois pas morte, déclara Cassie, un peu abrupte.

— Moi aussi, approuva Elizabeth en riant.

Elle eut une petite grimace quand elle bougea involontairement l'épaule.

— Ta blessure te fait très mal ? demanda Cassie.

— Non, pas très. Sauf quand je ris. Au fait, je suis désolée d'avoir raté notre déjeuner.

— Ce n'est pas grave, répondit l'adolescente. De toute façon, je savais déjà ce que vous aviez l'intention de me dire. Et puis, papa et moi en avons discuté.

Elizabeth jeta un regard interrogateur à Jed qui hocha la tête pour confirmer le fait.

— Et alors, ton verdict ? demanda la jeune femme en observant le visage de Cassie.

— Eh bien, je pense que papa ne pourra jamais trouver une meilleure épouse, déclara celle-ci.

Elizabeth lâcha la main de Jed pour attirer Cassie contre elle.

— Merci, ma chérie, lui murmura-t-elle.

— Mais je voudrais quand même te demander..., reprit Cassie. Quand vous serez mariés, comment devrai-je t'appeler ?

Elizabeth dévisagea cette enfant qu'elle aimait déjà de tout son cœur depuis longtemps. Elle s'était préparée à toutes les questions que Cassie était susceptible de lui poser, mais à aucun moment à celle-là. Pourtant, de toute évidence, seul ce petit problème la préoccupait.

— Eh bien... Je crois que tu pourrais tout simplement continuer à m'appeler Elizabeth. Ça a plutôt bien marché jusqu'à présent.

Cassie parut intensément soulagée.

— J'espérais que tu me dirais ça.

Elle recula, regarda son père, puis Elizabeth, avant de demander :

— Ça ne t'embête pas, Elizabeth, si je vais voir Baraka maintenant. Papa m'a dit qu'il l'avait laissé à la clinique.

— Bien sûr ! Vas-y, Cassie.

— Tu sais qu'il t'a sauvé la vie ?

— Oui. Dis-lui merci de ma part. Embrasse-le très fort et donne-lui un cookie au chocolat.

— D'accord ! répondit joyeusement l'adolescente en regagnant la porte.

— Et dis-lui qu'il a été très courageux. Comme Lady.

Elizabeth la regarda sortir de sa chambre, puis elle se tourna vers Jed.

— Il m'a vraiment sauvé la vie ?

— Oui..., répondit-il en s'asseyant près d'elle, sur le bord du lit. Il lui prit la main.

Sa phrase resta en suspens.

— Je l'ai échappé belle, dit-elle amèrement. Il poursuivait un lapin au moment où Marty est arrivé. Ensuite, quand il a essayé d'entrer, Marty lui a claqué la porte au nez. J'ai cru qu'il était parti gambader ailleurs, et puis...

Jed lui caressa tendrement la joue.

— Il n'est pas nécessaire d'y penser maintenant, Elizabeth.

Il vit la fatigue crisper les traits de la jeune femme.

— Il vaut mieux que je te laisse te reposer, ma chérie.

— Non, j'ai besoin d'en parler, Jed, insista-t-elle. J'ai l'impression d'avoir vécu un cauchemar, comme si tout cela était arrivé à quelqu'un d'autre.

Elle ferma les yeux un long moment avant de reprendre :

— Marty est entré de force. Il était fou furieux parce que nous sommes le 3 avril, la date de la cérémonie prévue à Richmond.

274

Elle surprit une petite grimace sur le visage de son compagnon.

— Ne t'en fais pas, moi aussi j'avais oublié ! Au bout d'un moment, Marty a sorti un revolver et m'a dit qu'aucun homme ne m'aurait jamais. Je savais qu'il fallait le faire parler le plus longtemps possible, car vous alliez arriver. J'ai pensé que je pouvais le calmer jusqu'à ce que...

— Tout va bien, ma chérie. C'est terminé à présent, murmura Jed d'un ton apaisant.

— Est-ce que Marty... Est-ce qu'il...

— Il est mort, Elizabeth. En bondissant sur lui, Baraka l'a renversé. Le revolver est parti et le coup l'a tué.

Elizabeth ferma les yeux, étonnée de ne rien ressentir. Ni peine, ni rancune. Rien qu'un grand sentiment de vide.

Lorsqu'elle rouvrit les yeux, Jed inquiet, la couvait du regard.

— Je n'arrive pas à lui en vouloir, expliqua-t-elle. Je ne me sens même pas soulagée. Je suis simplement triste, comme devant la mort de n'importe quel être humain. Il m'était devenu étranger, comme si je ne l'avais jamais connu.

— C'était un malade, dit Jed en lui caressant la main. Dieu sait que je n'aurais jamais souhaité une chose pareille, mais au moins, maintenant, il ne fera plus de mal à personne.

— Je suis désolée pour lui, Jed. Même après ce qu'il a fait... C'est comme un mauvais rêve. Comme si derrière moi tout était noir et qu'à présent le soleil se lève enfin.

Jed sourit et se pencha pour déposer un tendre baiser sur son front.

— Alors, oublions le passé ! Le chirurgien m'a dit que

275

tu serais de nouveau en pleine forme dans une semaine ou deux. Que penserais-tu de te marier?

— Dans deux semaines?

— Ou plus tôt, si tu veux!

— Nous n'aurons jamais le temps de tout préparer! Je veux dire qu'il faut...

— Il faut quoi?

Elizabeth réfléchit un instant avant de répondre. Un mariage demandait une longue préparation. Il fallait choisir les fleurs, organiser le repas, dresser une liste des invités...

Devant son silence, Jed précisa sa pensée:

— Nous n'avons aucune obligation, mon amour, excepté de nous marier.

Méditant ces mots, Elizabeth se tourna vers lui, avec un sourire radieux.

— Oui, tu as raison. Nous pouvons très bien nous marier uniquement en présence de Cassie, si cela nous chante. Et ensuite nous irons nous promener dans les bois avec Baraka. Ou peut-être pourrait-on partir quelques jours à la montagne? Je m'arrangerais pour me faire remplacer à la clinique.

— Pourquoi pas? Nous avons toute la vie devant nous, Elizabeth. Et je veux que nous la commencions le plus tôt possible.

— Oh, Jed... Prends-moi dans tes bras.

Elle se serra contre lui, ignorant la douleur de son épaule.

— Tu es sûre? demanda-t-il, l'enlaçant avec mille précautions.

— Je n'ai jamais eu de certitude aussi forte de toute ma vie.

Et lorsqu'il se pencha pour l'embrasser, elle comprit que tant qu'elle se trouverait dans ses bras, elle ne connaîtrait jamais plus le doute ni l'angoisse.

Le mariage eut lieu dans la petite église blanche de Cartersburg. Cassie portait une fraîche robe de piqué jaune pâle et avait à la main un bouquet de narcisses fraîchement cueillis dans le jardin. Elle se tenait devant l'autel auprès d'Elizabeth et de son père. Car ce mariage ne célébrait pas seulement l'union de deux êtres, mais la naissance d'une nouvelle famille.

Elizabeth était rayonnante. Vêtue d'une simple robe longue de dentelle ancienne offerte par Margaret, elle ne portait pas de voile, mais un fin diadème, fait de boutons de roses. Les pétales, à peine teintés, rehaussaient sa carnation délicate et le châtain cendré de ses cheveux brillants. Elle serrait contre elle un gros bouquet rond de roses entrouvertes noué d'un lien de satin blanc.

Tous trois avaient tenu à rassembler autour d'eux les êtres qui leur étaient chers.

Les parents de Jed, qui partageaient son bonheur, étaient venus de Floride. Tom et Margaret avaient pris place au premier rang de l'église. Les mains enlacées, ils échangèrent des regards complices et amoureux tout au long de la cérémonie. Billy, qui ne quittait pas Cassie des yeux, était assis un peu plus loin, entre ses parents.

Joan, l'assistante sociale, et son mari étaient venus, eux aussi, ainsi que plusieurs fermiers. Al Kenner, le propriétaire de Princesse, avait amené toute sa famille. Tout comme Jim Delanney, l'heureux éleveur de Beauty et du petit poulain né le soir de Noël, accompagné de sa femme et de ses cinq enfants.

Tant d'amour et d'affection rassemblés sous le même toit, songea Elizabeth avec émotion. Tant de gens merveilleux qui leur témoignaient leur amitié à tous les trois.

Quand Jed fit glisser le mince anneau d'or à son doigt, elle ne put s'empêcher de verser quelques larmes de joie. Entre Jed et elle il n'y avait pas de place pour le doute et la peur. Seulement pour l'amour. Dorénavant, ils vivraient chaque seconde de leur existence côte à côte. Elizabeth prit la main de Jed, puis celle de Cassie. Maintenant, elle savait enfin ce qu'était le bonheur.

ABONNEZ-VOUS À HARLEQUIN

Recevez un cadeau de bienvenue
et des livres gratuits !

Abonnez-vous dès aujourd'hui à Harlequin, nous vous offrons un premier colis de 4 livres "hors-série" choisis parmi nos dernières parutions, et un cadeau mystère. Vous ne payez, aujourd'hui, que le colis suivant!

Avec la collection OR, rejoignez chaque mois des femmes actuelles qui trouvent dans des situations d'aujourd'hui l'homme de leur vie. L'amour, le bonheur et les frissons seront là, tous les mois, directement chez vous !

Chaque livre compte 288 pages de lecture passionnée pour seulement 25,70 F, soit - 5 % de réduction par rapport au prix de vente en librairie. Vous recevrez directement chez vous 3 romans chaque mois que vous réglerez à réception, en toute liberté.

──── VOS AVANTAGES ────

1. Nous vous offrons votre premier colis de livres pour vous souhaiter la bienvenue.

2. Vous bénéficiez de - 5 % de réduction.

3. Vos livres sont envoyés en avant-première, 15 jours environ avant leur en sortie en librairie.

4. Vous pouvez annuler ou modifier votre abonnement à tout moment.

5. Vos livres vous sont envoyés directement chez vous.

Si vous désirez continuer votre abonnement, vous n'aurez rien à faire! Vous recevrez chaque mois vos romans accompagnés de la facture correspondante. Bien sûr, vous restez libre d'annuler votre abonnement à tout moment par simple lettre.

TITRE PRIVILEGIÉ D'ABONNEMENT

à compléter et à retourner sous enveloppe affranchie à :

HARLEQUIN Abonnement - BP 100 - 77934 PERTHES CEDEX

OUI, je désire profiter de votre offre spéciale. J'ai bien noté que je recevrai gratuitement un colis de 4 livres "hors-série" ainsi qu'un cadeau de bienvenue. Ensuite je recevrai un colis de 3 livres inédits chaque mois.

Je paie dès aujourd'hui mon 1er colis mensuel. Je recevrai chaque mois :

3 romans de la collection OR
au prix exceptionnel de 25,70 F l'un, (+ 6,70 F de frais de port);
soit 83,80 F par mois.   OBMS

Je joins mon règlement par chèque bancaire ou postal libellé à l'ordre d'HARLEQUIN d'un montant de 83,80 F.

☐ M. ☐ Mme ☐ Mlle

Nom : _____

Prénom : _____

Adresse : _____

_____

C.P. : _____ Ville : _____

Je recevrai mon colis 3 semaines après l'enregistrement de mon paiement.

HARLEQUIN Abonnement - BP 100 - 77934 PERTHES CEDEX

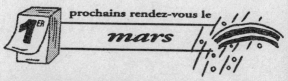

prochains rendez-vous le *mars*

LE CŒUR MASQUÉ, *Muriel Jensen*

Sarah Stowe est-elle le Cœur Masqué, cette femme mystérieuse qui met son point d'honneur à ridiculiser les hommes? Le détective Bill Mitchell voudrait pouvoir répondre non car comment peut-il envoyer en prison celle qui le trouble si délicieusement?

LA LÉGENDE D'UN PRINCE, *Janice Kaiser*

Une jeune journaliste s'ennuyait ferme à Washington, aussi saisit-elle l'opportunité d'aller interviewer un légendaire rebelle en Amérique Centrale. Un vent de folie qu'elle n'avait pas prévu souffle aussitôt sur sa vie…

L'ORGUEIL D'UNE FEMME, *Risa Kirk*

Gina veut concourir avec Achille, un magnifique pur-sang. Fred, le propriétaire de l'animal, y est totalement opposé. Une partie de bras de fer s'engage que Gina est bien décidée à gagner, même au risque de perdre l'amour de Fred.

PREUVE D'ACHAT

OR

Composé sur le serveur d'Euronumérique, à Sèvres
PAR LES ÉDITIONS HARLEQUIN
Achevé d'imprimer en janvier 1995
sur les presses de l'Imprimerie Bussière
à Saint-Amand-Montrond (Cher)
Dépôt légal : février 1995
N° d'imprimeur : 3067 — N° d'éditeur : 5449

Imprimé en France

Découvrez, en avant-première, le nouveau visage de votre collection Or.

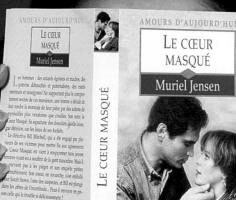

À PARTIR DU 1ᴱᴿ MARS

Afin de mieux exprimer sa modernité et de vous séduire encore davantage, votre collection Or change de couverture - et de nom - le 1er mars.

Rassurez-vous, les romans, eux, ne changent pas, et vous pourrez retrouver dans la collection AMOURS D'AUJOURD'HUI tous vos auteurs préférés.

Comme chaque mois, en effet, vous y attendent des héros d'aujourd'hui, aux prises avec des passions fortes et des situations difficiles...

Collection
AMOURS D'AUJOURD'HUI:
*quand l'amour guérit
des blessures de la vie...*

Afin de mieux exprimer sa modernité et de vous séduire encore davantage, votre collection Or change de couverture - et de nom - le 1er mars.

Rassurez-vous, les romans, eux, ne changent pas, et vous pourrez retrouver dans la collection AMOURS D'AUJOURD'HUI tous vos auteurs préférés.

Comme chaque mois, en effet, vous y attendent des héros d'aujourd'hui, aux prises avec des passions fortes et des situations difficiles...

Collection
AMOURS D'AUJOURD'HUI :
quand l'amour guérit
des blessures de la vie...

Découvrez, en avant-première, le nouveau visage de votre collection Or.

AMOURS D'AUJOURD'HUI

LE CŒUR MASQUÉ

Muriel Jensen

Les hommes : des amants égoïstes et machos, des patrons débauchés et paternalistes, des maris menteurs et misogynes! Ne supportant plus le comportement insolite de ces messieurs, une femme a décidé de leur rendre la monnaie de leur pièce par des actions de représailles plus vexatoires que cruelles. Son nom : le Cœur Masqué. Sa signature : des chocolats qu'elle laisse, par dérision, sur les lieux de ses forfaits.

Le détective Bill Mitchell, qui a été engagé par plusieurs de ses victimes pour mettre fin aux agissements du Cœur Masqué, en vient à soupçonner trois jeunes femmes ayant eu à souffrir de la gent masculine. Mais il ne parvient pas à les piéger et son enquête piétine lamentablement. Son cœur, en revanche, s'est emballé pour Sarah Stowe, l'une des suspectes, et Bill est plongé dans les affres de l'incertitude... Peut-il envoyer en prison celle qui le trouble si délicieusement ?

France : 27 F
Suisse : 9,60 SFr
Belgique :
prix suggéré 195 FB

3 titres par mois le 1ᵉʳ de chaque mois

Muriel Jensen

N° 4589 / 1ᵉʳ MARS 1995

490

LE CŒUR MASQUÉ

HARLEQUIN

À PARTIR DU 1ᵉʳ MARS